江西师范大学外国语言文学学术文库

U0690715

本著为教育部人文社会科学研究青年基金项目"黑人暴力书写与伦理思想表达：约翰·怀德曼小说研究"（15YJC752044）的最终成果

伦理维度下的
约翰·怀德曼小说研究

张琼 著

WUHAN UNIVERSITY PRESS

武汉大学出版社

图书在版编目(CIP)数据

伦理维度下的约翰·怀德曼小说研究/张琼著.—武汉：武汉大学
出版社,2020.5

ISBN 978-7-307-21379-1

Ⅰ.伦…　Ⅱ.张…　Ⅲ.约翰·怀德曼—小说研究　Ⅳ.I712.074

中国版本图书馆 CIP 数据核字(2019)第 291018 号

责任编辑:蒋培卓　　　责任校对:汪欣怡　　　版式设计:马　佳

出版发行:**武汉大学出版社**　　(430072　武昌　珞珈山)

(电子邮箱:cbs22@whu.edu.cn　网址:www.wdp.com.cn)

印刷:北京虎彩文化传播有限公司

开本:720×1000　1/16　印张:13　字数:187 千字　插页:1

版次:2020 年 5 月第 1 版　　2020 年 5 月第 1 次印刷

ISBN 978-7-307-21379-1　　定价:45.00 元

作品引用缩写表

A Glance Away	AGA
Hurry Home	HH
The Lynchers	TL
Hiding Place	HP
Sent for You Yesterday	SFYY
Damballah	D
The Homewood Books	THB
Reuben	R
Philadelphia Fire	PF
The Cattle Killing	TCK
Two Cities	TC
Fanon	FA
Fever	FE
All Stories Are True	ASAT
God's Gym	GG
Brothers and Keepers	BAK
Fatheralong：A Meditation on Fathers and Sons，Race and Society	FAT
Hoop Roots：Basketball，Race，and Love	HR
The Island：Martinique	TI
Writing to Save a Life ：The Louis Till File	WTSAL

目　　录

绪　　论

一、怀德曼其人其作

约翰·埃德加·怀德曼(John Edgar Wideman)，是美国当代杰出的非裔小说家和评论家，作品以严肃著称，被认为是"当代最杰出、最有才华的黑人男作家之一""最重要的黑人男作家""最强有力、最有造诣的艺术家""美国最明亮的文学明星之一"，①也曾被评论家认为是"黑人版的福克纳、贫民版的莎士比亚"②。约翰·怀德曼立足于美国非裔文学传统，同时注重与西方经典的现代主义和后现代主义写作手法相结合，为美国非裔文学、美国文学乃至世界文学作出了杰出贡献。

1941年6月14日怀德曼出生在宾夕法尼亚州华盛顿市。母亲贝特·弗伦奇·怀德曼(Bette French Wideman)坚毅的性格对他影响深远，怀德曼在多部作品中表达了对母亲的同情和崇拜。父亲埃德加·弗伦奇·怀德曼(Edgar French Wideman)是一名侍者。贝特和埃德加共有五个孩子，怀德曼排行老大。不到一岁时，他随父母搬至费城的黑人聚集区霍姆武德，并在那度过了童年时光。他深深地热爱这片土地，正因为

---

① 转引自王家湘：《20世纪美国黑人小说史》，南京：译林出版社，2006年，第524页。

② Jeffrey W. Hunter. *Contemporary Literary Criticism：Criticism of the Works of Today's Novelists，Poets，Playwrights，Short Story Writers，Scriptwriters，and Other Creative Writers*. Detroit：Gale，2000：248.

如此，他的几部小说都以此地为背景。十岁时，随父母搬至匹兹堡市东端比较繁华的白人中产阶级聚居区莎迪赛德（Shadyside），并在当地的混合中学皮博迪高中（Peabody High School）上学。在校期间，他成绩优异，作为班长、致告别辞的毕业生代表、学校的篮球明星，他不仅受到黑人学生的追捧，也深受白人学生的喜爱。

高中毕业后他获得了富兰克林奖学金，进入宾夕法尼亚大学学习。大学期间，他从心理学专业转到英语专业学习，他被大家公认为天才，莫里斯·约翰逊教授对他所在的班级进行过一次突袭测验，怀德曼得了满分，这在约翰逊教授看来不可能的事情，怀德曼却做到了，而且仅他一人做到。大学四年，他一如既往地发挥他的篮球天赋，成为常青藤联盟球队的成员。直到大四时，他才放弃了自己一直以来的 NBA 明星梦，决定成为一名作家。1963 年，怀德曼获得英语学士学位，以优异的成绩获得罗兹奖学金赴英国牛津大学深造。他成为半个多世纪以来除阿兰·洛克外第二个获得该项奖学金的黑人。同年，一篇题为《令人惊诧的约翰·怀德曼》（*The Astonishing John Wideman*）的文章发表在《看》（*Look*）这本杂志上，该文对怀德曼的学术和体育才能给予了高度肯定。

牛津大学期间，他作为队长和教练，带领牛津大学篮球队获得了业余篮球赛的冠军。1965 年，他在哈佛大学担任夏季课程的老师教授美国文学。他在毕业论文中主要探讨了 18 世纪的英国小说，在完成毕业论文后，1966 年从牛津大学获得哲学学士学位。归国后，作为肯特研究员（Kent Fellow）进入爱荷华大学创意作家工作坊进行了为期一年的写作学习，在这期间，他认识了很多对他写作有帮助的朋友，并完成了他的第一部小说《匆匆一瞥》（*A Glance Away*，1967）的创作和出版。

之后，怀德曼回到母校宾夕法尼亚大学任教。在这期间，他曾担任宾夕法尼亚大学的篮球助理教练。1968 年，应一大群黑人学生的要求，他开设了黑人文学课。从此，他开始大量阅读黑人前辈作家的作品，并对黑人文学有了新的理解："黑人文学既是一门严肃的学科，同时又是一曲伟大的颂歌。它开人眼界，使人觉醒，给人极大的享受。"①1972年至1973年，怀德曼担任非裔研究项目的主任，并创立了宾夕法尼亚大学非裔研究系。1974年，怀德曼成为宾夕法尼亚大学第一位被授予终身教授职位的黑人教授，同时成为费城五大篮球名人堂成员(Philadelphia Big Five Basketball Hall of Fame)之一。

同年，怀德曼接受了怀俄明大学拉蜡米校区的教师职位，举家向西迁往拉蜡米，并在那任教十年。1986年，他开始在马萨诸塞大学阿莫斯特分校英语系教硕士写作课程。现为布朗大学教授，同时是美国著名半年刊文学杂志《联合》(Conjunctions)的重要编委。

在牛津大学学习期间，他与来自弗吉尼亚的律师朱迪斯·安·戈德曼(Judith Ann Goldman)结为夫妇。大学毕业后，携妻一同归国。他们育有三个子女。大儿子叫丹尼尔·杰罗姆(Daniel Jerome)，现在也是一名作家。次子雅各布·怀德曼(Jacob Wideman)于1986年读中学时在夏令营杀死自己的室友，18岁时被判终身监禁。次子的杀人事件令怀德曼悲痛和懊恼不已，同样，令怀德曼懊恼的还有他的弟弟罗比·怀德曼(Robby Wideman)于1976年因武装抢劫和谋杀被判终身监禁，这对他以后的创作有很大影响。小女儿杰米拉·安(Jamila Ann)继承了父亲的篮球天赋，成为美国全国女子篮球协会和以色列联赛的职业球员。2000年，怀德曼与朱迪斯离婚，36年的婚姻正式宣告结束。2004年，他与法国女记者凯瑟琳·勒东谢尔(Catherine Nedonchelle)结婚，现居住在纽约市曼哈顿东城区。

怀德曼自1967年出版第一部长篇小说《匆匆一瞥》(A Glance Away)以来，便笔耕不辍，迄今为止共出版了十部长篇小说，五部短篇小说集，六部非虚构性作品。其作品先后获得国际笔会/福克纳奖、美国图书奖等十多个奖项，并得到《纽约时报》《洛杉矶时报》《华盛顿邮报》等

---

①　Wilfred D. Samuels. "Going Home: A Conversation with John Edgar Wideman." *Conversation with John Edgar Wideman*. Ed. Bonnie TuSmith. Jackson: University Press of Mississippi, 1998: 18.

各大报刊的关注，好评如潮，怀德曼逐渐跻身于一流作家的行列。他的长篇小说在国内外备受关注，也是本书的主要研究对象，下文将简要梳理他十部长篇小说的故事梗概。

《匆匆一瞥》（*A Glance Away*，1967）是怀德曼的处女作，小说以罗伯特·瑟利、伊迪·劳森为主人公展开故事。罗伯特作为白人英语教授，是位彻头彻尾的失败者。自结婚起，妻子埃莉诺因性生活得不到满足，就不断羞辱他。埃莉诺邀请丈夫最好的朋友阿尔与他们夫妻共处一室，罗伯特原以为这是妻子为挽救婚姻所做的努力，后来才明白这是妻子对自己最后的羞辱。后来，他成为同性恋者，经常在酒吧酗酒，并把又丑又穷的黑人男子作为性对象。伊迪·劳森是位吸毒的黑人青年。母亲玛莎自丈夫和长子尤金死后，便一直想把伊迪·劳森禁锢在自己身边。伊迪从戒毒所回来时，他最好的朋友布拉泽·威廉·斯莫尔去车站接他回家，但一进家门，玛莎便骂走了布拉泽。当伊迪看到一直照顾母亲的妹妹贝特得不到母亲的关爱时，便对妹妹说出了自己对母亲的不满，并劝说她去寻找新的生活。这段对话恰巧被一直生病卧床的母亲听到了，生气之中从楼梯上滚下摔死了。在深深的自责中，伊迪和布拉泽走进酒吧准备重新拾起毒品，布拉泽的性伴侣罗伯特也在这里。小说结尾，伊迪走向森林，布拉泽和罗伯特尾随其后，三个人在荒林的火堆旁各自想着心事。由于罗伯特所展现的希望的破碎与作家在文中奠定的悲观基调，怀德曼被当时学界认为是典型的现代主义作家，学界时常将其与弗吉利亚·伍尔夫（Virginia Woolf）和威廉·福克纳（William Faulkner）等文学巨匠相提并论。

《匆匆回家》（*Hurry Home*，1970）讲述了一个黑人知识分子从疏离到回归黑人社区的故事。主人公塞西尔·布来斯维斯是个法学院的学生，同时也是居民楼的管理员。他和未婚妻埃丝特及埃丝特的姨妈范妮住在居民楼的地下室。塞西尔靠做清洁工和未婚妻的经济援助才完成学业。毕业当天他和埃丝特结了婚，但新婚之夜他逃跑了。对此，他的解释是因为学习法律使自己从身体到言行都不再像坏猴子。他乘船逃往西班牙，遇到了一个叫查尔斯·韦布的白人。韦布曾在 25 年前与一个黑人女子安妮相爱，生有一子。安妮写信告诉韦布自己病重即将死去，请求他的原谅，并派儿子去找他。当韦布第一次看见塞西尔时，就觉得塞西尔长得像自己的儿子，他表示只要塞西尔愿意充当这一角色，他愿意为塞西尔支付所有费用，并想带他到马德里进一步了解他的过去。塞西尔对自己的过去了解甚少，开始审视自己的内心。他受过白人的高等教育，似乎变得不像白人眼中的坏猴子。究竟是应该得到黑人大众认同，还是和白人大众融合，他的内心充满了矛盾。在欧洲的流浪生活使他极度彷徨，他无法找到生活的支点，他把这一切的原因归结为他是黑人。后来，在黑人美容厅的工作使他能与普通黑人大众闲谈，听到黑人的音乐，嗅到黑人的气息，置身于黑人的环境中，真正与黑人大众建立联系。在对黑人群体有了初步认识的基础上，他匆匆回家，打开了三年来未走进的家门，看到了生活的希望。

《私刑者》(*The Lynchers*，1973)以四个年轻黑人知识分子为主人公，讲述了一个私刑计划。为了替历史上因私刑死去的黑人报仇，四个年轻黑人密谋把一个白人警察用私刑处死，宣示对白人社会权威的反抗。为了安全，每个人只完成自己的任务，万一出事，只伤一个环节。霍尔是位诗人，负责制订整个计划，并发出执行信号。威尔克森是个小学历史教师，负责传递霍尔的决定。桑德斯是位邮递工作者，负责把一个叫西西的妓女藏起来。白人警察是西西的情夫又是她的皮条客，他们断定白人警察会到处寻找她。这样他们便带白人警察找到西西，然后用麻药麻翻他，由做楼房管理员的赖斯把他藏起来。但在这之前，他们计划先把妓女杀死，并在黑人社区散布谣言嫁祸于白人警察，激起黑人社区民众的公愤，然后用私刑处死他。但不幸的是，计划还未开始执行就以失败告终。霍尔在当地一所中学前发表即兴抗议演讲时被逮捕，最后被送至精神病医院，威尔克森自始至终都对计划持怀疑态度，最后他终于决定要终止这个计划，虽未被其他人知晓，但最终还是被多疑的赖斯枪杀，只剩下喝得烂醉、虚弱无力的桑德斯在酒吧等待威尔克森的出现。

《躲藏之处》(*Hiding Place*，1981)是以弟弟罗比为原型创作的小说。主人公托米是一位贫民区的黑人青年，没有工作，没有钱，和另外两个黑人青年去抢劫收购赃物的白人商店。他们假装偷到一车新电视机，卖给店主印都维纳。他们计划先由一人对付店里唯一的黑人店员，把他叫到外面点货，由另外两人去抢店里面的钱，然后逃走。他们断定店主不敢报警，因为他收购的是赃物。但托米进入店里面准备抢劫时，听见外面两声枪响，知道外面的两个同伴已经出事。托米只想抢钱，不想杀人。他用枪托把店主打晕后，仓皇之间钱也没拿就逃跑了。尽管没有杀人，但是事后托米还是以杀人罪被追捕。托米逃到了外祖母的姨妈贝斯家。九十多岁的贝斯自独子在第二次世界大战的战场上牺牲后，就深受刺激，搬回霍姆武德山顶的旧屋中独自生活，从此不再下山。只有一个叫克里门特的黑人青年会偶尔帮她送东西。起初贝斯不愿收留他，他只好在贝斯的破棚子里过夜，后来贝斯见他可怜就不再赶他。托米在贝斯家待的三天，贝斯对他讲述了家族历史，托米也对她讲述了抢劫的经过。最后，他认为他没有杀人，应该勇敢面对，准备下山，最终还是被警察逮捕。贝斯也决定下山，告诉人们托米没有杀人，只是需要一次改过自新的机会。

《昨日的邀请》(*Sent for You Yesterday*，1983)于 1984 年获国际笔会/福克纳小说奖，将怀德曼的创作推向了一个新的台阶。该小说将 20 世纪 20 年代到 70 年代两个家族三代人的故事交织在一起。第一代外祖父约翰·弗伦奇和外祖母弗里达·弗伦奇的故事处于次要位置。小说的中心人物是艾伯特·威尔克斯和布拉泽·塔特。艾伯特是约翰最好的朋友，曾是霍姆武德地区最伟大的布鲁斯艺术家，在杀死了一个白人警察后，在老塔特的帮助下逃跑了，七年后悄悄回到霍姆武德。艾伯特的归来必然会威胁社区的安全，因为警察会到处寻找他，弗里达因担心殃及丈夫而处于焦虑之中。最后，艾伯特在塔特的房子里弹钢琴时被警察枪杀了。枪杀本身却意义非凡，因为见证了枪杀的第二代卡尔、塔特、露西(卡尔的女友)继承了布鲁斯传统。塔特是卡尔的好友，得了白化病，唯一的精神寄托是儿子，在儿子不慎被烧死后便不再开口说话，只用音乐表达感情，直到 16 年后死去。当第三代都特自己站起来，随着黑人音乐起舞时，布鲁斯传统的传承又一次得到实现。该小说采用了多重叙事声音，时而是卡尔，时而是塔特，时而是作者，时而是都特，且没有一个故事是完整的，叙事声音和时间的跳跃给该小说的阅读增加了不小的难度。

《鲁本》(*Reuben*，1987)讲述的是黑人知识分子鲁本的故事。年轻时，他在费城法学院的学生公寓里当清洁工，同时利用白人学生的课本和笔记自学法律。白人学生发现后，把他骗到一个妓女家毒打了一顿，并羞辱了一番。后来，他利用所学的知识在霍姆武德为社区人民提供法律帮助。他办公和生活的地点在一片荒林的拖车上。虽然他自己也明白可能起不了实质作用，但他努力为黑人提供帮助，在他们无助时给点希望。小说就是以鲁本为客户提供法律援助来展开叙事的。克旺莎是 5 岁孩子卡德乔的妈妈，卡德乔的生父瓦德尔想要把孩子带走，克旺莎想让鲁本帮忙获得孩子的监护权。在鲁本采取行动之前，瓦德尔把孩子带走了。最后克旺莎和好朋友托都斯在酒吧找到瓦德尔，瓦德尔毒打了她，而托都斯扑上去割断了瓦德尔的喉管。沃利曾经是一位出色的篮球运动员，现在是一位大学招生人员。他发现体育系的腐败即将暴露后，到鲁本这儿咨询如何保护自己。塔克是位贫穷的临时工，被白人雇佣去拆无人居住的房子，白人挣钱，但他因私拆公房被逮捕。鲁本为他申诉，把他救了出来。最后，鲁本自己因没有律师资格被警察逮捕，在朋友的帮助下才被保释出来。怀德曼在该作中触及了美国的司法系统，也在探寻黑人种族的出路问题。

《费城大火》(*Philadelphia Fire*，1990)是怀德曼创作最为成功、堪称其代表作的小说，在出版当年，怀德曼再次获国际笔会/福克纳小说奖，成为两次获取该奖项的第一人，同时，于出版第二年获美国图书奖。该小说把真实历史事件即 1985 年费城黑人激进组织"运动"总部被炸以小说形式表现了出来。在"运动"组织不执行搬迁令的情况下，黑人市长下令炸掉总部，导致屋中 11 人死亡，街区烧毁，结果无一人被问责。虚构的小说人物卡德乔是位黑人作家，曾抛弃妻子自我放逐到希腊的一个岛上。大火发生后，他回到费城寻找大火中的幸存者——一个叫辛巴·西蒙的小孩儿。为了找到小孩儿，他访问了大火中的另一幸存者玛格丽特·琼斯，但由于卡德乔局外人的身份，她似乎并不那么情愿完整地说出经过。不同于小说的第一部分，第二部分把费城大火的始末、卡德乔重写莎士比亚的戏剧《暴风雨》、儿子的审判、怀德曼与儿子通电话、怀德曼与妻子在电视上看到费城大火的场面、卡德乔带领孩子们排练《暴风雨》、大雨来临《暴风雨》未上演等事件拼贴在一起。第三部分首先关注了一个无家可归的黑人 J．B．，然后讲述了出席费城大火纪念会的人只有零星几个这一事实。这两个事件揭示了当代社会的冷酷无情。怀德曼把看似不是很相关的东西拼贴在一起，其目的就是找出这些问题背后的真正相似点。

《屠牛记》(*The Cattle Killing*，1996)是部典型的历史小说，于 1997年获最好的历史小说之詹姆斯·库伯奖，把费城 1793 年的黄热病、19世纪科萨人的屠牛运动和 20 世纪费城街头暴力等一系列事件交织在一起。一位黑白混血的传教士向一位不知名的听者讲述着自己和黑人族群的故事，1793 年黄热病流行时，白人种族主义者非但不感谢黑人积极营救患者的高尚行为，反而污蔑黑人是该传染病的病源。传教士还讲述了在路上遇到的怀抱白皮肤死婴的黑人妇女的故事。她抱着死婴漫无目的地闲逛，在他想要帮她的时候，她选择跳湖自尽。他还讲述了另外一则故事：饥寒交迫的他被一对异族通婚的夫妻连恩和斯塔布斯夫人所救，并和他们一起居住了两年，惮于白人种族主义者对黑白通婚的绝对排斥，夫妻对外以主仆相称。然而，当这一真实关系被白人种族主义者知晓时，他们被活活烧死。他还讲述了南非科萨人的屠牛运动，也是该小说标题的来源。一个神秘声音让非洲女孩儿侬卡斯告诉族人，他们应该以将自己的牛全部杀害的方式把白人殖民者赶出自己的领地。科萨人照做了，结果导致了族人的饥饿、被捕和灭绝。小说的叙事者众多，故事的讲述或从前到后，或从后到前，空间跨越非洲、欧洲、美洲，时间跨越 18 世纪、19 世纪和 20 世纪，讨论了不同国度、不同时间黑人与白人之间的紧张对峙关系。该小说被公认为怀德曼所有小说中最为晦涩难懂的小说，这也是关于该小说的研究较少的原因。

《双城》(*Two Cities*，1998) 以卡西玛、罗伯特·琼斯、马丁·马洛雷为主角展开故事。卡西玛是位不幸的黑人女子，丈夫被判了无期徒刑，后来因为艾滋病死在监狱中。她独自把两个儿子抚养到十几岁，一个在玩轮盘赌时因斗殴死去，一个被毒贩子误杀。后来遇到了罗伯特，两人相爱，但在罗伯特参与球场暴力后，她害怕再失去一个所爱之人，便让罗伯特离开了她。孤独的老房客马洛雷，是位富有正义感的摄影师。能把所有角色的生活、匹兹堡和费城、非裔美国人五十年的历史联系在一起的是马洛雷的记忆和他拍摄的照片。他记得"二战"中他和朋友格斯和白人妇女幽会，白人士兵杀了他的朋友，差点也杀了他。他也记得费城大火炸死了他的朋友"运动"组织的领导人约翰·阿非利卡。年老后，他从费城搬到了匹兹堡，成为卡西玛的房客，两位空虚孤独的人成了朋友。马洛雷照了几箱关于费城和匹兹堡生活的照片，大部分都没有冲洗出来，他委托卡西玛在他死后处理掉。马洛雷的死让卡西玛和罗伯特重新在一起，因为她需要罗伯特帮忙处理后事。遗体告别那天，殡仪馆里除了马洛雷的遗体，还有一具死于街头暴力的少年的遗体。两个对立的暴力团伙打了起来，那个少年的遗体被扔出大街，一些年轻人把马洛雷的遗体也差点扔出来。卡西玛竭力保护马洛雷的遗体，并把照片和胶片撒在了那些少年的面前，斥责他们，那些暴力团伙的成员才停止了他们的暴力行为。

《法侬》(*Fanon*，2008) 是怀德曼最具实验性的一部小说，一经出版便被《纽约时报》列为 2008 年百部精品图书之一。作为典型的后现代元小说，它不是为已故的反殖民斗士弗朗兹·法侬 (Frantz Fanon，1925—1961) 写传，介绍他传奇的一生，而是向传主介绍"法侬计划"的写作动机、创作过程、文本规范和寓意寄托，再现小说创作的全过程，法侬在这里更多地是充当了倾诉对象。文中有两个人在撰写该小说，一个是作家自己，一个是虚构的纽约小说家托马斯。小说碎片化地讲述了法侬的故事，同时嵌入了几十个片段：托马斯的生活经历、炭疽袭击、托马斯与导演吉恩-卢克·戈达尔德的电影项目合作、"911"事件、怀德曼的往事回忆、怀德曼的探监与洛勃的监狱生活、侄子的谋杀案、虚假广告、托马斯的巴黎艳遇、母亲与法侬的偶遇、垃圾食品致命案、东南亚海啸、禽流感、法国高速列车和地球生态破坏等。看起来杂乱无章的碎片主要依据三条思路：一是以托马斯为主线。托马斯的写作被一个可能装有人头的邮件包裹打断，怀德曼督促、提醒并指导他的写作，后来，托马斯飞往巴黎，计划让导演吉恩-卢克·戈达尔德拍法侬的电影。二是以法侬零星的传记为主线。法侬加入阿尔及利亚革命，为战争勘探军事地形。这一线索基本以事实为依据。三是以怀德曼的真实生活为主线，讲述了自己、家人和社群的故事。通过这三条线，怀德曼表达了对斗士法侬的敬意，同时也对美国及世界各种社会问题进行了反思。该小说有可能是他最后一部长篇小说，他在文本中表达了这一愿望。

　　怀德曼的艺术成就并不局限于他的长篇小说，他在短篇小说上的成就也卓越不凡，很多已被选入美国中学生的课本。他共创作和出版了五部短篇小说集，包括《天蛇》（*Damballah*，1981），《黄热病》（*Fever*，1989），《所有故事都是真的》（*All Stories are True*，1992），《上帝的健身房》（*The God's Gym*，2005）等。其中《天蛇》与《躲藏之处》和《昨日的邀请》被匹兹堡大学出版社合并出版，名为《霍姆武德三部曲》（*The Home-wood Books*，1992）。正如威廉·福克纳的大多数长篇小说和短篇故事都发生在约克纳帕塔法县且描绘了该地区的地图和几大家族的居住区域一样，《霍姆武德三部曲》都以怀德曼的家乡霍姆武德为地理背景讲述几代人的故事，并于小说首页清晰地呈现了其家族族谱，这也是怀德曼在学界被评为"黑人版的福克纳"最为主要的原因。霍姆武德之于怀德曼，就如同都柏林之于乔伊斯（James Joyce，1882—1941），伦敦之于伍尔夫（Virginia Woolf，1882—1941），巴黎之于波德莱尔（Charles Baudelaire，1821—1867）和普鲁斯特（Marcel Proust，1871—1922），霍姆武德成为怀德曼作品的一个重要标签。由于作品中所表现出的严肃的种族思考和深刻的文化体验，怀德曼于 1987 年获得全国杂志编辑短篇小说奖（National Magazine Editors Prize for Short Fiction），1998 获得雷短篇小说奖（Rea Award for the Short Story）。以自己的母亲为原型、颂扬母亲忍辱负重的短篇小说《重》（*Weight*，2000）于 2000 年获欧·亨利短篇小说奖（The O. Henry Prize Stories）。另外，他还写成了一本微型小说集《概要》（*Briefs*，2010）。

此外，他的非虚构性作品在学界也具有非同凡响的声誉，主要有《兄弟和保护人》（*Brothers and Keepers*，1984），《为人父：关于父与子、种族与社会的思考》（*Father along：A Meditation on Fathers and Sons, Race and Society*，1994），《篮球之根：篮球、种族和爱》（*Hoop Roots：Basketball，Race and Love*，2001），《岛屿：马提尼克岛》（*The Island：Martinique*，2003）和《写作挽救一条生命：路易斯·提尔档案》（*Writing to Save a Life：The Louis Till File*，2016）。

《兄弟和保护人》基于与持枪抢劫入狱的弟弟罗比监内访谈而作，深度剖析了亲兄弟俩天壤之别人生境遇的原因，其矛头直指美国的种族主义。该作可以透视出他作为黑人知识分子为解决家人和族群的困境所做出的努力，在出版后不久获全美书评人协会奖提名（National Book Critics Circle Nomination）。

《为人父：关于父与子、种族与社会的思考》是怀德曼的自传与社会评论的结合，将怀德曼与其父和其子的疏远与隔阂置于美国种族主义的语境之下，指出种族歧视是父与子隔阂和异化的罪魁祸首。种族歧视阉割了黑人父亲的男子气概及父性，使得黑人父亲与子女的谈话变得不可能。怀德曼与其父的南卡罗莱纳的寻根之旅，既是对自己家族历史的发现和梳理，也是与父亲联结亲情的努力。同时，他写给正在监狱服刑的儿子的信显示了他作为父亲对儿子无比深沉的爱。该作为种族主义批判的上乘之作，入围了国家图书奖提名。

　　从小学到高中，从大学到工作单位，怀德曼要么是学校的篮球明星，要么是篮球教练，篮球在他的生命里占有极其重要的地位。《篮球之根：篮球、种族和爱》便是以他喜爱的篮球为主线，讲述他从黑人贫民窟少年到著名作家的成长历程。他肯定了篮球在黑人少年的成长、男性气概的获得和族裔文化的传承中起着举足轻重的作用。同时，他也认为篮球是黑人民族耻辱的象征，黑人民族似乎除了依靠篮球找不到其他在社会中上升的途径。该作品于 2002 年获美国图书馆协会非洲裔成员奖（Black Caucus Award）。

　　《岛屿：马提尼克岛》是怀德曼在《国家地理》的邀约下写的游记。他记录了在法属殖民地西印度群岛马提尼克岛三周的见闻，其中夹杂了他与法国女士的爱情故事。这部作品体现了不同文化在不同层面的碰撞，尤其是残余的殖民主义对当代社会的影响。

　　《写作挽救一条生命：路易斯·提尔档案》思考了爱模特·提尔（Emmett Till，1941—1955）和父亲路易斯·提尔（Louis Till）之死。爱模特·提尔于 1955 年访问密西西比的亲属时因朝一位白人女性吹口哨而被绑架、杀死和抛尸，但最终两凶手被无罪释放。这一案件是众所周知的事件，并最终成为美国民权运动兴起的契机，然而对于其父之死鲜有人知。以爱模特·提尔之死为起点，他通过调查发现路易斯·提尔在第二次世界大战期中服役时因被控强奸和谋杀被判有罪，最终在意大利被处决。通过调查父亲和儿子的悲惨命运，他对社会中的种族、男子气概、暴力和不公正进行了深刻探索和思考，可以说该作品是集调查、回忆、想象和评论于一体的集合体。该作品一经出版便于 2017 年在法国荣获费米娜奖（Prix Fémina），在美国位列全美书评人协会奖候选名单。

　　这些非虚构性作品以犀利的笔触、精准的语言抨击种族主义，愤怒中不失理性，严肃中不失睿智，是对美国社会、历史和族裔深入思考的结晶。由于怀德曼在写作上的卓越成就，他不断得到学界和社会的认可，于 1992 年被遴选为美国艺术与科学院院士，1993 年获得麦克阿瑟天才奖（MacArthur Fellows Program or MacArthur Fellowship），2011 年获阿尼斯菲尔德·沃尔夫图书奖(Anisfield-wolf Book Award)终身成就奖。

二、国内外研究现状

怀德曼作为一位文学造诣颇深的作家，尽管经常被与弗吉尼亚·伍尔夫和威廉·福克纳这样的文学巨匠相提并论，然而最初相比于同时代的其他非裔美国作家和后现代主义作家尚未引起学界足够多的关注。长期从事非裔美国文学研究的印第安纳州立大学英语系教授基思·拜尔曼(Keith Byerman)在关于怀德曼访谈的著作前言中对这一现象给予了解释，"很可能是因为他的作品内容给人感觉他是个尤其难读懂的作家""20世纪80年代，大家把批评的集中点转移到了黑人女性作家身上去了……即便是没有这种转移，他的写作对黑人文学的读者和老师来说也是一种挑战"。① 的确，20世纪70年代到80年代，非裔美国文学经历了井喷式发展，尤其是在女权运动第二次高潮的影响下，非裔女性文学可谓异军突起，尤以托尼·莫尼森和爱丽斯·沃克为标杆性人物。为非裔女性作家的光辉所掩盖，一大批非裔男性作家并不比她们逊色却未能得到学界的重视，怀德曼就是其中之一，20世纪80年代研究他作品的期刊论文仅有五篇。可以说，学界对他真正意义上的关注始于20世纪80年代，直到90年代才对他给予重视，21世纪的前13年学界出现了怀德曼研究热潮。

秉承了后现代派"无晦不成书"的写作风格，怀德曼作品的晦涩难懂是不争的事实。他大量使用黑人民间语言，采用多叙述角度叙事，大量利用回忆、想象、梦境，运用编元史、拼贴、戏仿、断裂等后现代叙事策略，打破虚实之间的界限，使小说表现出高度的实验性，其表层结构呈现出杂乱无章的状态。这种无坚实框架和无生动情节的作品无疑是朦胧晦涩和难以卒读的。庆幸的是到了90年代，大批学者不畏艰难开

① Keith E. Byerman. "Introduction." *Critical Essays on John Edgar Wideman.* Eds. Bonnie TuSmith and Keith E. Byerman. Jackson: University Press of Mississippi, 2006: 10-11.

始探究他的作品，并产生了大批优秀的学术成果，其中不乏优秀的博士学位论文和专著。

截至 2019 年 3 月，笔者可收集到的国外关于怀德曼的研究专著有七部、研究论文 70 多篇，与他作品相关的博士论文 16 篇。期刊论文主要针对怀德曼单部小说进行研究，而博士论文更注重将怀德曼的作品置于整个美国文学之中，将他的作品与其他非裔作家一起进行整体观照，如菲利普·奥格(Philip George Auger)的《重写非裔男性气概：詹姆斯·鲍德温、艾丽斯·沃克、约翰·埃德加·怀德曼和欧内斯特·盖恩斯小说中话语空间的协商》(*ReWrighting Afro-American Manhood*：*Negotiations of Discursive Space in the Fiction of James Baldwin*，*Alice Walker*，*John Edgar Wideman*，*and Ernest Gaines*，University of Rhode Island，1995)等，或将他的作品与其他族裔作家一起进行整体观照，如蒂龙·辛普森(Tyrone R. Simpson)的《心理种族隔离下的文学平民区与 20 世纪美国大都市中种族的形成：安仔娜·耶兹斯卡、迈克尔·戈尔德、格洛里亚·内勒、约翰·埃德加·怀德曼研究》(*Under Psychic Apartheid Literary Ghettoes and the Making of Race in the Twentieth-century American Metropolis*：*Anzia Yezierska*，*Michael Gold*，*Gloria Naylor*，*John Edgar Wideman*，Indiana University，2004)等。综合来看，其研究视角主要集中在主题、艺术特色、互文性、形象及意象等几方面。

第一，怀德曼作品的主题研究。主题研究主要集中在黑人性、种族、性别身份、历史视野、心理创伤、城市书写、记忆、男性气概等。黑人性是研究美国非裔作家绕不开的话题，詹姆斯·W. 科尔曼(James W. Coleman)在《黑人性与现代主义：约翰·埃德加·怀德曼的文学生涯》(*Blackness and Modernism*：*The Literary Career of John Edgar Wideman*，1989)和《黑人性写作：约翰·埃德加·怀德曼的艺术与实验》(*Writing Blackness*：*John Edgar Wideman's Art and Experimentation*，2010)两部专著中都集中探讨了黑人性这一主题，他更注重作品中黑人性的表现方式。基思·拜尔曼(Keith Byerman，2006)认为怀德曼在他早期的两部小说中，使黑人性酷儿化，把种族身份和性别角色变得模糊，从而认为种族化身体和现代性都具有虚假性。斯泰西·贝里（Stacey L. Berry，2006）则认为《费城大火》中的黑人性正在受到威胁。

历史也是怀德曼作品的重要主题，凯西·拜雷特（Kathie Birat，1999）首先探讨了《屠牛记》的历史主题，认为该小说具有编元史小说的特点，是对美国历史的建构。特雷西·丘奇·谷子欧（Tracie Church Guzzio，2006）以《费城大火》《屠牛记》和《与父亲一起》为研究对象，分析了他在这些作品中所表现出来的历史意识及历史视野。后来，她进一步对他作品的历史主题进行拓展研究，在2011年出版的《所有故事都是真的：约翰·埃德加·怀德曼作品中的历史、神话和创伤》（*All Stories are True：History，Myth，and Trauma in the Work of John Edgar Wideman*，2011）一书中，她认为，历史是贯串他作品的主线，早期三部小说是对历史的解构，中期的《霍姆武德三部曲》和《兄弟和保护人》及《鲁本》是通过神话叙事来表现家族历史，《费城大火》《屠牛记》和《私刑者》三部小说用编元史的模式很明显地表现了历史事件，且创伤几乎自始至终都与历史交织在一起。这本专著涵盖怀德曼作品最多，研究最为全面，且能就几个重要主题进行深入探讨，对学界的研究有启示意义。怀德曼作品的创伤研究也是近年来研究的热点，且创伤研究必然与记忆研究联系在一起。此外，埃里卡·林恩·斯提尔（Erica Lynn Still，2007）在整体关注托尼·莫里森、查理斯·约翰等一系列作家作品中的创伤主题时，着重探讨了《屠牛记》的非裔创伤历史记忆。

怀德曼的小说几乎都是以北方城市为地理背景，因此对于小说中的城市空间及城市生活的研究是不可或缺的，但没有系统论述这方面的专著。玛德胡·杜比（Madhu Dubey，1998）认为，《费城大火》实质是在表现由黑人激进组织"运动"和城市权力部门的对抗所引起的城市危机，"怀德曼是在评估作家在调解城市危机中应有的角色和探寻在文学中建构城市社区的方式"①。凯瑟琳·休姆（Kathryn Hume）在《怀德曼后期小

---

① Madhu Dubey. " Literature and Urban Crisis：John Edgar Wideman's Philadelphia Fire."*African American Review* 32. 4(1998)：580.

说的黑人城市乌托邦》(*Black Urban Utopia in Wideman's Later Fiction*,
2004)一文中集中探讨了城市乌托邦"运动"这一组织,认为怀德曼虽然
并不是乌托邦式的思想家,但他在找寻可以在任何地方建立的积极行为
模式,即当代城市黑人应该建立积极的人生态度。

第二,怀德曼作品的艺术特色研究。怀德曼作品具有鲜明的艺术特
色,并形成了自己的独特风格,因此对于怀德曼小说艺术特色的研究是
学者们关注的重点,共有三部专著。詹姆斯·W. 科尔曼(James W.
Coleman)的《黑人性与现代主义:约翰·埃德加·怀德曼的文学生涯》
(*Blackness and Modernism: The Literary Career of John Edgar Wideman*,
1989)按时间顺序跟踪了1989年之前怀德曼的成长及创作历程,把怀德
曼的八部作品分为三个时期进行系统介绍,并探析了每个时期的主题和
创作风格,奠定了学界关于怀德曼研究的基础。作为第一部系统研究怀
德曼作品的专著,该作对怀德曼早期的三部小说持否定态度,认为他的
早期小说里没有出现真实的声音,过度模仿了像 T. S. 艾略特这样的主
流作家的现代主义传统,《私刑者》清晰地传达了现代主义的声音。科
尔曼认为,直到《霍姆武德三部曲》,他才与白人文学经典保持了距离,
作品中才有了真实的黑人声音,他自己也与黑人社区拉近了距离。《昨
日的邀请》接近了后现代主义创作,但他的后现代潜能直到《鲁本》才完
全展现出来。

多萝西娅·D. 巴利亚斯(Dorothea Drummond Mbalias)的《约翰·埃
德加·怀德曼:开拓非洲特性》(*John Edgar Wideman: Reclaiming the Af-
rican Personality*, 1995)是系统研究怀德曼作品的第二部专著。在该作
中,巴利亚斯把传记批评与小说研究最大限度地结合了起来。无论是
《私刑者》中的霍尔还是《费城大火》中的卡乔德,都能跟怀德曼自身的
生活、婚姻和家庭相联系。当然,该作探讨的重点是怀德曼作品中的非
洲特性。跟科尔曼的观点一致,她认为怀德曼早期的小说的确缺乏美国
非裔视角,直到《费城大火》,他才很清晰地表现出了非洲特性,即他
"新找到的非洲性"(new found Africanness)。巴利亚斯认为,怀德曼在

该作品中大量使用自由间接引语，三部分结构在单一文本中形成了三种声音的叙事结构，塑造了一种"可说话的文本"。他尤为重视集体声音这一在奴隶制度形成过程中所丢失的声音。怀德曼作品的非洲特性在该作中得到了深入探讨，但巴利亚斯过于强调作品与怀德曼个人的联系，这样的机械联系会丢失作品本身的更多意义。

时隔十年，詹姆斯·W. 科尔曼（James W. Coleman）再一次在他的著作《黑人性写作：约翰·埃德加·怀德曼的艺术与实验》（*Writing Blackness*: *John Edgar Wideman's Art and Experimentation*，2010）中探讨了怀德曼作品的黑人性写作和艺术特色。该著作几乎涵盖了怀德曼的所有作品，是迄今为止在怀德曼作品艺术特色方面探讨得最为深入、表现最为全面的一部著作。该作除了在第一章探讨了怀德曼的自传/传记作品中的小说化写作外，主要按时间顺序把怀德曼的长篇小说分四个时期进行探讨（《天蛇》除外，虽然它是短篇小说集，但它是《霍姆武德三部曲》不可或缺的一部）。跟第一部专著的观点一样，科尔曼认为怀德曼作品中的黑人性实验是他作品的共同特征，且早期的三部小说深受白人经典作家的影响，表现出了实验性的现代主义传统，之后的所有作品都是后现代主义的实验，继《霍姆武德三部曲》后，《鲁本》和《费城大火》的后现代主义实验具有革新性，到了《屠牛记》和《法侬》，实验性写作达到了一个全新的水平。此外，该作尤其关注想象写作在表现政治、文化和社会现实时的运用。此外，还有一系列关注该方面的期刊论文，在此不赘述。

第三，怀德曼作品的互文性研究。研究者主要将怀德曼的《费城大火》《昨日的邀请》和《私刑者》这三部作品与其他作家作品放在一起进行互文研究。莱斯利·W. 路易斯（Leslie W. Lewis，2006）把怀德曼的《费城大火》与詹姆斯·鲍德温的《下一次将是烈火》（*The Fire Next Time*）进行比较研究，认为《费城大火》是对《下一次将是烈火》的回应或重写，是《下一次将是烈火》的第二个元小说版本。而且，她认为，小说中所表现的男性气质反映了怀德曼对鲍德温洞察力的修正。丹尼斯·罗德里格斯（Denise Rodriguez）在《霍姆武德"无形的音乐"——约翰·埃德加·

怀德曼的〈昨日的邀请〉与黑人城市传统》(*Homewood's Music of "Invisibility": John Edgar Wideman's Sent for You Yesterday and the Black Urban Tradition*，2006)一文认为《昨日的邀请》是对《无形人》(*The Invisible Man*)后现代版的修正，该小说也对黑人城市小说的传统进行了修正。此外，阿莎夫·拉什迪(Ashraf H. A. Rushdy，2006)虽未对怀德曼作品的互文性进行专门研究，但也对《私刑者》与《无形人》进行了比较，认为两部小说在结尾有异曲同工之妙：都让黑人民族主义的鼓吹者处于沉默状态。他还认识到怀德曼跟艾利森一样，简单地思考了完美的、有希望的但有问题的"联系性概念"(conception of connectedness)，即艾利森所谓的"成为他们的一部分"(being part of them)；而且两部小说的作者都看到了暴力的诱惑力，也清楚地意识到暴力的危险性。

第四，怀德曼作品的人物形象及意象研究。维达·罗伯逊(Vida A. Robertson，2011)深入分析了《昨日的邀请》中患白化病的黑人形象塔特，认为正是通过对这一形象的塑造，怀德曼抨击了西方文化的种族分类，以此来改变西方语境下黑人种族的低等性，并戳穿白人优越性的谎言。费利西亚·贝克曼(Felicia Beckman)在《阿切比、马歇尔、莫尼森和怀德曼的非裔男性形象描绘》(*The Portrayal of Africana Males in Achebe, Marshall, Morrison and Wideman*，2002)一文中在整体观照几位非洲或非裔作家作品中的男性形象时，分析了怀德曼小说《躲藏之处》中的主人公托米，认为他真实反映出当时年轻黑人男性的问题。除此之外，对小说中的意象研究也是不可忽视的。弗朗斯娃·帕罗-帕平(Francoise Palleau-Papin，1999)对怀德曼的小说《鲁本》《费城大火》和《屠牛记》中的气球意象进行了深入探讨，认为该意象生动地反映了人类的脆弱性。简-皮埃尔·理查德(Jean-Pierre Richard，1999)注意到小说中"船"这一意象，并把很多具有节奏性、摇晃的事物也囊括进来，并认为"来回"(back and forth)故事讲述就是"船"隐喻作用的体现。

综观国外关于怀德曼的研究，主要呈现出三大趋势：一是从局部研究逐渐转向整体研究，即从研究单部小说的主题和艺术特色，逐渐转向分三个或四个阶段对作品的主题和艺术特色进行系统探讨。二是研究方法的多样化。从单纯把作品与怀德曼本人的经历相结合转向理论化观照，积极采用新视角、新观点、新材料和新方法，从历史、创伤、城市等角度研究怀德曼，并运用新历史主义、创伤理论、空间理论、感知理论等理论与文本相结合，研究成果呈现出百花齐放的态势。三是形成对话态势。从研究者的各自为营转向全国范围内的动态对话，即随着对于怀德曼的研究不断深入和拓展，美国国内的研究者逐渐形成了互动状态，约翰·埃德加·怀德曼文学研究会(John Edgar Wideman Literary Society)的建立和 2003 年在费城举办的约翰·埃德加·怀德曼研究国际会议就是很好的例证。

另外，值得注意的是怀德曼的作品引起了法国广大师生的广泛关注，关于他作品的第一次专题研讨会于 1996 年在法国的图尔大学举行，比在美国宾夕法尼亚大学召开的研讨会早了七年，这反映了对怀德曼作品的重视经历了从国外到国内的过程。而且，近年来，随着学界对怀德曼的关注度日渐提升，他的几部代表作如《屠牛记》《费城大火》和《兄弟和保护人》被译成土耳其语、挪威语、德语、法语、日语、瑞典语等多种语言出版销售，相信不久后就会迎来世界范围内的关于他作品研究的对话局面。

国内对于怀德曼小说的研究才处于起步阶段，仅有十来篇期刊论文和四篇硕士论文，对于怀德曼小说的译介工作也尚未开始。最早关注怀德曼的是王家湘教授，他在《20 世纪美国黑人小说史》(2006)中用了长达 22 页的篇幅系统介绍了怀德曼其人其作，总结了他不同时期的创作特点："他在早期强调写作过程的艰辛和愉悦，即强调作者和作品的关系，到中期强调以向读者反映真相为目的，发展到后期以创作作为斗争的武器。"①期刊论文比较具有代表性的观点如下：陈红(2011)分析了

---

① 　王家湘：《20 世纪美国黑人小说史》，南京：译林出版社，2006 年，第545 页。

《费城大火》中的后现代叙事策略，包括编元史、拼贴、戏仿，认为该作表达了作家的心理危机。薛璇子及庞好农在《后现代叙述空间的本真还原：评怀德曼〈法侬〉》(2012)一文中探讨了怀德曼最近的一部实验性小说《法侬》的元叙述手法即"以实论虚""以虚论实"和"以虚论虚"，认为他的幻影、拼贴和断裂等写作策略使作品散发出蒙太奇和百衲被的艺术魅力。笔者(2014)认为《私刑者》中的四位黑人青年计划对白人警察实施私刑是黑人权力运动"以暴制暴"的反映，其计划的破产反映了黑人权力运动暴力主张的失败，体现了怀德曼对美国黑人权力运动的反思和批评。且近年来，怀德曼作品中的沉默主题引起了国内学者的重视，如王美地(2015)和楚梦云(2017)分别探析了《霍姆武德三部曲》和《费城大火》中的沉默主题，且这一主题也引起了笔者(2019)的关注，认为怀德曼将美国非裔民族的沉默"历史语境化"，揭示了被动沉默形成中的暴力规训本质和权力运作机制，折射出非裔民族在历史中的生存哲学。同时，非裔民族的主动沉默被"符号语境化"，使得沉默作为语言符号具有充分的言说功能，并成为从文化层面对抗强权的反抗策略。在他看来，被动沉默和主动沉默作为物质载体都承载了整个民族的伦理理想，进而赋予沉默终极意义，同时也使非裔的沉默蕴涵了人性和道德力量。对于这一主题的关注和探讨体现了国内学者在怀德曼作品研究方面所取得的突破性进展。然而，总体而言，国内研究无论是广度、深度还是研究成果的数量都与国外的研究存在相当大的差距，有待加强。

无论是国外研究还是国内研究，研究者们都没有足够重视怀德曼作品的另外一个突出主题——暴力。不可否认，很多研究者都意识到暴力是怀德曼小说的重要主题，也在其论作中触及这一主题。詹姆斯·W.科尔曼(James W. Coleman, 2001)在介绍怀德曼其人其作时总结了短篇小说集《所有故事都是真的》的主题，其中提到"毒品和暴力猖獗的黑人社区、暴力和苦难蹂躏的南非"①，也关注了《垃圾道里的弃婴之死》和

①　James W. Coleman. "John Edgar Wideman." *African American Writers* (Volume 2). Ed. Valerie Smith. New York: Scribner, 2001: 805.

《人尽皆知布巴·瑞夫》等短篇小说中充斥的暴力。基思·拜尔曼（Keith Byerman，2006）明确指出，跟理查德·赖特一样，"暴力、贫穷、种族主义"是他小说的重要主题，不同的是他以自我反省的方式表现出来。①中国学者王家湘（2006）在介绍其人其作时尤其提及了他作品中的暴力主题，并指出"黑人贫民区的暴力问题是怀德曼后期作品最关切的主题之一"②。这几位学者触及到了怀德曼小说的暴力主题，但可惜只是停留在提及这一层面，没有对这一问题进行介绍或论证。这一问题在阿莎夫·拉什迪（Ashraf H. A. Rushdy）的论文中得到改善，他的论文有了明确的论题和完整的论证结构，拉什迪（2006）深入探讨了《私刑者》中的暴力，并认为该小说与其说是探讨种族暴力行为的失败，不如说是对暴力作为民族建构的策略进行思考。杰弗里·西弗斯（Jeffrey Frank Severs）博士在其博士论文《重塑战后美国小说的极权主义》（*Reinventing Totalitarianism in Postwar American Novel*，Harvard University，2007）的第五章对怀德曼的部分小说进行了探讨，西弗斯虽未直接对小说中的暴力进行阐述，但对极权的探讨免不了提及暴力尤其是极端暴力。西弗斯认为怀德曼把奴隶制放在了与极权平行的位置，认为怀德曼小说中每片城市风光都有监狱的影子，他在小说中把极权主义和集中营的概念扩大化了。

对当代美国社会的暴力探讨得比较系统和深入的要数詹姆斯·R. 贾尔斯（James R. Giles），他在其著作《当代美国小说中的暴力：无辜的终结》（*Violence in the Contemporary American Novels：An End to Innocence*，2000）中选取了出版于 1968 到 1994 的八部当代小说，包括约翰·怀德曼的《费城大火》、桑德拉·西斯内罗斯的《芒果街上的小屋》、理查德·普赖斯的《漫游者》等，系统探讨了这些小说中的暴力。他认为暴

---

① Bonnie TuSmith and Keith E. Byerman. *Critical Essays on John Edgar Wideman*. Knoxville：The University of Tennessee Press，2006：10.

② 王家湘：《20 世纪美国黑人小说史》，南京：译林出版社，2006 年，第543 页。

力就是现代的一种地方瘟疫，毁灭了美国城市居民的梦想、抱负甚至是生活。他认为父母对孩子的暴力，甚至是孩子对孩子的暴力实在可怕，令人担忧。而且，他认为这些小说家不仅担负起了记录暴力瘟疫的责任，也试图在寻找这些暴力的根源：阶级结构、种族对抗和性别分歧，并认为保持文化多样性才会给美国城市带来希望和救赎。

以上关于怀德曼小说的暴力主题的提及和论证为笔者提供了重要启示：暴力是怀德曼小说的突出主题，目前学界对于这一突出主题的研究要么是介绍其人其作时零散地提及，要么是在零星的个案中论证，要么是作为陪衬在论及其他主题时提及，因此得出的结论不可避免具有片面性和暂时性，缺乏整体视野。至今尚没有关于怀德曼小说暴力这一重大主题的深入、系统的剖析和论证的专著，因此，对于怀德曼小说暴力主题的系统、深度挖掘必然成为怀德曼研究的新领域。

三、研究对象、意义、方法和结构

本书主要以约翰·怀德曼小说中的暴力为研究对象。"暴力"一词本身就是有着丰富的内涵，因此定义的版本是多种多样。《辞海》将暴力解释为强制的力量，武力。它是一种体力的外在表现形式，是行为人对自己或他人的人身、财产或精神进行伤害或杀害的行为。在哲学层面，暴力多被认为是被压迫阶级推翻统治阶级的重要工具，是推动社会进步的利器，尤以马克思主义的观点为代表。在法律层面，暴力与道德原则相关，涉及人性的丧失。虽然哲学层面看到暴力是违法的，但更强调暴力在社会进步过程中所具有的推动作用。法律层面本身就把暴力看成了贬义词，认为是社会退步的表现。亚洲的影视研究所曾对暴力下过这样的定义："使用体力或言辞攻击对某些人造成心理上或肉体上的伤害，以及包括对财产和肉体的毁灭。"①本书所谈及的暴力是一个中性词，不完全是贬义词，且本书所谈及的暴力多是指生理或行动上的伤害

---

① 转引自汪献平：《暴力电影：表达与意义》，北京：中国传媒大学出版社，2007年，第9页。

或杀害。当然偶尔也会提及心理的伤害，但这不是本书谈论的重点。

值得注意的是，小说中的暴力元素、暴力小说、小说暴力是三个完全不同的概念①。小说中的暴力元素是指小说中呈现出来的暴力行为，如打斗、杀戮、血腥、强暴、伤害、抢劫等，存在于小说中的某一具体情节中。而暴力小说，在笔者看来，是指暴力行为直接推动小说故事情节的发展，整部小说的主题主要表现出的是暴力思想，是一种小说类型。而小说暴力是一个综合型的概念，不仅涉及小说中的暴力情节，而且关系到小说的词法、句法和震撼力。美国当代文艺批评家盖勒特·斯图尔特(Garrett Stewart)在他的著作《小说暴力：维多利亚小说的形义叙事学解读》(*Novel Violence*：*a Narratography of Victorian Fiction*)中从这几个层面对小说暴力进行了深刻的阐释。中国学者陈曦在翻译该著作时明确了"小说暴力"中"暴力"的含义："其一，指小说中的暴力(violence)；其二，指小说词法、句法的背离常规(violence)；其三，指最终产生的强烈震撼力(violence)。"②虽然本书所涉及的文本不乏暴力小说，也不乏词法与句法的背离常规，更不乏小说所产生的强烈震撼力，但本书主要还是关注小说中的暴力元素，把暴力放在社会、历史的语境中探究暴力的深层生成机制及本质内涵。

暴力元素几乎充斥着怀德曼的所有小说，这也使他成为暴力书写的集大成者。他不仅关注美国国内的暴力，而且把视野拓展到欧洲和非洲。他尤为关注美国黑人这一特殊群体的暴力行为，并意识到了这一特殊群体暴力行为产生的复杂性和特殊性，他在《霍姆武德三部曲》的前言中指出：

---

① 此观点也是受益于汪献平关于"电影中的暴力元素"与"暴力电影"的区分，见汪献平：《暴力电影：表达与意义》，北京：中国传媒大学出版社，2007年，第9页。

② ［美］盖勒特·斯图尔特：《小说暴力：维多利亚小说的形义叙事学解读》，陈曦、杨春译，上海：上海外语教育出版社，2013年，第3页。

城市贫民窟就是几块儿充满危险、破败不堪、经济被边缘化的地产，毒品、贫困、暴力和犯罪充斥其中。在白人看来，黑人在贫民窟的生活几乎生了根，于是他们也把周围的黑人看成是丑陋、危险和邪恶的代名词。这种逻辑真是无知，也很可怕，这种对美国想象的基础简直跟奴隶制一样老套。事实上，这又使得回到了关于奴隶制的经典辩解的原点，同时又在责骂压迫的起因和后果。黑人和白人没有对这种使种族主义思维长存的错误假设给予先发制人的一击，就注定带着种族主义征候处于无休止的战斗中。①

虽然此处怀德曼意在揭示黑人贫民窟存在的一系列社会问题如毒品、贫困、暴力和犯罪，但也从侧面揭示了毒品、贫困、暴力和犯罪几大毒瘤之间互为因果、相互依存的关系。值得注意的是，他把这一系列问题产生的原因都归咎于种族主义，也意识到种族主义不消除，黑人与白人只会处于无休止的战斗中，彼此之间的暴力依然长存。因此，从种族矛盾的角度来探究怀德曼小说中的暴力是极其必要和合理的。

本著的研究是有一定的学术价值和社会意义的。第一，对怀德曼小说中的暴力进行研究有利于向纵深拓展怀德曼的研究，并为国内怀德曼作品研究提供参考。虽然国外对于怀德曼的研究成果颇丰，并达到了一定的广度和深度，但未有关于怀德曼作品暴力主题的系统研究。对于怀德曼作品暴力主题的探讨无疑是怀德曼研究中的一个新视角。尤其是在国内怀德曼研究尚处于起步阶段，尚无关于其研究专著的情况下，本著作为第一部系统研究怀德曼作品的成果，以期能抛砖引玉，为国内怀德曼小说研究提供些许参考，并为形成怀德曼小说研究的中西互动局面贡献微薄之力。

第二，对怀德曼小说的暴力主题进行研究有利于黑人文学乃至世界

---

① John Edgar Wideman. *The Homewood Books*. Pittsburgh and London：University of Pittsburgh Press，1992：8-9. 后文一律用 THB 简称该作，并在文中直接标明页码。

文学研究范式的丰富和发展。暴力主题是美国非裔文学极其重要的一个主题，目前国内学界对非裔文学研究领域暴力主题的关注主要触及理查德·赖特、艾丽斯·沃克和托尼·莫尼森几个作家的作品，且论证较为肤浅和零散。研究这样一个黑人文学研究领域中极其重要的主题，需要确立一个具有高度统御能力的研究视角和范式，并形成理论体系。从暴力的角度对这样一位作家进行系统研究，并上升到理论的高度，必然是对文学研究范式的丰富和发展。

第三，对怀德曼小说的暴力主题进行研究有利于改善当今国内学界在美国黑人文学研究方面所存在的极度不平衡的局面，有利于黑人文学研究的平衡发展。从整个非裔文学研究现状来看，国内对于黑人男性作家的研究远不及对于黑人女性作家的研究。从对非裔男性作家的研究来看，学者们的研究对象主要集中在赖特、埃利森、鲍德温几个人身上。这种"扎堆"现象严重影响了黑人文学研究的丰富性和多元性，这一点已经引起程锡麟等黑人文学研究学者的重视。2009 年 12 月在华中师范大学召开的"美国非裔文学国际学术研讨会"上，程锡麟教授呼吁要注重美国非裔文学研究的多样性和平衡性。他也明确指出很多杰出的作家受到了忽视，其中包括约翰·怀德曼。

第四，对怀德曼小说的暴力主题进行研究有利于人们对种族的解放、霸权的消解与和谐伦理关系的建构进行反思。在黑人奴隶制度早已废除的今天，黑人种族的生存状况没有得到根本的改变，暴力是否能成为种族解放和消解霸权的手段，这是很多学者都在思考的问题。尤其是现在民族交往空前繁荣，美国抑或是全世界依然充斥着暴力，且暴力形式可能更加新颖。在对社会公义的追求、对社会和平的向往永远都是这个世界的主旋律的大背景下，对怀德曼小说的暴力主题进行研究，可以使人们对暴力问题进行深思的同时，对种族、霸权、和谐进行反思，这在当代无疑具有不可忽略的现实意义。

本书拟用以下几种方法对怀德曼小说的暴力主题进行探析：文本细读法、跨学科研究法和对比研究法。首先，对怀德曼的小说及其他文献进行细读，是本书研究的基础。本书无论观点的提出、整体的构架、具体的论证都是以怀德曼的小说文本为蓝本。其次，本书将运用政治学、社会学、犯罪学、民族心理学领域的相关成果，为暴力研究提供语境和理论参照，使这一研究范式更具学术性。同时本书在对历史文献进行研究的基础上，主要采用社会历史批评的方法，综合运用女性主义、后殖民主义、文学伦理学批评方法，深层次探讨小说中的暴力主题。最后，本书将对比分析怀德曼与其他非裔作家的异同，并从中发现他在非裔文学上的继承与突破。

　　鉴于小说中黑人对不同的人实施暴力的动因和表现出的本质不同，本书将怀德曼小说中的暴力划分为三个维度进行探讨：美国黑人与白人的暴力、美国黑人族裔内部的暴力、美国黑人青少年的暴力。本书将基于怀德曼小说中这三个维度的暴力揭示各个维度的暴力产生的动因及本质，从而窥探作家怀德曼在暴力书写中所表达的伦理思想。

第一章　种族矛盾的激化：美国黑人与白人的暴力

由于种族歧视和种族偏见，美国黑人在历史上一直都是被压制和凌辱的对象，因此，黑人与白人长期处于尖锐对立的状态，种族仇恨根深蒂固。随着民族意识的不断觉醒，黑人的反抗一浪高过一浪，20世纪50年代的黑人民权运动掀起了黑人以非暴力方式争取民权的高潮。直到20世纪六七十年代，随着黑人的非暴力运动以失败告终，黑人走上了激进的暴力反抗之路，发动了轰轰烈烈的黑人权力运动，由争取民权转为争取权力。

在这一时代背景下，怀德曼小说中白人与黑人的暴力不同于历史上的白人对黑人的暴力。暴力在历史上是白人压制和迫害黑人司空见惯的方式，然而在怀德曼的小说中其施暴主体和客体发生了根本性逆转，黑人成为了对白人施暴的主体，而白人对黑人的暴力更多地以历史背景和暴力动因的形式展现出来。被卡里尔·菲利普斯称为"美国城市黑人的首席记录者"①的怀德曼在书写暴力方面也主要记录和思考了北方城市黑人的暴力和生存状况，这在其几部长篇小说如《私刑者》《躲藏之处》《昨日的邀请》和《鲁本》中都得到了体现。本章将以这几部小说的暴力元素为研究对象，探究该维度的暴力的深层生成机制，并揭示黑人暴力行为的本质。

---

① 转引自陈红：《内城区非裔生活的首席记录者——评美国作家约翰·埃德加·怀德曼的创作》，《外国文学动态》2013年第6期，第23页。

第一节　以暴制暴：黑人与白人的暴力

《私刑者》是讲述黑人计划对白人实施暴力的一部小说。四个生活在费城的黑人青年霍尔、桑德斯、威尔克森和赖斯密谋用私刑处死一个白人警察，最终由于内部原因而计划失败。短篇小说《托米》以作者怀德曼的弟弟为原型，讲述了黑人青年抢劫白人商店的故事，这一故事在长篇小说《躲藏之处》中得以继续。《昨日的邀请》中艾伯特在与警察的争吵中杀死了白人警察，在好友的帮助下逃走，七年后回到霍姆武德社区，最后被警察开枪打死。《鲁本》中鲁本的一个客户沃利讲述了其在卫生间杀死一个白人的故事，半虚半实的叙事风格使得事件是真是假很难确认。怀德曼小说中的这几个暴力事件都是北方城市黑人对白人实施的暴力，一直在历史上处于从属地位的黑人成为施暴的主体，这种现象无疑是值得我们关注和探讨的。

一方面，作品中的黑人选择实施暴力的对象都是白人，这是一种"以暴制暴"的体现。在这几部小说中，私刑密谋者的霍尔、桑德斯、威尔克森和赖斯，抢劫商店的托米、拉希尔，艾伯特以及鲁本的客户沃利，都是黑人。在美国历史中，白人一般都是以暴力实施者的身份出现，而黑人一般是被动的暴力接受者，因此，在黑人的眼里，从历史到现在白人都是暴力的代名词。虽然小说中的暴力受害对象要么是白人警察，要么是白人商店，要么是普通白人，他们都是单个的个体，但他们代表的是整个白人种族主义人群，尤其是白人警察是权力机构的代理人、社会秩序的执行者，对白人警察实施私刑实质上是对白人权力机构甚至是白人主导的社会宣战。因此，他们选择把白人作为暴力对象尤其是对白人警察施暴，体现的是"以暴制暴"的思想。此外，这几部小说都是以20世纪50年代到70年代为历史背景，这正是当时白人与黑人冲突不断、关系尤为紧张的时期，警察对黑人的暴行十分常见。因此，对白人警察实施暴力尤其能体现"以暴制暴"的思想和行为。

另一方面，作品中通过私刑、抢劫、枪杀、谋杀多种暴力方式来对白人实施暴力，使"以暴制暴"在形式和内容上更具表现力。从私刑的形式来看，私刑是一种高度仪式化的集体暴力。白人私刑者在执行私刑的过程中，大多是用枪打死或用绳子吊死黑人，有时候他们会举行一个高度折磨人的仪式，先把黑人捆绑在树上，涂上焦油或羽毛，然后把黑人活活烧死或致残，甚至肢解或阉割。小说中的私刑者之所以选择私刑这种方式而不是其他方式把警察处死，就在于私刑是一种高度仪式化的暴力形式，就如私刑计划的制订者霍尔所说，"这个城镇所需要的是一次过时的私刑。要是真实的事情。还要带上所有缩减的细节。……我们需要仪式。一次壮观的展览"①。

> 你不用脱下他的衣服。在看到他的啤酒肚和肥屁股时没人会咒骂的。让他穿着他那令人讨厌的蓝色制服吧。在安装绞索时朝他脑袋正上面倒一袋儿面粉。他会出很多汗，他会像一只在面粉里裹过待炸的鸡翅。生面团一样苍白的脸会呼叫着约翰·韦恩②和德克萨斯骑警来救他。颤抖地说兄弟求饶啊，妈妈求饶啊，尖叫着说是犹太人做的啊。红色的眼睛向人群中搜寻他最好的朋友。(TL 63)

这样的仪式化描绘把"以暴制暴"的场景形象地展现出来，带给人一种视觉上的冲击。虽然这只是由黑人青年想象且最终没有实现的暴力，但这样的暴力想象把黑人对白人的暴力场面鲜活地呈现了出来。

抢劫是指用暴力手段掠夺他人财物，是一种最为直接、最为原始的暴力形式。托米和同伙拉希尔计划，假装自己搞到一车新电视机，然后

---

① John Edgar Wideman. *The Lynchers*. New York：Harcourt Brace Jovanovich Inc，1973：60. 出自该小说的译文在该文中一律用 TL 代替，并随文标注页码。

② 约翰·韦恩(John Wayne，1907-1979)是好莱坞明星，以在西部片和战争片中饰演硬汉而闻名。1999 年，他被美国电影学会选为百年来最伟大的男演员第13 名。他同时位列"美国十大文化偶像"第 4 名。

卖给专门收购赃物的印都维纳，当店里唯一的店员黑人楚比在外面的车上验货时，托米便准备抢去印都维纳放在收银台里的钱。跟一般抢劫计划不同的是，他们断定白人店主印都维纳不敢报警，因为他专门收购赃物，他们在抢劫商店后，店主只会吃哑巴亏。同《私刑者》中的私刑计划一样，《托米》和《躲藏之处》中的抢劫计划也是经过精心策划了的。跟《私刑者》不同的是，作品除了呈现他们的计划，还让他们的计划得以实施，其抢劫过程如下：

> 某人一定倒下了，要么是拉希尔，要么是楚比。托米听到两声枪响。
>
> "关上该死的灯。"
>
> ……
>
> 托米的膝盖滑过桌子，他尽全力用枪托朝着那个人正在冒汗的胖脸奋力击打过去。他在桌子上到处翻找，把纸和垃圾撒得到处都是，同时望望倒在地下的印都维纳的白色衬衫及护着他脑袋的毛茸茸的臂膀。
>
> ……
>
> 然后他跑了。飞一样地进入黑夜中。（THB 138）

以上的暴力场面显示，托米只是想抢钱，并不想杀人，他只是把白人店主打晕在地，连钱也没拿就跑了。托米与店主的对话不仅表现了暴力实施者与接受者之间剑拔弩张的关系，同时，也表现了白人对黑人根深蒂固的偏见和白人与黑人不平等的关系。"你杀的是一个白人"很显然是在提醒托米杀死一个白人和杀死一个黑人的后果是不一样的，白人的生命比黑人的生命要珍贵得多，这实际上是一种语言暴力。白人店主属于黑人社区中的剥削阶级，他们一直在以"剥削"的隐性方式对黑人施加暴力，作品中的黑人青年对白人商店进行抢劫无疑是"以暴制暴"的体现，只是他们以更加显性的方式表现出来。

作品《昨日的邀请》通过枪杀白人把"以暴制暴"推向一个新的节点。虽然《昨日的邀请》这部作品的主要意图不是凸显黑人社区的暴力，而是重点关注黑人社区的文化传统，但作品中或多或少充斥着暴力。虽然暴力因素只是小说的一个小插曲或是小片段，但这更能凸显整个黑人社区的生活环境。作品并没有再现七年前艾伯特杀死白人的真实情况和细节，而是通过霍姆武德黑人社区的人七嘴八舌地讲了出来：

> "我知道他杀死了一个警察，一个白人警察，他们一直都在到处找他，直到找到他为止。"
>
> "不是警察。就是一个白人一直找他，因为他跟那个白人的妻子纠缠不清。"
>
> "发现他死时穿着制服。"
>
> "威尔克斯知道那个白人一直在找什么。制服也不起作用。"
>
> （THB 377）

虽然从他们的议论中很难确定艾伯特到底是枪杀了一个白人警察还是一个普通白人，也很难确定具体什么原因枪杀了那位白人，但正是这种不确定性更能使读者展开丰富的想象，想象着枪杀的具体场面。

作品《鲁本》通过描写黑人杀害陌生白人把黑人的"以暴制暴"推向高潮。黑人律师鲁本的客户沃利因高超的体育技能在大学里得到一份工作，他因大学招生腐败问题在向鲁本寻求帮助时讲述了自己曾经杀死一个白人的经过。事实上，他一开始的话语已经很清楚地暴露了他的暴力倾向："我不怕，我没有理由害怕。……我的脸变得铁青，犹如硬石。就像最好你不要离我太近。就像我已经准备好开打，你最好保持距离。不是的。我杀人又不是第一次了。"①随后，叙事者讲述了沃利在芝加哥

---

① John EdgarWideman. *Reuben*. New York：Henry Holt and Company，1987：41. 后文所有关于该作品的引用一律用 R 代替该作品，并在其后标注页码。

的某个卫生间杀死一个白人陌生人的过程，其场面惊心动魄：

> 他几乎是带着悔恨抽出他右手边的刀，砍向了那人的脖子。难听的撞击声就如撞在一袋面粉上没有生气。骨头或牙齿撞在大理石边缘，断裂的声音清脆作响。西服也皱了。身体倒在干净且硬邦邦的地板上。
>
> 沃利拽着他的后颈把他拖到一个小隔间。没有反抗。可能他折断了他的颈部。尽管空手道对他来说正在消失，有些模糊，但他仍然记得一些有用的概念。他的身体犹如篮球一样硬，尽管有些重，但他还是乐意搬的。（R 43）

"撞击声""断裂的声音"等具有声音效果的字眼与"砍向""拖""折断"等具有动作视角效果的字眼把沃利对那位陌生白人实施暴力的场面表现得淋漓尽致。尽管这个白人对于沃利来说是个陌生人，但正因为是陌生人才使他更具代表性，也才能更深地透视出黑人对白人的仇恨之深。同时，该暴力事件通过沃利的幻觉讲述出来，使叙事风格带有半实半虚的特点，读者很难确定该暴力事件是否真的发生。王家湘在评价黑人作家拉尔夫·埃里森的《看不见的人》的创作时指出，"梦境、幻觉、半意识状态比有意识的思维更能揭示人物的行为和现实的内涵，因此在这部作品中他大量地运用了这些手法，在更深的层次上揭示了主人公的内心世界"①。同样，小说中的沃利正是在幻觉和半意识状态中实施暴力行为的，从这一点上来说，不管沃利的施暴行为是否真实发生，该暴力场面同样深层次地揭示了他的内心。

综上，在怀德曼的小说中，四位黑人青年计划中对白人警察的私刑、两位黑人青年对白人商店的抢劫、艾伯特对白人的枪杀、沃利对白

---

① 王家湘：《20 世纪美国黑人小说史》，南京：译林出版社，2006 年，第185 页。

人陌生人的杀害都是由黑人对白人施加暴力，反映了黑人"以暴制暴"的策略和思想。其暴力场面不仅真实反映了北方城市黑人的生存状态，而且深层次地揭示了黑人的内心状况。怀德曼的小说没有将这些暴力视为一般意义上简单、偶然的暴力事件，而重视从社会现实、民族心理和政治诉求角度揭示暴力产生的深层原因及表达的内涵，这正是下文将要讨论的议题。

第二节　生存困境：以暴制暴的现实土壤

第二次世界大战后，美国北方工业化进程加快，大量南方黑人迁往北方。作为黑人奴隶的后裔，他们生活在北方城市，生活并没有得到根本改善，很多人甚至连最基本的生存问题都没有解决，这在很多美国非裔作家的作品中都得到反映。20 世纪美国非裔诗坛巨匠兰斯顿·休斯曾说："写作就是向人们讲述事情。讲什么？讲那些刺痛你的东西。……什么刺痛了我们？吉姆克劳在刺痛我们。聚集区、种族隔离、没有工作在刺痛着我们。"①作为新生代作家，怀德曼也关注到了这一社会现实，并意识到这一社会现实是迫使黑人对白人实施暴力的主要因素。

人作为生命的个体存在，对生存有本能的欲望，因此对生存现状的不满是迫使人有所行动、改变现状的最直接因素。怀德曼小说中的黑人除了生活在"聚集区、种族隔离、没有工作"的现实环境之下，还生活在警察暴行盛行的年代。总的来看，种族隔离、经济来源的缺失及经济剥削、司法保护的缺失在刺痛他们的内心和尊严，这是他们"以暴制暴"产生的现实土壤。

一、种族隔离：愤怒的基点

种族隔离作为奴隶制度变异的产物，是美国白人种族主义的重要组

---

① 转引自罗良功：《艺术与政治的互动：论兰斯顿·休斯的诗歌》，上海：上海外语教育出版社，2010 年，第 151 页。

成部分。随着 1862 年林肯总统《解放黑人奴隶宣言》的签发及 1865 年美国内战的结束，美国黑人奴隶制度在法律层面上得到废除，但白人种族主义者不甘心自己的奴隶变成公民，颁布各种黑人法典甚至是私刑法对黑人继续实行统治，其中尤以盛行南部的吉姆克劳法最为典型。他们以"隔离但平等的原则"为幌子，对黑人进行奴役和隔离。白人对黑人的隔离和奴役体现在教育隔离、交通隔离、公共场所隔离和住宅区隔离等社会生活的各个方面。

虽然北方的种族隔离不是以法律形式对黑人进行束缚，但白人根深蒂固的种族隔离和种族歧视观念不约而同地把北方城市黑人禁锢在一块或几块狭小的区域内，这种观念甚至渗透到黑人生活的方方面面。即便《1964 年民权法案》及《1965 年投票权法案》禁止任何形式的种族隔离和歧视政策，使黑人种族隔离制度在法律上走向终点，但北方城市黑人的生活没有发生本质改变，因为真正迫害和束缚他们的是白人的种族主义观念。

怀德曼的小说大多集中描绘北方城市黑人的生活，并大范围地描写了北方种族隔离的场景。以费城为地理背景的小说《私刑者》、以霍姆武德社区(怀德曼的出生地)为地理背景的《霍姆武德三部曲》①和《鲁本》都把小说的地理空间设置在黑人聚集区，真实再现了黑人聚集区的面貌。黑人聚集区一般都点缀在一个城市之中，通常与白人区只有一墙或是几墙之隔，却与白人社区有着天壤之别。这样的空间划分体现的是种族对立和等级秩序，正如列斐伏尔(Henri Lefebvre, 1901—1991)在探究空间的内涵时指出，空间实质是一种社会关系，"它内含于财产关系(特别是土地的拥有)之中，也关联形塑这片土地的生产力"②，且空

---

　　①　《霍姆武德三部曲》由《天蛇》《躲藏之处》和《昨日的邀请》三部以霍姆武德为地理背景的小说汇编而成，在学界被看成怀德曼的家族史。

　　②　亨利·列斐伏尔：《空间：社会产物与使用价值》，包亚明主编：《现代性与空间的生产》，上海：上海教育出版社，2003 年，第 48 页。

间的等级和社会阶层是对应的。

种族隔离一直在刺痛着黑人的内心，北方城市住宅区黑人区与白人区的贫富差距正践踏和贬损着黑人民族的尊严，由此滋生的愤怒和怨恨情绪是导致黑人对白人施暴的现实因素，这在小说《私刑者》的施暴主体身上有鲜明的体现。霍尔是私刑计划的发起者和制订者，也是对现实社会最为不满的一位。当他与威尔克森走在黑人区与白人区的交界地段时，他不遗余力地表达了对黑白区贫富差距的愤怒："让我们沿着河走吧。先下伦巴德街，然后再上南街。我喜欢这样的对比。这样可以使我的愤怒达到极致。"(TL 110)可见，在实施私刑计划之前，他们特地去看这样的对比，是为了通过这种方式来激起自己的愤怒，坚定自己实施私刑计划的决心。的确，在他们看到了黑白社区的反差后，他们更加愤怒了，霍尔指着高雅的红色和白色建筑物及屹立在伦巴德街两旁的房子正门说："看看这边……大理石、混凝土、石头、砖块。金钱和传统。看看这边，再想想仅仅需穿过这几面墙的那边。甚至不到一百码远。"(TL 110)紧接着，霍尔几乎是以唾骂的口吻描述了墙"那边"的状况："南街上你看看真实发生的事实。这是起点，他们所希望的可能会发生。可事实就是，弯弯拐拐的排水沟、污物、上百万条道路都将要被毁了。南街就像一条下水道，可以冲走他们所有不想要的东西。"(TL 111)由此可以看出，黑人社区几乎是白人的垃圾场和排泄场，这把他们的愤怒推向极点。美国首位家庭治疗师和心理治疗师维吉尼亚·萨提亚(Virginia Satir)在探讨愤怒与自尊的关系时指出："一个人感到愤怒，说明他内心有伤痛。某种程度上，他觉得他的自尊已经摇摇欲坠。"①自尊坍塌的直接后果便是暴力的滋生，愤怒与暴力犹如孪生兄弟一般存在于社会之中。在现实的美国社会中，整个60年代包括70年代初期，愤怒成为一种精神气质弥漫于社会的各个角落。1965年的瓦茨暴乱(Watt

---

① Virginia Satir. *Conjoint Family Therapy*. Palo Alto：Science and Behavior Books，1983：218.

Riot)、1967 年的底特律暴乱(Detroit Riot)、纽瓦克暴乱(Newark Riot)
等震惊全美的暴力事件无不是愤怒的衍生物。正是因为这种愤怒情绪的
高涨和蔓延，当时的很多正式或非正式的政治组织如黑豹党(Black
Panther)、青年国际党(Youth International Party)等都纷纷接受了暴力的
理念。

如果说《私刑者》主要揭示了白人种族主义者在居住空间上把黑人
与白人隔离开来的事实，那么《鲁本》这一小说则反映了白人在公共空
间里对黑人进行排斥的现象。公共空间的排斥导致了沃利潜意识里对白
人的反抗，进而演化为暴力。当那位打扮得比较体面的白人走进卫生间
时，叙事者认为"他的打扮比沃利更适合使用这个卫生间"(R 42)，以
至于"沃利想立刻逃走，回到适合自己合适的环境中去"(R 43)，但他
没走。那位白人撒尿之前的洗手就引起了沃利的思考，因为他自己从来
没这样做过，他想："这是你撒尿之前应该要做的吗？……这就是黑人
与白人为什么不同吗？很多人类经验的领域他们实在不同意，比如权
利、特权和优先权。"(R 43)正是有了这样的想法后，沃利与那位白人
的矛盾产生了，即"当空间一人一半的时候，甚至有这么大个池子他们
还得去争。一半给他，或者一半给沃利就可以了，但现在两个人都没空
间了"(R 43)。虽然小说中没有明确指出沃利杀死那位白人的原因就是
为了争夺撒尿的空间，但小说把沃利的思考、叙事者的言说、沃利的暴
力行为并置，使读者不难推测沃利杀死陌生白人的原因正在于此。这样
的原因表面看起来很荒唐，但荒唐的背后隐藏的是白人根深蒂固的种族
隔离观念，这种观念不断地羞辱和刺痛着黑人的自尊心。事实上，白人
不仅从空间上与黑人隔离开，而且从精神上、意识形态上把黑人排斥开
来，而这种排斥带来的羞辱不亚于历史上的奴隶制带来的羞辱，就如学
者戴维德·弗莱蒙对吉姆克劳法进行阐释时所说："就美国非裔而言，
它指的是一种充满限制的生活方式。从某种程度上来说，这些羞辱与奴

隶制一样糟糕。"①可见，种族隔离是白人种族主义者白人至上主义和白人优越论的论调在种族主义上的延伸，而小说中的陌生白人之死便是种族隔离和种族歧视观念下的产物。

因此，怀德曼的小说认为，现实生活的种族隔离像毒针在刺痛着黑人的内心和尊严，尤其是黑人区与白人区的贫富差距让黑人们几乎每天都在接受来自白人的种族主义教育，这成为黑人民族愤怒的起点。斯洛文尼亚文化批评家斯拉沃热·齐泽克把暴力划分为直接的物理暴力和意识形态暴力，② 这种种族隔离和种族主义思想就属于白人的一种意识形态暴力。当意识形态的暴力对黑人刺痛到一定程度时，他们选择了直接的物理暴力对白人加以还击，实行"以暴制暴"的策略。

二、经济剥削：生存权的濒危

根据马克思的观点，经济基础决定上层建筑，有什么样的经济基础就有什么样的上层建筑，经济基础决定上层建筑的基本内容和性质。自认为高人一等的白人只有主导整个上层建筑、控制社会资源才能实现对黑人的全面控制，所以必然在经济上对黑人进行剥削和压迫。事实上，美国白人对黑人经济上的压迫和剥削贯穿整个美国黑人民族成长史，从迫使南方黑人奴隶夜以继日地在田间劳作，到对南方黑人佃农的剥削，再到给予城市工厂黑人工人的微薄工资，剥削一直存在。白人对黑人的经济剥削最直接的后果是黑人没有基本的物质生活资料，生存本能使他们铤而走险。从白人手中抢夺物质资源，获得基本的生存权，这正是怀德曼的小说所揭示的。

---

① 转引自罗良功：《艺术与政治的互动：论兰斯顿·休斯的诗歌》，上海：上海外语教育出版社，2010 年，第 152 页。原文见 David K. Fremon. *The Jim Crow Laws and Racism in American History*. Berkeley Heights, NJ: Enslow Publisher, 2000: 27.

② 斯拉沃热·齐泽克：《暴力：六个侧面的反思》，唐健、张嘉荣译，北京：中国法制出版社，2012 年，第 10 页。

　　小说中白人对黑人的经济剥削主要来自资本家，黑人做同样或更多的活儿所得到的工资只有白人的一半甚至是三分之一，而且其中还伴随着人格尊严所受到的伤害。卡尔回忆了因找不到工作而在酒吧外找零活的场景："很多个清早我自己坐在那儿，希望有个白人开车过来把我带走，但如果他真的来了，你也会疯的。他对你说话颐指气使，把你当骡子一样使唤，可只付给你给白人一半的钱。但是你没得选择。"（THB 469）由于白人对黑人经济的剥削，每个黑人男性要想支撑起自己的家，不得不同时做三份工作，即便是三份工作加起来的钱也不如白人做一份工作得到的多。此外，怀德曼在《私刑者》中借叙事者之口进一步揭示了白人经济剥削下黑人普通大众的生存状态："成群的黑人劳力成为侍者、搬运工、洗碗工、餐厅勤杂工，就连这样的工作也做不长，长到那点儿收益可能就够付赊欠的房租，或者可以为在路边或酒吧睡觉买件新衣服……他们不断地换工作，三个人在同一岗位上轮流替班，甚至在一个星期里被同一雇主雇佣、解雇、再雇佣、再解雇。"（TL 129）

　　同时，黑人们的微薄收益刚够付赊欠的房租也显示了黑人社区的另一剥削者——白人房主对他们的经济掠夺。当时，在黑人眼里，白人房主是包括白人警察、白人商人在内的黑人聚居区的三大"公害"中的一害。虽然小说并没有用翔实的数据清晰再现白人房主对黑人的剥削和掠夺，但史料显示白人房主对黑人的剥削十分厉害。据统计，"黑人聚集区的房租比白人区平均高出百分之三十到百分之六十"，而且当黑人不能按时交房租时，就要被白人房主赶走，甚至是被控告，遭到罚款或判刑。①

　　小说中白人对黑人的经济剥削还体现在白人商人对黑人的盘剥上。如上所述，白人商人是黑人聚集区的一大"公害"，黑人对他们恨之入骨。短篇小说《托米》及长篇小说《躲藏之处》中托米及同伙之所以要抢

---

　　①　中国人民解放军五二九七七部分理论组，南开大学历史系美国史研究室及七二届部分工农兵学员：《美国黑人解放运动简史》，北京：人民出版社，1977年，第350页。

劫白人商店，其原因便在于此。就如托米的同伙拉希尔所说：

> 我们要去抢他的原因就是因为那个白人太贪婪了。他是如此地
> 贪婪以至于他不能忍受黑人拥有任何东西。当我们告诉他我们劫到
> 一车彩色电视机时，你看到他的眼神没？他妈的该死的人。我能听
> 到他脑子在运转，在算计着。这些黑鬼很笨，我可以抢了这些黑鬼
> 的东西。喀哒、喀哒、喀哒。把那堆狗屎从这些笨鬼手里抢过来。
> 他们抢劫我们这么长时间了，他们认为这就是本该有的方式。他们
> 如此贪婪，以至于当他们看见黑鬼身上有值得偷的东西的时候，他
> 们的手都汗透了。（THB 135）

黑人们看到了白人商店主的贪婪，认为白人商店主一直都是以"抢劫"的方式在对待他们，只是店主们的抢劫是以隐性的方式表现出来的。黑人社区的白人店主对黑人的"抢劫"在美国是众所周知的，他们任意哄抬物价，提高利率，并以高价出售劣质货物，恣意敲诈黑人居民。小说中的黑人青年以显性的抢劫方式进行了回击，这揭示了小说认为白人剥削阶级应该为他们的暴力行为负责任。

更为糟糕的是，由于对黑人在就业上的歧视，很多黑人连获得经济剥削的机会都没有，他们找不到工作，得不到任何的物质资源。《私刑者》中的霍尔虽然受到了很好的教育，是位诗人，但因为肤色和跛脚这一生理缺陷，每每作为应聘者出现时，他总是被"侮辱、欺骗、可怜、讥笑和忽略"（TL 129），找不到维持生计的工作。虽然怀德曼的小说中不是所有黑人面对失业都选择用暴力争取物质资源，如卡尔选择在毒品中沉沦和抱怨，鲁本选择通过法律援助来帮助黑人社区，但无疑，黑人青年的大量失业直接导致了他们在生活上举步维艰，饥饿所引起的身体本能的发挥是常人难以自控和抵御的，这增加了他们使用暴力的可能性。

小说中不乏带着铤而走险的心态实施暴力的黑人，如托米的抢劫行

为便是他面对黑人与白人之间的贫富鸿沟，用暴力发泄心中的极度愤怒，满足心理上的不平衡的表现。他如实地剖析了他们的生存困境和不顾后果的缘由：

> 当你一无所有的时候，你会变得不顾一切。你什么也不在乎。我是说，你有什么可担心的？你的生命连狗屎都不如。你唯一可以做的就是从吸毒中得到点儿快感。得到快感，然后花掉你所有的时间再扒点儿钱，然后你又可以得到快感了。你反正一无所成，一无所有。……我的意思是，你看周围的人和电视上的人。他妈的！白人们什么都有，汽车和衣服。他们可以为他们的女人做一切。他们什么都有。你看看镜子里的自己，你什么前途也没有，口袋里连一文钱都没有。连自己的人看到你都恶心。你就像一个小孩子在自己家周围乞讨。然后是监狱和偷自己妈妈的钱。你变得不顾一切。你去干你不得不干的事儿。(THB 136)

由此可见，当黑人变得极端贫困的时候，他们会自己都瞧不起自己，尤其是当生活没有希望时，他们只能走上自我堕落之路，然后不顾一切地干坏事。经济上的贫困意味着衣食住行最基本的生存需求得不到满足，出于求生的本能，行为主体的理性意志不被控制，任由其自然意志行事。因此，他们对白人的暴力行为是生存原欲的累积性爆发。小说通过托米的话揭示了黑人青年对白人施暴获得物质资源的无奈，把他们犯罪的根源指向了导致他们极端贫困的白人剥削者和种族主义者。

怀德曼的小说中不乏天资聪颖，但由于种族身份而得不到教育和就业机会的黑人，这进一步揭示了黑人贫困的根源。《昨日的邀请》中的第二代卡尔，从第二次世界大战战场回来后，根据美国军人法案去上大学。他在绘画上有很高的天赋，于是他开始学画画。但一位老师告诉他："你很棒。我们都知道这一点。你是我们这儿最好的学生，但你在这儿是浪费你的时间，你不可能用在这儿所学到的东西去谋生。"(THB

468）卡尔的话进一步揭示了黑人恶劣的处境："他说他这样说是为我好。公司是不会雇佣黑人艺术家的。他没说黑鬼艺术家，但那就是他想用的词。他让我列举一个我们种族里著名的艺术家，列举一个艺术家或一幅黑人的作品。当然，我列举不出。"（THB 468）随后，那位老师替他做了退学的决定。这体现了白人对黑人在就业上的歧视，也说明白人对黑人就业上的歧视源于对黑人教育的歧视及控制。正是白人在就业上对黑人的歧视造成黑人的失业率很高，很多黑人压根就不能就业。北方城市黑人的失业率比白人高三四倍，甚至是七八倍。据史料记载，1962年，"全国十二个城市黑人失业率为平均失业率的三倍。费城失业率为百分之七，而黑人失业率为百分之二十八，芝加哥黑人男子失业率为百分之二十，克利夫兰黑人男子失业率为达百分之四十。……在正常情况下，黑人青年有四分之一找不到工作"①。即便是黑人能够就业，由于受教育水平低，也只能从事没有技术含量或没有知识含量的最为底层的工作。怀德曼小说的黑人民众要么是街道清洁工、粘贴墙纸的工人、洗碗工，要么是连这样的工作也找不到的无业游民。

怀德曼的小说正是以此来揭示，若种族隔离刺痛的是黑人的内心，践踏了黑人的尊严，那么经济剥削和经济资源的缺失不仅直戳黑人的内心，而且几乎剥夺了他们生存的权利，因为经济上的剥削会导致黑人们一无所有、生命权濒危，生存的本能会驱使他们铤而走险、无所顾忌。

三、司法压制：正义的缺失

美国黑人在历史上一直得不到司法的保护，反而要面对白人以法律的名义进行赤裸裸的欺凌。随着社会的发展，黑人在争取法律保护方面取得了丰硕成果，但在种族歧视的语境下，这些法律的实施有难度。怀

---

① 中国人民解放军五二九七七部队理论组，南开大学历史系美国史研究室及七二届部分工农兵学员：《美国黑人解放运动简史》，北京：人民出版社，1977年，第352页。

德曼小说中对白人施暴的黑人生活在 20 世纪 50 年代至 70 年代，他们不仅得不到司法的保护，而且还要面对执法者利用权力和职务之便对他们实施的暴行，其正义自然得不到伸张。

小说中的黑人生活在执法者暴行盛行的年代，这是引起黑人"以暴制暴"行为的导火线。警察本应该维护社会的安定，是法律的积极捍卫者和执行者，但在美国种族主义的大背景下，警察在黑人生活中一直充当着与其身份完全相反的角色。小说《私刑者》中的霍尔在解释他们私刑计划要选择白人警察作为私刑对象时指出："现在我所谈论的不是说随便抓住一个老人，然后把他绑到离我们最近的电线杆上。完全不是的。"（TL 60）私刑者选择把白人警察处死，最重要的原因是当时白人警察对黑人的暴行非常猖狂，就如霍尔所说："他们已经猖狂太久了。"（TL 116）正是白人警察长期的猖狂暴行，才被黑人社区公认为"三大公害"中的一害。要了解白人警察的猖狂，有必要回到当时的历史环境中去。二战后，南方黑人不断迁入北方城市，寻找新的发展机会，且不断向白人要求与之平等的地位。随着黑人迁徙的人数剧增，白人日益感觉到了威胁，白人警察就成了白人利益的捍卫者，并形成了"我们 vs 他们"的心理模式。盖尔·奥布莱恩（Gail O'Brien）在研究白人警察的暴力时这样认为："警察在维护公正系统的专制性中起着前线护卫者的作用，在控制黑人与白人关系的社会秩序中亦起着前线护卫者的作用。"①据史料记载，那时黑人的报纸几乎每个星期都会报道白人警察的暴行，而且地方或全国的民权运动组织的档案室里都装有成千上万份讲述白人警察暴行的书面陈述和信件。② 白人警察对黑人的暴行成为维护种族等

---

① Leonard N. Moore. *Black Rage in New Orleans: Police Brutality and African American Activism from World War II to Hurricane Katrina.* Baton Rouge: Louisiana State University, 2010: 1.

② Leonard N. Moore. *Black Rage in New Orleans: Police Brutality and African American Activism from World War II to Hurricane Katrina.* Baton Rouge: Louisiana State University, 2010: 2.

级秩序的重要手段。

在怀德曼的小说中，白人种族主义者在法律方面对黑人推行愚民政策，使黑人没有懂法和知法的机会，这就降低了黑人拿起法律武器捍卫自己权利的可能性，增加了他们对暴力施暴的可能性。在法律教育上，白人对黑人严格控制，即不给黑人了解美国法律的机会。小说《鲁本》中的主人公鲁本借着在费城法学院的学生公寓干活的机会，利用白人学生的书和笔记自学法律。几个白人学生发现后，把他骗到他的妓女女朋友家将他毒打了一顿，并放火烧死了他女朋友，这使他从身体到心灵都受到了重创。这种重创不仅是对鲁本个人学习法律的威胁，也是在告诫黑人族群，美国的法律只是白人的法律，与黑人无关，一旦黑人试图了解白人的法律就要遭到压迫和凌辱。尽管如此，鲁本后来在一辆停放在霍姆武德区的拖车上办公和居住，通过自己所学的法律知识在黑人社区竭力为穷苦黑人提供法律上的咨询和帮助。他也明白他的帮助起不了实质性的作用，如他自己所说："我主要是倾听，往往这就够了。在大多数情况下，在真正有问题的时候，别人也只能做到这一点。我十分明白我改变不了什么，但我仍尽力而为。谁还能有更高的要求呢？当你相信有个为你辩护、站在你一边、保护你利益的人时，你的内心会得到一些平静。我努力提供这种幻觉。"（R 198）与其说他是在提供一种幻觉，不如说是在给贫苦黑人提供力所能及的温暖，但白人连这样的机会也不给予他，控诉他冒充律师并逮捕了他。报纸上也刊登了控诉他是骗子的文章："无疑他给他的邻居提供好了大量帮助，有的是法律上的帮助，有的是准法律上的帮助。尽管他是出于好意，但很可能他会给向他寻求帮助的人会提供错误的建议，这一点不能轻易放过。"（R 198）鲁本被逮捕无疑给了黑人致命的一击，是种族主义者愚民政策的进一步深化。他们不给予黑人任何了解美国法律的机会，想让他们长期生活在对法律的无知和零触碰之中。当黑人中有人试图拿起法律武器来维护自己权益的时候，白人种族主义者就把他们扼杀在摇篮之中。

此外，小说中的黑人还要忍受司法体制带来的强权。司法体制的强权表现为法律约束的不平等性。换句话说，即便违反的是同一法律条款，法院也会根据受害者或实施者的种族不同而量刑不同。当托米拿着枪对准白人商店主印都维纳时，印都维纳对托米说："你杀了我，你会后悔的。……杀我你会后悔的……如果外面两个黑人死了一个，那只不过是一个黑鬼杀死了另一个黑鬼……你要是杀了我，你会后悔的……你杀的是个白人。"（THB 138）他是在提醒托米杀死一个白人和杀死一个黑人的法律后果会很不一样，很显然，杀死一个白人的后果比杀死一个黑人的后果严重得多，这不仅体现了法律对黑人生命的轻视，而且直接揭示了美国法律的本质：约束的不平等性。另一方面，美国司法体制的强权体现在用法律的手段对黑人实施赤裸裸的欺凌。《鲁本》中鲁本有一个贫穷的黑人客户叫塔克，塔克被白人雇去拆无人居住的旧房子的砖，白人雇主拉走去卖，但警察说他私拆公房进而逮捕了他，却根本不和雇他的人去理论，也不去追究白人雇主的责任。黑人在美国法律面前，根本没有为自己申辩的机会，冤屈自然无处诉说。这一点在小说《躲藏之处》中也得到了体现，白人店主在告诫托米美国法律约束的不平等性后，托米把店主打晕后逃跑了，但事后白人警察以杀人的罪名追捕他。托米选择不断逃跑，是因为他很清楚地意识到法律不会给黑人申辩的机会。

因此，小说正是从司法方面揭示，生活在美国的贫苦黑人不仅得不到司法体制的保护，而且遭受的是白人种族主义者以法律的名义进行的赤裸裸的欺凌，这也成为黑人们失望甚至是绝望的重要因素，尤其当黑人连最基本的生存权益也得不到保障时，在黑人族群尤其是黑人青年的眼里，法律只是毫无意义且具有辛辣讽刺意味的名词，他们只好用暴力这种最原始的方式来实现自己的生存愿望抑或是维护自己的尊严。正如学者王家湘在评价怀德曼其人其作时指出，"当一个社会制度不能保护弱势群体的利益时，暴力就成了他们自我保护的手段"①。

---

① 王家湘：《20世纪美国黑人小说史》，南京：译林出版社，2006年，第541页。

第三节　历史清算：以暴制暴的民族心理

　　根据《社会科学新词典》的定义，民族心理是一个民族在长期的历史发展过程中形成的性格、感情、爱好以及习惯等心理特征的总和。①民族心理同自然环境、社会生活、历史发展和文化传统密切相关，尤其强调历史在民族心理形成过程中的作用。就美国黑人民族而言，经历了遭受白人欺压和凌辱的历史，必然形成独特且扭曲的民族心理。怀德曼小说中黑人对白人的暴力在一定程度上是黑人民族心理作用的结果。本节将从黑人民族心理形成过程这一角度出发，探究怀德曼小说中民族心理在黑人暴力形成过程中产生的作用。

一、黑人民族心理的形成

　　17世纪初西班牙殖民主义者将第一批非洲黑奴运抵美洲，随后来自不同地区的非洲黑人被劫掠并被贩卖到美洲做奴隶，黑人的悲惨苦难历程便拉开帷幕，他们毫无人权可言，遭受着种族歧视、经济剥削、政治抵制、文化压制，过着低人一等、牛马不如的生活。怀德曼的小说不乏对黑人民族历史的关注，我们将其小说零碎的历史片段串起来可以窥探黑人完整的生存经历和苦难历程，以便准确地总结和理解美国黑人的民族心理。

　　奴隶制度把美国黑人禁锢在低人一等的动物角色中。本应该在自己的国土——非洲过着幸福生活的黑奴被殖民主义者劫掠上船，黑人宛如动物一般的生活由此开始。怀德曼的短篇小说《黄热病》这样讲述黑奴在船上的生活和感受："他蜷缩在黑黑的底层舱，想知道为什么在坚固的绿色大地上的生活不得不终结，为什么上帝让他跟其他奴隶被铁链拴在一起，为他选择了这么个新的栖息地，在海上漂着，没有空气，没有光亮。木墙被击打，颤抖着，似乎某人决心摧毁这个可怜的

────────────

　　① 汝信主编：《社会科学新辞典》，重庆：重庆出版社，1988年，第617页。

最后的避难所。"①黑奴压抑、伤心、绝望、无奈的心情清晰可见。

在美洲的种植园里，白人奴隶主对黑奴的暴力可谓司空见惯。《私刑者》在前言中通过摘抄一位逃跑的黑奴给哥哥的信揭示了黑奴苦不堪言的生活："亲爱的哥哥：……我能够死于一种方式或动因，这种方式或动因能使真实的和坦诚的人以我为荣，这种方式或动因能够使天使带我到他们上面的永恒快乐之家吗？……虽然现在被锁进监狱并且被判了死刑，但我在这度过了几小时愉快的时光。……我现在比任何时刻都想死，因为我觉得我已经做好去见造物主的准备。"(TL 6-7)虽然信中只是偶尔提到"遭受"这样的字眼，没有正面讲述自己悲惨的奴隶生活经历，但这种对死的渴望及进了监狱后的快乐时光从另外一个角度突出了黑奴生不如死的境况。

奴隶贸易把黑人的动物角色发挥到了极致，通常奴隶主会像对待牲口一样对黑奴进行买卖。怀德曼的小说虽然没有再现具体的奴隶贸易场景，但短篇小说《天蛇》中黑人奴隶奥里安的主人写给他前主人的信中暗示了黑人的动物角色："我满怀期望地从你手里买下的黑奴奥里安，没有显现出你的承诺。他拥有很好的体格，是个完全长成、身体健全的仆人，可以阅读、写作、做加减法……他现在对我来说是个负担，会使我农场的经济成为赤字，完全不是当我同意付给你所要求的价钱时刚买下的所以为的资产。"(THB 15)

对黑人来说，最为残酷的莫过于历史上盛行在美国南方的私刑。私刑本身是白人以"公正或传统"为借口对黑人实施的群体或集体暴力。私刑在美国有着深刻的历史根源。虽然美国的私刑最初不是针对黑人，而是针对独立战争中的罪犯，② 但在独立战争结束后，南方白人种族主

---

① John Edgar Wideman. *Fever*. New York：Penguin Books，1990：130.

② 私刑来源于弗吉尼亚州的治安官查尔斯·林奇(Charles Lynch)的名字，独立战争期间，犯罪率上升，战争和交通不便使得押送犯人和护送证人具有很大的风险，查尔斯·林奇(Charles Lynch)就私设法庭，惩治犯人。可参见 Albert Bushnell Hart. "Lynch-Law：An Investigation into the History of Lynching in the United States by James Elbert Cutler." *The American Historical Review* 2(1906)：426。

义者便把这种暴力形式运用到黑奴身上，成为在政治上和经济上迫害他们的工具。为了真实地反映黑奴的生活，怀德曼在《私刑者》的前言中直接摘抄了《孟菲斯报》(*Memphis Press*)、《孟菲斯新闻报》(*Memphis News-Scimitar*)和《密西西比晚报》(*Mississippi Evening Post*)报道白人种族主义者对黑人实施私刑的文章片段。以下是来自1921年2月27日《孟菲斯报》报道的用火刑处死黑人的场景：

> 五百多人站在旁边看着那个黑鬼慢慢被烧成薯片儿。……那个黑鬼被绑在木桩上，一群暴徒在他脚边放了一小堆树叶。在树叶上又浇上汽油，死刑正在执行着。一寸一寸地，那个黑鬼就快被烹饪死了。甚至只有几分钟的时间，新鲜的树叶被扔到大堆可燃物上，直到火苗漫过了他的腰。……甚至肉从他的腿上烧掉下来，火焰跳向他的脸，劳瑞(黑鬼的名字)仍有意识。他一次也没有啜泣，也没有求饶。偶尔他试着抓起他手上的灰，把它们塞进嘴里，以便快点死去。……当火焰吞噬了他的腹部，一名暴徒走上前，把他的整个身体浸透上汽油。仅仅只有几分钟，黑鬼就变成了灰。(TL 15-16)

这种惨无人道的集体暴力不仅会给受害者身体和心理带来创伤，而且恐吓和警告了周围的黑人，而后者才是白人对黑人实施私刑的真正目的。事实上，白人对黑人实施私刑跟伸张正义完全没有关系，证据是否充分也不重要，只要白人有主观想法就可以对黑人执行私刑。美国历史上私刑数量极多且很普遍，据美国塔斯克基学院(Tuskegee Institute)反映，在1882年至1968年间，美国黑人死于私刑的就有3446人，实际数量可能更多，每星期平均有两至三个黑人被私刑处死①。无疑，私刑对美

---

① 谢国荣：《20世纪30年代美国南部妇女阻止私刑协会的活动及其影响》，《世界历史》2012年第1期，第67页。

国黑人来说绝对是令他们感到痛彻心扉的事。

随着南北战争的结束，黑人奴隶制度走向灭亡。虽然1864年林肯总统颁发了解放黑人奴隶的宣言，黑人奴隶获得了法律意义上的自由，但白人种族主义者对黑人的迫害丝毫没有减轻。《私刑者》前言再现了反黑人组织三K党(Ku Klux Klan)在历史上对黑人的迫害。三K党是黑奴解放后在美国南方组织建立起来迫害黑人的组织，"二战"后随着黑人的不断北迁，这一组织逐渐发展成为全国性的迫害黑人的组织。怀德曼的小说摘抄了1871年3月25日肯塔基州的黑人奴隶向国会提交的请愿书，控诉三K党进行恐怖袭击的罪行，并列举了三K党在该州从1867年到1871年五年犯下的116条罪行。他们的暴力形式多种多样，他们鞭打、虐待、枪击无辜的黑人，甚至强行袭击或烧掉黑人的家等。19世纪晚期白人资产阶级对黑人的剥削和压迫更是变本加厉，极力推行种族隔离和种族歧视政策。20世纪，世界经历了两次世界大战后，黑人士兵复员后几乎都没有得到妥善安置，他们找不到工作，老无所依，《昨日的邀请》中的卡尔和《双城》中的马洛雷便是如此。美国黑人经过了几次人口迁徙，逐渐从南方迁往北方，从乡村走向城市。但无论怎样，在种族隔离制度和种族歧视制度的影响下，黑人的命运没有得到好转。

二、黑人民族心理的表达

在历史的长河中，美国黑人们在身体上遭受白人的摧残，在精神上忍受着白人的歧视和贬损。长期生活在恐惧和惊吓之中的他们，忍受着刻骨铭心的痛，没有作为人的基本尊严，逐渐形成了一种特定的共同体心理——压抑和愤怒，当这种压抑和愤怒积压到一定程度，便对白人产生深厚的仇恨，在行为上以敌视和抗拒白人为表征。

黑人愤怒和压抑的个体心理倾向以《土生子》中比格·托马斯最为典型。托马斯是位典型的戴着人格面具的黑人青年，小说一开始就描写了他暴打老鼠的情景，暗示了他正在为其压抑的心理寻找突破口。对白人与生俱来的恐惧和抗拒使他不小心杀死了玛丽。杀死玛丽给他带来了从未有过的满足感，他借此把自己的愤怒和压抑彻底释放出来，并且攻击性越来越强。由此可见，暴力是释放愤怒和压抑心理的有效手段。理查德·赖特以托马斯为例，成功揭示了作为黑人个体的心理倾向，而且，他在小说中这样写道："把比格·托马斯乘以一千二百万，除去环境和脾气上的差异，再除去完全受教会影响的黑人，你就得到了黑人民族的心理。"①因此，从托马斯的心理倾向可以窥见整个黑人民族的共同心理特征。

黑人民族的压抑、愤怒一直处于积淀状态，且越积越强烈，长期找不到发泄的出口。直到 20 世纪 60 年代，黑人权力运动为黑人民族压抑、愤怒的情绪提供了发泄的空间。黑人民众大规模的暴乱如燎原大火，横扫整个美国大地。原来一些主张非暴力的组织几乎一夜之间，转而主张暴力，主张采取一切手段为黑人争取权力。怀德曼小说中黑人对白人的暴力，正是在这一时代背景下实施的，因此他们的暴力行为是黑人民族共同心理的表达，其实质是对黑人在历史中所受伤害的清算。

怀德曼小说中的黑人暴力实施者通过复制历史上白人的暴力手段来表现他们对历史的清算。《私刑者》中的黑人青年没有选择谋杀、枪杀等手段杀死白人警察，而是选择私刑这种耗费人力、时间，带有仪式感且极其复杂的杀人方式。霍尔说："这个城镇所需要的是一次过时的私刑。要是真实的事情。还要带着所有细枝末节。……我们需要仪式。一次壮观的展览。……我的意思是一次正式的私刑，要有所有的细枝末节。……我不会采用西方模式，而是直接采用南方的搞法，南方传统还是有意义的。"（TL 61）霍尔强调要实施一次正式的私刑，而且是美国南方的私刑，实质就是要再把历史上美国南方的私刑完整地呈现出来，尤其要呈现出一场在历史上作为"一种公共景观"②的酷刑。但是这次私

① 理查·赖特：《土生子》，施咸荣译，上海：上海译文出版社，1983 年，第 456 页。"乘以一千二百万"的原因在于当时美国黑人的数量是一千二百万。

② 米歇尔·福柯：《规训与惩罚》，刘北成、杨远婴译，北京：生活·读书·新知三联书店，1999 年，第 7 页。

刑实施者和受害者完全颠倒过来了，私刑版本还是白人种族主义的翻版，因此，选择私刑这种手段本身就是一种报复姿态的彰显。私刑对于黑人民族而言，不仅是一种酷刑，一种公共景观，更为重要的是一段不堪回首的历史记忆，一段黑人民族共同的记忆。霍尔他们想要选择一个对于黑人非常重要的日子，甚至是所有重要黑人都会出来的暖和日子对白人警察实施私刑，其真实目的是想借私刑这种手段唤起更多黑人关于那段历史的共同记忆。在这种共同记忆的作用下，"黑人社区将会有比平常有更多的理由憎恨白人"（TL 65）。霍尔也清楚一两个白人死于私刑不会改变什么，但更重要的是"象征性的东西，是仪式。关键的是要把所有的都摆出来，说这就是事情的真实存在方式"（TL 62），这就道出了用私刑处死白人警察的真实目的所在，即用私刑可以把那段历史都勾勒出来。

同时，小说中的暴力实施者对黑人民族历史的铭记透视出他们的私刑计划是对历史的清算。这里的黑人民族历史不仅指私刑所代表的那段历史，更是指贯穿于黑人生活的整个屈辱史。《私刑者》在前言中摘抄了16世纪到20世纪的诗歌、信件、报纸、杂志、请愿书、杂文的片段，再现了黑人民族真实的历史。虽然这些片段只是历史史料的冰山一角，但仅仅这一角就已经把黑人民族的被压迫史和屈辱史展现了出来。小说正式开始之前对黑人民族历史进行回顾，奠定了黑人对白人愤怒和敌视的基础。小说中的霍尔一开始策划私刑计划时说："我们的民族有着几百年需要清除的愤怒和失望，现在终于明白了他们处境的真相。"（TL 64）他虽然只是提到"几百年"，没有用具体事件阐明几百年的黑人历史，但这正好与前言中列举的黑人几百年历史建立起链接，使小说中黑人的愤怒和失望有了依据。此外，小说中的黑人青年多次强调私刑计划在改变历史，事实上是在表达对于黑人历史上所遭遇各种暴力的愤怒。霍尔认为"已经没有选择了，除了颠倒或者破坏某个时间决定个人生活的历史过程"（TL 72），威尔克森也说，"我把自己和计划都看成是转换历史的支点"（TL 73）。只有对过往历史的愤怒和失望，才有对改变整个历史进程的渴望和冲动。随后，霍尔指出他们计划的目的时表达了他们对历史的铭记："首先是扫除过去的一切。当我们将警察私刑处死时，我们就是宣告对过去的了解，对过去的蔑视，对过去教育我们要畏惧的任何后果的蔑视。"（TL 117）霍尔的话直接揭示了他们的暴力行为的历史因素在黑人与白人对立姿态中的作用，这无疑是黑人民族心理的表现。

此外，小说中的暴力实施者对白人的仇恨也体现了黑人民族对历史的清算。无论是《私刑者》中的私刑计划者，《躲藏之处》中的抢劫者，还是《鲁本》中的行刺者，无不表现出对白人的仇视，这种仇视一部分来自于对现存白人剥削的不满，另一部分来自于在历史过程中所沉淀的仇恨心理。这种仇恨心理使得他们无论跟白人是否有过结，只要是白人，他们都会表现出抗拒状态。《私刑者》中的那位白人警察成为他们的私刑对象，只是因为他是白人，他是警察，他跟他们并没有真正的利益纠纷或联系。《鲁本》中的沃利跟卫生间里的那位白人本来素不相识，只是沃利主观上以为那位白人会跟他争撒尿的地盘。

因此，正是因为历史上白人对黑人的欺压和凌辱，使得黑人在长期的历史生活中产生对白人敌视和憎恨的民族心理，而且他们把这种心理表现在了日常的生活中抑或是政治表达中。民族心理的形成导致了黑人民族暴力的产生，同时，黑人民族对白人的暴力也可以透视出黑人独特的民族心理，两者形成互动的局面。

第四节　政治诉求：以暴制暴的实践

政治作为社会的上层建筑，是阶级社会的产物，集中表现为统治阶级和被统治阶级之间权力斗争、统治阶级内部的权力分配和使用等。这就意味着政治同各种权力主体的利益密切相关，各种权力主体为获取和维护自身利益，必然发生各种不同性质和不同程度的冲突，从而决定了政治斗争总是为某种利益而进行的基本属性。黑人身处美国社会最底层的阶级与白人权力阶级的政治斗争从来都没有停止过。尤其是 20 世纪五六十年代，随着黑人民族意识和政治意识的高涨，黑人政治斗争达到了高峰。怀德曼小说中黑人对白人施暴正是在这一政治背景下进行的，因此，他们的暴力寄托着黑人民族的政治诉求，这正是本节将要讨论的议题。

一、黑人高涨的民族意识

民族本身是个历史范畴，是历史形成中的社会统一体。本尼迪克特·安德森则把民族视为政治上的产物，认为民族是一种"想象性的政治社区"，是民族主义创造了"民族"的精神①。民族概念的诞生也伴随着民族意识的诞生。学者金炳镐在他的《民族理论通论》里将民族意识定义为"民族社会的群体意识……民族成员对本民族的特征和特点、历史传统、生存和发展条件以及与他民族交往的环境、条件的反应和认识"②。高静文教授对民族意识进行了更深一步的阐释，认为它是指"在争取生存的实践中凝聚的具有共同性的观念，对本民族生存、发展、荣辱、得失、安危厉害关系的认识、关怀和维护……是民族的认同感、归属感、自尊心、自豪感、凝聚力的集中体现"③。

就黑人民族而言，奴隶制时期，白人对黑人的贬损严重摧毁了黑人民族的自信心，加之白人对黑人实行隔离和封锁，使得黑人民族意识的形成受阻。直到"一战"后，北方工业发展，大量黑人奴隶流向北方，黑人之间的接触频繁，相似的生存经历很快使他们逐渐凝聚在一起，民族意识酝酿而生。南方重建时期，黑人接受教育的机会增多，黑人精英

---

① Benedict Anderson. *Imagined Communities：Reflections on the Origin and Spread of Nationalism*. Wall Street：Verso，1991：15.

② 金炳镐：《民族理论通论》，北京：中央民族大学出版社，1994 年，第 84 页。

③ 高静文、赵璇：《民族心理与边疆社会稳定》，《中南民族大学学报》2010 年第 1 期，第 6 页。

分子投身到黑人的自由事业中去，极大地推动了黑人民族意识的形成。尤其是 20 世纪 20 年代哈莱姆文艺复兴呼唤民族意识的声音空前高涨，黑人知识分子为黑人民族意识的觉醒不懈努力，黑人凝聚力、种族自豪感和自信心得到增长。

小说中黑人民族意识的高涨一方面表现为黑人青年对本民族的认同及民族自豪感。怀德曼小说中的黑人不再以自己的民族为耻，反而以其为荣，如《私刑者》中的桑德斯有强烈的黑人优越感，瞧不起混血的威尔克森，叙事者这样讲述桑德斯的心理："威尔克森脸上的白色，以及像他那种略带黄色的黑鬼在他们那些杂种的脸上所留下的如此深的印记，总是会为他们从主人的桌上赢得面包。桑德斯从威尔克森灰白的脸上看到了白人魔鬼强奸两腿分开的黑人女人的场景。"(TL 156) 同时，他也极其不信任混血的威尔克森，认为"当计划开始时，当我们要杀或被杀时，威尔克森会来个彻底的决裂吗？他会因流着白人的血转向白人那边吗？桑德斯蔑视白人的血"(TL 156)。桑德斯的优越感体现为对自己肤色的肯定，这样的优越感来自对本民族的认同及民族自豪感。事实上，他的心理是美国 20 世纪六七十年代黑人民族美学观的真实反映，当时，黑人民族不再以黑为耻，其美学观念"以'比你更黑(blacker than thou)'的特征呈现出来"①。除了桑德斯，霍尔和威尔克森都有强烈的民族认同感，如威尔克森作为历史老师，在课堂上强调了黑人认同非洲文化的必要性。只有对本民族认同，才会关注本民族的生存和发展，也才能使本民族的人聚集在一起，形成民族凝聚力。

小说中黑人民族意识的高涨另一方面表现为暴力实施者对黑人民族的生存、安危和发展的关注。怀德曼的作品中不乏纯粹为了个人私利对白人实施暴力的情况，但也不乏为了黑人民族的生存和发展而对白人实施暴力的故事。《私刑者》中的四个私刑计划者虽然是由于对生存境遇

①　Ashraf H. A. Rushdy. "'A Lynching in Blackface'：John Edgar Wideman's Reflections on the Nation Question." *Critical Essays on John Edgar Wideman*. Eds. Bonnie TuSmith and Keith E. Byerman. Knoxville：The University of Tennessee，2006：116.

的不满而凝聚起来，但更重要的是为了改变整个黑人族群的现状。威尔克森在对女朋友介绍他们的私刑计划时说："我们决定我们要改变事物，我指的是大的图景。不是这儿给份工作那儿给个办公室，不是一个或者两个黑人升到上层，而是改变一切，从根本上改变一切。"（TL 236）"大的图景"很显然是指整个黑人民族，他直截了当地指出他们不是为了一两个黑人的改变，而是要有大的改变，而且是整个黑人族群的大的改变。他们作为黑人知识分子的代表，关注了黑人民族尤其是黑人大众的生存状态，能为他们的改变付出努力，有着高涨的民族意识。而且，自始至终他们都以自己的民族为着眼点。霍尔正是认为所有人都陷入了困境，所以他们才需要实施他们的私刑计划，其中的所有人显然是指所有黑人。而且他在给其他三位介绍私刑计划时说："所有的条件都具备了。压迫者拥有着白皮肤和身着蓝制服的军队，我们的民族终于明白了他们处境的真相……"（TL 64）他认为黑人民族已经觉醒了，这样他们肯定会支持为了黑人民众利益着想的私刑计划。于是，霍尔才决定"挑一个日子，最好是对黑人民族有特殊意义的假日，必须确定将会有纪念活动"（TL 65），这明显地反映出作为知识分子的黑人青年有着强烈的黑人民族意识。

黑人民族意识的高涨是黑人对白人采取行动，尤其是有计划地采取暴力行动的基础，这在怀德曼的作品中体现得很充分。王恩铭在总结民族自豪感的形成与释放方式之间的关系时指出：

> 黑人民族自豪感和自信心一旦被激起之后便需要释放出来。一种可能的方式是，随着民族自信心的增强，黑人愈渴望以平等的身份被白人社会接纳和认可，因为他们自己民族不比其他民族差。……另一种可能的释放方式是，随着民族自豪感的飞速上扬，黑人中的激进力量趋于活跃，甚至最终走向极端，要求黑白种族彻底分离。这种现象往往是在激进分子的要求得不到满足、黑人生活

环境日趋恶化、黑人民族的希望日益渺茫的情况下才发生的。①

如上所述，《私刑者》中的黑人青年只是他们在生活要求达不到期望、民族希望渺茫的情况下选择了第二种释放方式，要求美国黑人种族与白人种族分离。同时，他们也意识到，黑人与白人分离的前提是黑人获得权力，而权力的获得要靠暴力，因此，他们才对白人使用具有视觉冲击力的私刑，以期以此为契机，获得黑人民族的新生。

综上，怀德曼小说中生活在 20 世纪六七十年代的黑人青年，尤其是黑人青年中的知识分子彻底打破了白人在文化和美学观上对黑人的压制和禁锢，产生了强烈的民族认同感和民族自豪感，并关注整个黑人民族的生存和发展，为黑人民族争取利益。在国际和国内运动及思潮的影响下，他们把争取的方式诉诸于暴力，因此，他们的暴力在本质上是一种政治表达。

二、激进的政治表达：黑人权力运动的回应

第二次世界大战后，美国黑人为反对种族隔离和种族歧视进行了不懈努力，在马丁·路德·金非暴力思想的影响下于 1955 年发展成为全国性的群众运动。由于和平运动收效甚微，一部分黑人反对马丁·路德·金非暴力的思想原则，对当时的美国政府不信任，不相信合法斗争能够取得应有的效果，因而转向接受黑人民族主义者马尔科姆·艾克斯（Malcolm X）"以暴制暴"的政治主张。他们认为面对白人种族主义的迫害，应该以牙还牙，捍卫天赋的自卫权利，这种权利便是"如果某人向你抢起拳头，那就送他去墓地"②。在这种思想的影响下，1966 年黑人权力运动爆发。怀德曼小说中黑人对白人的暴力就是在这一背景下实施

---

① 王恩铭：《美国黑人领袖及其政治思想研究》，上海：上海外语教育出版社，2006 年，第 302 页。

② John Clarke. *Malcolm X: The Man and His Times*. New York: Macmillan, 1969: 279.

的，本书认为他们的"以暴制暴"是顺应时代对美国黑人权力运动的回应。

黑人暴力实施者对权力的追求与黑人权力运动中"黑人权力"的口号和目标相一致。《私刑者》中的行刑者们意识到白人社会的秘密所在即拥有权力，认为白人之所以能够统治黑人，就在于白人拥有权力。霍尔直接指出："权力一定是绝对的。当权力不那么绝对的时候，该方就会变得有些虚弱，权力就是一种模仿的权力。只要你在有了权力的情况下，你可以对那些没权力的人做任何事情。"（TL 61）他们认识到黑人获得权力才是彻底改变其生存状况的途径，因此霍尔加强了对权力的强调。在他们看来，对白人警察实施私刑就是挑战白人权力，就如霍尔所说，"当我谈论私刑时，我谈论的是权力"（TL 61）。"黑人权力"这个术语最早见于赖特研究非洲政治的著作《黑人权力》，后来由学生非暴力协调委员会的理查德·里克斯推荐给主席斯托克利·卡迈克尔。1966年6月16日晚，卡迈克尔在向密西西比州进军的集会上喊出了"黑人权力"的口号，他说："我们一直在说自由，说了6年了，但什么也没有得到。我们现在要说的是黑人权力！"①他的这一号召得到黑人群众的响应。"黑人权力"主张重新分配政治权力，而且重视黑人的群体权利。

黑人暴力实施者追求权力的斗争方式与黑人权力运动的政治主张高度一致。同时，私刑者们清楚地意识到不可能通过和平手段获得权力。私刑者们都是在民权运动中成长起来的一代，见证了父辈一代非暴力和平运动的无效性。民权运动时期，在马丁·路德·金非暴力思想的影响下，黑人们采取静坐示威、抗议游行、"自由进军"等方式争取就业机会、黑人选举权，以此反对种族隔离和种族歧视，在全国范围内形成了一种抗议浪潮，但这些抗议行动最终遭到官方的镇压，抗议者也遭到白人暴徒的谋杀、毒打，使得黑人损失惨重。在这样的环境之中成长起来

① 转引自谢国荣：《1960 年代中后期的美国"黑人权力"运动极其影响》，《世界历史》2010 年第 1 期，第 41 页。

的黑人青年，明白和平运动连种族歧视和种族隔离都不可能消除，更不用说是获得黑人权力，他们只好用暴力破坏白人既定的社会秩序，以此获得黑人权力，效仿白人在过去几百年里的做法。霍尔直接指出，要想从根本上改变黑人的命运，"显然这就意味着暴力。极端的暴力。没有人会不反抗就放弃权力的"（TL 236）。本书已经得出结论，怀德曼小说中黑人对白人的暴力以20世纪五六十年代为历史和政治背景，是黑人"以暴制暴"的体现。"以暴制暴"是黑人权力运动一贯的政治主张。首先，从黑人权力运动中的激进组织来看，他们无不标举着"以暴制暴"的大旗。这些激进组织主要包括学生非暴力协调委员会、黑人穆斯林、黑豹党和种族平等大会，其中怀德曼在小说中直接提及的有学生非暴力协调委员会、黑人穆斯林和革命行动运动。当霍尔想象着私刑的场景时，对威尔克森说："你可以确信每一个繁忙的组织都会想来这么个行动。……这（私刑）将成为一个大事件。学生非暴力协调委员会和黑人穆斯林和革命行动运动（Snicks and Muslims and Rams）①……"（TL 65）学生非暴力协调委员会在1967年由提倡非暴力转为了提倡暴力，两任主席斯托克利·卡迈克尔和拉普·布朗都积极宣扬"黑人权力"并鼓励黑人使用暴力。卡迈克尔曾说："当你谈论'黑人权力'时，你是在谈论一场粉碎西方文明所创造的一切的运动，当你谈论'黑人权力'时，你是在谈论马尔科姆·X遗留下来的东西……"②拉普·布朗则更加激进地主张"以暴抗暴"，他曾说："如果美国不调转方向，兄弟们，我们就把它夷为平地……你们将他们中的部分人的商铺变为己有。"③黑豹党也接受马尔科姆的主张，主张黑人武装自卫。其宣传部长埃尔德里奇·克

---

① Snicks 是指学生非暴力协调委员会，其英文全称为 Student Nonviolent Coordinating Committee（SNCC）。SNCC 在黑人英语中发音成为 Snick。Rams 是 Revolutionary Action Movement 的简写。

② Benjamin Muse. *The American Negro Revolution*：*From Nonviolence to Black Power* 1963-1967. Bloomington London：Indiana University Press，1968：244.

③ Clayborne Carson. *In Struggle*：*SNCC and the Black Awakening of the* 1960s. Cambridge Massachusetts and London：Harvard University Press，1995：255.

利弗是马尔科姆的忠实追随者，他在著作《冰上的灵魂》中系统阐述了他"以暴制暴"的观点，认为美国的选择不是"黑人的完全自由，就是美国的完全毁灭"①。黑人"穆斯林"和种族平等大会也都赞成"黑人权力"并宣扬暴力，在此不一一赘述。其次，从民众引发的城市骚乱来看，普通民众在当时黑人激进组织思想的影响下也极力主张"以暴抗暴"。1964 年到 1971 年间，美国爆发了三百次骚乱，遍布两百多个城市，其中以底特律骚乱、华盛顿骚乱、纽瓦克骚乱和洛杉矶骚乱伤亡最多。仅1966 年春，骚乱就遍布了 38 个城市。② 这些骚乱多是以烧、杀、抢、砸的形式出现，是典型的非理性暴力行为。

此外，一些黑人权力运动非正式组织的行动对私刑者们的影响再次证实了他们的行为对黑人权力运动的回应。霍尔在被送进精神病院后，在试图教育男护士安东尼奥（Anthony）时，他强调了瓦茨暴乱以及革命者绑架和勒索法官事件对他们的影响（TL 182），认为这是"最原始、最粗糙的能量来源"（TL 182）。瓦茨暴乱是指发生于 1965 年的民众暴乱，这次暴乱给予白人惨重的一击。革命者绑架和勒索法官的事件发生在1970 年 8 月，乔纳森·杰克逊（Jonathan Jackson）从马林县审判厅绑架走了白人法官哈罗德·哈利（Harold Haley）。杰克逊的弟弟把具体的那一天看成是黑人民族新生的一天。在霍尔看来，这些事件已经暴露了"白人社会的脆弱性，黑人民族新生的可能性"③。当黑人青年周围都回响着这样的号召，也围绕着这样的英雄楷模时，作为黑人知识分子的

---

① 转引自刘绪贻、杨生茂：《战后美国史：1945—1968》，北京：人民出版社，1989 年，第 308 页。

② 有关骚乱的数据可参看 Maxwell. C. Standford. *Revolutionary Action Movement（Ram）：A Case Study of an Urban Revolutionary Movement in Western Capitalist Society*（M. A. Thesis），Atlanta University，1986：62-64.

③ Ashraf H. A. Rushdy. "'A Lynching in Blackface': John Edgar Wideman's Reflections on the Nation Question."*Critical Essays on John Edgar Wideman*，Eds. Bonnie TuSmith and Keith E. Byerman. Knoxville：The University Press of Tennessee，2006：113.

他们必然会响应其号召，模仿其楷模，向白人实施报复。

《私刑者》中四位黑人青年对权力的追求及"以暴制暴"的政治主张，与当时黑人权力运动的践行准则相一致。因此，该小说是黑人权力运动的真实再现，这正印证了怀德曼在接受采访时所指出的"《私刑者》是看待美国 60 年代的另外一种视角"①。他也曾在接受采访时立场鲜明地指出 20 世纪 60 年代时"某些东西错了"，其中"某些东西是指为了争取和平和独立的斗争变得越来越热"②，以至于他个人"感觉到了威胁，于是试着在《私刑者》中来谈论"③。因此，小说中黑人青年的"以暴制暴"是他们对黑人权力运动的呼应。

三、国际政治运动和思潮的顺应

第二次世界大战中，许多殖民地国家人民被卷入国际斗争，其政治觉悟和民族自信心得以提高，加之战后帝国主义力量遭到了削弱，国际力量对比发生了变化，亚、非、拉美民族解放运动以前所未有的速度和规模发展起来。同时，一些政治思潮鼓舞着第三世界国家人民进行斗争。这些国际上的政治思潮及运动极大地影响了美国黑人的暴力行动，这一点在小说中的黑人青年身上得到反映。

一方面，小说中的黑人青年充分吸收了国际政治思潮，并运用于指导自身的实践。威尔克森在跟女朋友坦尼娅的谈话中，无意中透露出他们对弗朗兹·法农（Frantz Fanon）的崇拜及对其思想的充分吸收。威尔克森说："你读过法农。他说得很好。你知道我的意思。"（TL 236）法农是法国著名的精神分析学家和哲学家，他写了四部对黑人和第三世界被

①②　James W. Coleman. "Interview with John Edgar Wideman." *Conversation with John Edgar Wideman*. Ed. Bonnie TuSmith. Jackson：University Press of Mississippi, 1998：69.

③　James W. Coleman. "Interview with John Edgar Wideman." *Conversation with John Edgar Wideman*. Ed. Bonnie TuSmith. Jackson：University Press of Mississippi, 1998：70.

殖民国家有重要影响的著作，即《黑皮肤，白面具》(1952)、《垂死的殖民主义：阿尔及利亚革命的第五年》(1959)、《全世界受苦的人》(1961)和《为了非洲革命》(1964)，这些著作对殖民主义、种族主义和帝国主义进行了无情的批判。他主张激进的对抗，认为暴力反击是唯一可以同殖民权势进行对话的方式。他在《全世界受苦的人》一书中的第一章呼吁并呐喊使用暴力，直接说："对于每个个人来说，暴力是清除毒素。它使被殖民者摆脱其自卑感，观望或灰心丧气的态度。它使被殖民者变得无畏，使他亲眼看到自己获得尊重。"①并于该著作第二章强调了自发性的重要作用。而且，他从"哲学的（'只需冒付出生命的危险，却可以获得自由'）、心理学的（'暴力是用来净化的工具'）、历史的（'解放战争给每个人的心中都灌输进国家目标、集体历史等通常的概念'）、组织学的（'暴力手段使所有人都联结成一个整体，因为每个人在整个链条中都形成一个暴力之环'）等方面解释这种方式的重要性"②，因为他认为殖民主义宗主国对殖民地人民的掠夺和压迫不会自行消失，白人世界对所有有色人种世界的种族歧视和迫害同样是不可自行消失的。此外，他的思想在美国青年黑人马克思主义者和黑人革命民族主义者中也被广为接受。黑豹党曾经把他的著作视为"圣经"，其领导人休伊·牛顿和博比·西尔更是视他为哲学家和政治理论家的中心人物。虽然威尔克森没有具体阐释法农说得如何好，但他们准备用暴力为黑人大众赢得黑人权力这一举措，是对法侬思想的继承，也是在用实际行动践行他的思想。

事实上，当时黑人青年的暴力主张除了受法侬思想的影响，还受到了赫伯特·马尔库塞、汉娜·阿伦特等思想家的影响。这些思想家关于暴力的相关理论和思想在黑人尤其是黑人青年中得到广泛传播。德裔美

---

① 弗朗兹·法农：《全世界受苦的人》，万冰译，刘东主编，南京：译林出版社，2005年，第49页。

② 潘晓娟、张辰农主编：《当代西方政治学新词典》，长春：吉林人民出版社，2001年，第89页。

籍哲学家和社会理论家马尔库塞的新革命理论令很多青年茅塞顿开，他同时也被他们视为精神领袖、主要代言人。阿伦特在《极权主义的起源》《艾希曼在耶路撒冷》和《论革命》等著作中对侵略进行研究，得出了"暴力改变世界"的结论，这一结论更是让黑人青年热血沸腾。[1] 生活在这一教育背景之下的黑人青年，必然也对这些暴力理论和思想有很好的了解。因此，我们可以说，黑人青年不仅对法侬的思想进行了充分吸收，而且对国际政治思潮也进行了充分吸收。

另一方面，黑人青年的暴力行动是对 20 世纪中期国际政治运动的回应。威尔克森认为法侬说得很好，是对他思想的肯定。法侬的思想之所以能得到他们的肯定，是因为他的思想已经在许多第三世界国家得到了检验。作为一名反殖民主义斗士的先锋，法农把短暂的一生都奉献给了正义和自由的事业，亲自把他的思想运用到阿尔及利亚的民族解放战争中去，并使阿尔及利亚于 1962 年赢得了独立。阿尔及利亚革命的成功"一方面提供了殖民主义和抵抗的模式，但另一方面也提供了后殖民地国家的衰败模式"[2]，因此，法农的主张及阿尔及利亚的独立极大地鼓舞了广大第三世界国家的斗志，他也被尊崇为"第三世界解放运动的精神先知"。而且，阿尔及利亚反殖民的胜利极大地鼓舞了小说中黑人青年的斗志，就如霍尔在准备私刑时的演讲词中所说的："记住。记住阿拉伯人战争中的叫喊声。当战争的叫喊声从卡斯巴和沙漠飞进的时候，为什么晚上阿尔及利亚欧洲殖民区的窗户会嘎嘎作响？"（TL 223）可见，他从阿尔及利亚的独立中看到了暴力在打破殖民权势中的重要作用，也看到了殖民势力的不堪一击。事实上，小说中的私刑者所处时期除阿尔及利亚取得独立外，也是国际政治运动高涨的时期。在亚洲，中国、朝鲜、越南、马来西亚、印度尼西亚、印度、巴基斯坦纷纷摆脱殖

---

① Klaus Mehnert. *Twilight of the Young*：*The Radical Movements of the* 1960s *and Their Legacy*. New York：Holt，Rinehart and Winston，1976：208.

② 潘晓娟、张辰农主编：《当代西方政治学新词典》，长春：吉林人民出版社，2001 年，第 88 页。

民统治获得独立；在非洲，除了阿尔及利亚外，突尼斯、摩洛哥、埃及、几内亚比绍、安哥拉、莫桑比克经过武装斗争获得独立。20 世纪 60 年代，共有 32 个非洲国家获得独立。在拉美，古巴、多米尼加、智利通过武装斗争获得独立。这一时期，多达 54 个亚非拉美的国家相继摆脱殖民主义的枷锁，殖民体系即将土崩瓦解。① 小说中的黑人青年都是在国际政治运动高涨时期成长的一代，他们不仅见证了阿尔及利亚的独立，也见证了二战后亚非拉美第三世界国家的独立，看到了殖民主义、后殖民主义和种族主义的脆弱性及民族新生的可能性，黑人青年在这一政治背景下对美国白人实行"以暴制暴"，无疑是美国黑人在国际政治运动的感召下，顺应社会追求的一种必然行为。黑人民族为了本民族的根本利益而战，与国际上高涨的第三世界国家民族解放运动形成互动局面，给殖民体系和压迫机制敲响了警钟。

四、政治理想的渴望：平等与权力的获得

政治理想是人们对未来社会的政治制度、政治关系和政治生活特征的憧憬、描绘和论证，是人们对公正合理的社会政治生活的向往。由于人类生活本身具有政治色彩，政治理想会存在于不同人群中，一定的阶级或民族都会有代表自己阶级或民族利益的政治理想图景。卢梭在他的《社会契约论》中指出了契约的虚假性与人民主权的关系——欺骗的契约是巩固不平等的约定，给富人以新的力量，给穷人以更加深重的奴役、劳苦和贫穷，当这种不平等发展到一定阶段时，人民就有权推翻它，建立新的平等。② 黑人民族一直都在致力于建立新的自由和平等的秩序，他们对白人的暴力行动透出了对民族平等的渴望，这种渴望包含显著的政治理想。

小说中的黑人暴力实施者清楚地意识到美国自由平等民主的虚伪

---

① 有关第三世界独立的概况参看冯特君：《当代世界政治经济与国际关系》，北京：中国人民大学出版社，1988 年，第 211-219 页。

② 参看卢梭：《社会契约论》，北京：商务印书馆，1980 年，第 23 页。

性。当霍尔和威尔克森看到正在翻修的历史建筑独立会堂和铸币厂时，霍尔以谩骂的口吻指出了白人的虚假和美国民主的虚伪："两百年，他们还没学会他妈的教训。他们想在殖民建筑中重建谎言，他们想自欺欺人。难道他们不知道谎言在十八世纪时不起作用现在肯定也不起作用吗？他们想要启蒙运动、理性时代，似乎他们不知道那些幻觉所付出的代价，也不知道是谁为他们的悠闲和高贵买了单。多少黑人的身体被扔进尸海为那些他妈的商人叫作文化的东西提供保障。"(TL 110)独立会堂曾是美国联邦政府所在地，是起草和讨论美国民主政治制度的重要文件《独立宣言》和《美国宪法》的场所，因此，独立会堂是美国民主的象征。在黑人们眼里，这一具有历史意义的建筑是殖民建筑，殖民对象无疑是黑人，美国黑人一直生活在美国民主的谎言之中。霍尔的谩骂是对具有虚伪性的美国民主的彻底否定。美国的启蒙运动强调理性的反思，反思上帝，反思人性，并宣传了资产阶级的自由平等观。杰弗逊起草的《独立宣言》说，人人生而平等，都被造物主赋予了生命权、自由权、追求幸福权等不可转让的权利。他还宣布奴隶制度是向人性本身进行的残酷战争，侵犯了黑人的生命权和自由权，但黑人的实际悲惨境遇——"多少黑人的身体被扔进尸海"，揭示了启蒙运动所宣传的思想具有的欺骗性。在黑人看来，启蒙运动和理性主义只是为他们提供了一种"幻觉"。

霍尔在自由钟和南街上也看到了美国民主的虚伪性。在霍尔眼里，整个南街都充满了白人的谎言。当他走在南街上时，他自问道："当一个黑人走在这条街上，自由钟几乎近到可以吐到唾沫时，他应该有什么感觉？"(TL 111)他稍后接着质问道："自由钟，白人拿着王国的钥匙。钟什么时候响过？它为谁鸣？当他们的自由钟响的时候我在船上。我所听到的只有让我们到舢板活动的哨声，跳舞时脚镣的碰击声，离我家三千英里的雾港里救生衣的摩擦声。拍卖者敲响钟声，这样买主就能拥挤着进入圈棚，检查我们的阴茎和牙齿。"(TL 117)霍尔把自己置身于想象的奴隶贸易中，其目的是揭示历史上奴隶贩卖的场景并以此对美国自

由钟进行辛辣讽刺，对美国白人人性进行诘问。自由钟的钟面上刻着
《圣经》中的名言："向世界所有的人宣告自由。"可以说自由钟是美国自
由精神的象征。从 1776 年宣读《独立宣言》第一次鸣响自由钟到小说中
描写的时代，在将近两百年的时间里，黑人仍然没有得到真正的自由以
及平等的待遇。在黑人们的眼里，自由钟从来都没有响过，至少是没有
为黑人民族而响过，这就不难理解他们想对自由钟吐唾沫的原因。

　　有了对美国自由、平等、民主虚伪性的认识，黑人才计划对白人实
施私刑，以期以此为契机，实现真正的自由平等，使整个黑人民族获得
新生。在霍尔被抓进医院对安东尼奥进行政治意识教育时，他强调了私
刑计划的政治目的是为了整个黑人民族的自由，在他看来，安东尼奥
"不理解自由"（TL 182），于是对自由进行了解释："混乱之后，若一切
都不可理解，至少曾经认为永久稳固和真实的东西将会不存在。这就是
自由，抽象的反叛。"（TL 183）而且，他认为对黑人大众的撒谎是不可
避免的，因为这是在"为解放之路做准备"（TL 181）。他想让安东尼奥
看到的是自己为了自由所做的坚持，"一个打得半死的人平躺在床上，
被铁链锁住，尖叫着自由"（TL 184）。霍尔意识到自由是黑人民族真正
解放的前提，也意识到黑人的自由不是少数黑人物质生活的改变，而是
整个黑人民族的解放。

　　除了自由，平等也是他们所呐喊的政治口号。在制订私刑计划时，
霍尔直接表达了黑人对于平等地位的要求："我们正在把他们对于历史
和权力的理解纳入到我们的计划。我们正在用他们所发明的语言清清楚
楚地说：我们跟你们是平等的。"（TL 118）当他和威尔克森行走在黑人
区与白人区的交界处时，他展望私刑计划成功后的场景："相信某天，
仅仅是从现在开始的几个月后，这些肮脏的墙将会粉碎。我们可以站在
现在的位置，看到一片净化过的草原。城市结的痂将会被撕开，空气可
以到达那片创伤之地。"（TL 113）"肮脏的墙"是指现实生活中的白人对
黑人实行种族隔离的墙，墙的粉碎意味着黑人与白人的平等。

　　自由和平等的获得奠定了黑人民族新生的可能性，黑人通过私刑计

划表达了对黑人民族新生的愿望。霍尔指出："若是按我们的计划实施，新的一天肯定可以到来。新的分配，凤凰涅槃。"（TL 232）霍尔把自己的民族比喻成凤凰，希望黑人在经历了痛苦和磨砺后，能埋葬旧体制，获得民族的自由解放，这是黑人对新社会的向往。此外，霍尔对于这一愿望的渴望还在对黑人上帝的期待中得到体现。霍尔讲述了见到了黑人上帝的梦："我伸展地躺在倾斜的岩石上，看见黑人上帝附上了人体。"（TL 187）虽然还没弄清黑人上帝精确的人形梦就醒了，但他坚定不移地相信黑人上帝的存在："不管是什么，不管在哪，不管是谁，我不再怀疑那个精灵已经被释放了，也被接受了，一个新生儿出生了。"（TL 189）在白人主导的社会中，白人上帝带给黑人的只是维护白人至上的安眠药，是白人权威哲学的象征。只有对白人上帝绝望，才有对黑人上帝的渴望和信仰，希望黑人上帝能揭示耶稣基督真正的福音真谛，给予他们解脱枷锁的无限力量。黑人神学家 J. H. 科恩对黑人上帝作了明确的阐释，黑人上帝"必须是黑人的。这个上帝，始终伴随着被压迫人民的斗争，同其一起受奴役、谋解放，一起争取政治解放。黑人上帝，就是原始基督教穷人上帝的再现，是闵采尔千年王国的复临"①。对黑人上帝的信仰实质是对白人上帝的否定和反叛，更是对白人所主导社会的反叛。霍尔相信黑人上帝的新生，实质是对黑人民族的新生充满了信心。

　　事实上，虽然黑人青年表达了对黑人与白人民族平等的渴望，但他们真正的政治理想是黑人获得权力。根据霍尔的观点，实施私刑计划的直接目的是想获得黑人权力。黑人权力强调的是黑人在政治等领域的自主精神，反映了黑人强烈的参政愿望，在影响美国黑人的社会机构中实行直接统治，这在一定程度上反映了黑人自治的政治观。这在小说中得到进一步阐释，霍尔想象了私刑计划实施后白人的反应，他认为有两

---

　　①　雷雨田：《上帝与美国人：基督教与美国社会》，上海：上海人民出版社，1994 年，第 174 页。

种：要么是白人变本加厉的报复，要么是白人对他们的认可。但在他看来，无论哪种都可以达到他们的政治目的，白人都会"认识到我们的自主统治权"（TL 117）。白人的报复无非是对黑人社区成员的大量屠杀，这种屠杀"意味着是在宣战，是对我们社区独立的认可"（TL 118），若是他们不宣战，那"他们是在接受我们拒绝他们谎言的正确性和合理性。他们是在说，是，你们是个国家，我们接受你们国家独立地位的真实性，也接受你们建立自己的法律和正义的权利"（TL 118）。由此可以看出，私刑计划成功后，黑人社区处于独立状态，黑人自己拥有统治权。

因此，怀德曼小说中的黑人正是基于认识到了美国自由、平等、民主的虚伪性，才想通过私刑这种极端化暴力给予白人惨重的一击，以期实现真正的自由平等和黑人民族的新生。值得注意的是，他们观念中的自由平等是经过异化的自由平等，即以黑人社区的独立自治和对白人压迫机制的建立为理想状态。

总的来看，怀德曼小说中黑人对白人实施暴力反映了他们"以暴制暴"的思想和行为。他们实行"以暴制暴"是种族矛盾激化下主客观因素共同作用的结果。现实的生存困境和历史创伤迫使他们用暴力表达愤怒和仇恨，争取权益。随着种族矛盾的激化，黑人民族意识高涨，这使得黑人具备向白人实施暴力的主观条件。从本质上来看，小说中黑人对白人的暴力行为是黑人民族心理的表达，是对黑人历史的清算，同时，体现了黑人民族的政治诉求，即对黑人权力运动的回应、对国际政治运动和思潮的顺应、对平等和权力的渴望。

第二章　种族矛盾的转嫁：美国
黑人内部的暴力

　　20 世纪后 30 年的美国文坛涌现了一大批黑人女性作家，她们不仅在作品中反映黑人种族所受的歧视，而且勇于揭示黑人族群内部所存在的问题，如黑人男性的男权思想、暴力倾向、性虐待倾向等，其中尤以艾丽斯·沃克和托尼·莫尼森的作品表现得最为突出。黑人女作家的写作遭到很多黑人批评家和男作家的批评和抨击，指责她们把族裔内部的丑陋公之于众，给种族主义分子以把柄，为争取种族平等设置了障碍。作为和她们成长于同时代的男性作家，怀德曼一向以孤立者自居，就如他在接受采访的时候所说："我总是个不合群的人，对群体、组织和运动都很怀疑，在那样的处境中我是真的不自在。"①的确，怀德曼没有随波逐流，而是自成一队，既没有盲目地加入黑人男性作家的队伍批评女性作家，也没加入女性作家的阵营随声附和，而是以局内人的身份置身于局外，不仅对黑人所遭受的种族压迫和种族歧视表现出了极大愤怒，而且揭示黑人族群内部所存在的问题。他除了揭示黑人族群内部男女之间的暴力，更是把焦点放到了黑人男性之间的暴力和黑人代际之间的暴力上面，这三类暴力从宏观上勾勒出黑人族群内部暴力的图景。黑人民族内部的暴力主要在他的长篇小说《私刑者》《鲁本》及短篇小说《垃圾道

---

　　①　Charles H. Rowell. "An Interview with John Edgar Wideman." *Conversation with John Edgar Wideman*. Ed. Bonnie Smith. Jackson：University Press of Mississippi，1998：89.

里的弃婴之死》①和《人尽皆知布巴·瑞夫》②中有所表现。基于这些文本，本章将深入探讨怀德曼小说中美国黑人内部的暴力书写，揭示其本质和社会文化因素。

第一节　黑人男性之间的暴力

第一章已经指出，《私刑者》中黑人青年计划对白人警察的暴力实质是在对抗白人社会。虽然该小说主要揭示的是黑人对白人的暴力，但黑人对白人的暴力一直都处于计划和幻想之中，真正实施了的暴力发生在黑人社区内部的黑人男性之间。小说分两条线表现黑人男性之间的暴力，一是私刑计划的成员之一赖斯对另一成员威尔克森的枪杀，另一条是威尔克森的父亲奥林·威尔克森对好友威尔伯·奇尔德里斯的刺杀。两条线平行发展，没有交织，但都深刻反映了黑人内部及黑人自身所存在的问题。

赖斯枪杀威尔克森这一事件把黑人男性之间的暴力放置在私刑计划之中来表现，与黑人对白人的暴力交织在一起。在即将实施私刑计划的前一天晚上，威尔克森决定要从赖斯手上夺过枪，终止私刑计划。虽然赖斯从睡梦中醒来并不知道威尔克森的真实目的，只是听见门外威尔克森的敲门声、喊他名字的声音及唏嘘责骂声，但他无意识地拿出武器朝门外开了枪。小说如此描绘他枪杀的过程和心理活动："他的手指以前经常在黑暗中工作，可以灵活地拿出武器。他最好用那个大的。他们可能全在外面。瞄准他所认为的门的中心位置，然后扣动扳机，使黑暗成

---

① John Edgar Wideman. "new born thrown in trash and dies." *All Stories are True*. New York: Vintage Books, 1993: 120-128. 本书所有关于该篇小说的引文都出自该版本，一律用 ASAT 代替。

② John Edgar Wideman. "Everybody Knew Bubba Riff," *All Stories are True*. New York: Vintage Books, 1993: 64-73.

为一片火的混乱。"（TL 241）这样的描绘把暴力场面表现得形象而生动，尤其是对赖斯的心理描写"他最好用那个大的"及"他们可能全在外面"揭示了赖斯内心对自己伙伴的厌恶。

奥林对好友威尔伯的刺杀把黑人男性之间的暴力放置在私刑计划之外、黑人社区之内来表现。奥林和威尔伯都是生活在社会底层的垃圾清洁工，小说以生活在黑人社会底层的人为暴力实施者及实施对象，说明黑人男性之间的暴力具有普遍性。整个事件由监狱中的奥林经过整合零碎的记忆讲述出来："他拿着刀朝我走来。奇尔德里斯醉了。他拿着刀朝我走来。我的背都顶着墙了。我跑不了了。他没有停止玩耍。他对我来真格儿的了。我除了抓住我自己的刀没什么可以做。如此之快，我甚至都没有时间来得及想。我手里拿着刀，不得不用牙齿打开它。他是如此之近，我用我手里的刀猛推他。"（TL 204-205）从奥林的讲述中可以看出，他对威尔伯的刺杀是在酒醉后因五分钱的纠纷而起，表现出该暴力事件发生的偶然性和荒诞性。

这两个暴力事件代表了怀德曼小说中黑人男性之间的暴力，表面看来，都没有经过计划，具有偶然性，且具有荒诞性，一位暴力实施者从梦中醒来在黑暗中端起枪就射向自己的队友，另一位暴力实施者在醉酒后慌忙之中刺杀了自己最好的朋友，酒醒后后悔莫及。正是这种没有经过计划，偶然之间发起的暴力更能反映黑人民族的内心。因此，看似具有偶然性和荒诞性的暴力具有必然性，透视出深刻的本质，有其特殊的社会及文化土壤。

一、生存窘迫与心理失衡

与其说是奥林对威尔伯的刺杀，不如说是他们俩的互杀。奥林、威尔伯和拉德克里夫三人是非常要好的朋友，他们在半夜将近十二点喝醉了。奥林替好友拉德克里夫的车加了一罐气，拉德克里夫理应把钱给他，但威尔伯认为拉德克里夫应该要把钱给他，因为他坚持认为奥林欠了他的钱，并开始吼叫，但事实上经奥林事后在监狱回忆，他绝对没有欠他钱。几经威胁和争吵，双方都拿出了刀子，便发生了刺杀事件。

表面来看，这个悲剧纯粹是由醉酒者理性的丧失所导致。不可否认，酒精在这起暴力事件中发挥了一定的作用。据犯罪统计显示，75%的暴力犯罪者在被捕时都是喝得烂醉的[1]。但社会心理学研究学者表明："酒精并不会增加人们的攻击性，酒精起的是解除抑制的作用。也就是说，我们的社会抑制能力减少，从而使我们不如平时那么谨慎。所以，在酒精的作用下，一个人的本性经常被唤起。"[2]其研究肯定了酒精在暴力事件中的影响，但也表明醉酒状态下的人是最本真的状态，更能反映一个人的内心状况。由于黑人男性在社会和家庭角色中的特殊性，奥林和威尔伯在醉酒中实施的暴力，不能被简单地视为酒精作用下理性的丧失，而更多的是黑人男性真实心态的反映。在了解黑人男性的心态之前，有必要了解黑人男性的生存窘境。

黑人男性的生存窘境表现在男权文化的高要求与家庭职能发挥不充分之间的矛盾上。在美国文学中，有很多以酒鬼、赌鬼形象出现的黑人男性，这也成为很多种族主义者攻击黑人的口实。怀德曼的小说也不例外，他小说中的老一辈城市黑人男性虽然大多勤勤恳恳、踏实认真，试图努力挣钱养家，但同时也有黑人身上多多少少带有懒散、嗜赌、嗜酒、言语粗俗、性行为不检点的陋习。黑人男性基本都生活在社会的最底层，从事又脏又累的工作，且收入微薄。奥林、威尔伯都是清理垃圾的清洁工，虽然小说并没有告诉读者他们的收入如何之微薄，但一开篇通过对奥林房间的描绘展现了他们一家生活的贫困潦倒："没有天花板，地板也快没了，用于保护免于粉红和蓝色颜料暴晒于太阳下的外墙也没了。一间房仅仅就是空间而已，仅仅就是由颜料和石膏包裹的空地。"（TL 29）此外，他们生活的窘迫也体现在奥林妻子的睡裙上："睡

---

①② 华红琴：《社会心理学原理与应用》，上海：上海大学出版社，2009年，第200页。

裙看起来很脏，像她在里面做过饭或者坐着喝了一整天的酒。知道不是，只是被洗过和烫过太多次，颜色掉了。可能是黄色，或者是白色，或者是炭黑色。"（TL 32）显然，奥林没能担负起养家的重任。然而，受美国男权文化的影响，赚钱养家是社会对男性的基本要求，黑人男性也不例外，但这一基本要求对黑人男性来说是极其困难的。正如性别社会学研究专家达维逊和果敦所指出："如果他们要把这一观念当作自己的一部分来履行，显然是力不从心的。置身于存在着种族歧视并缺乏经济机会的社区中，黑人男子要比白人男子更感到自己无力靠收入供养子女。"①当黑人男性的这一职能在家庭生活中体现得不充分时，会被自己的妻子和子女看不起。为了维护个人的基本尊严，免于家人的抱怨和蔑视，黑人男性宁愿睡在大街上也不愿意回家，宁愿和别的女性发生性关系也不和自己的妻子亲近，这便是奥林私生活混乱的原因。

黑人男性嗜酒如命的现象与黑人男性的生存困境息息相关，这就不难理解奥林的酒鬼形象。虽然把黑人男性嗜酒如命的原因完全归结于外部环境有失偏颇，但外部环境使他们苦闷也是不争的事实。奥林和奇尔德里斯因为是否借了五分钱而抽出刀子，这本身就表现了黑人男性极度贫困，因为这样的暴力事件无论怎样也不会发生在经济条件好的男性之间，可以说，他们之间的暴力是处于极度窘迫境地的黑人男性内心苦闷和迷惘的表达。

二、个人英雄主义的彰显

《私刑者》中的黑人青年为了从根本上解决黑人大众的问题，实现黑人大众的彻底解放，计划对白人警察实施私刑，面临强权和压制表现出了无畏的牺牲精神，把自己放在了"救赎"黑人民众的位置，这无疑

---

① L. 达维逊、L. K. 果敦：《社会性别学》，程志民等译，重庆：重庆出版社，1989年，第168页。

是他们个人英雄主义的表现。个人英雄主义是指脱离大众而倚重个人力量去完成某种任务的英雄主义观念或行为，其行为主体常常表现出英勇顽强的个性和自我牺牲精神，通过强化英雄主义和个人主义，使两者融会而成其精神内核。小说中赖斯充分吸收了个人英雄主义观念，并付诸实践，枪杀了自己的伙伴，只是他的实践是在族裔内部实现的。

一方面，赖斯的个人英雄主义体现在他的英雄主义思想上。赖斯从一开始对私刑计划的真正目的并不是很清楚，一心想当英雄。当赖斯得知威尔克森的父亲因为过失杀人时，他首先关心的不是朋友父亲的安危，而是自己能否成为英雄。他在心里这样谴责威尔克森的父亲：当他们"正准备使事情变得更好时，他不得不出去，当了一个'黑鬼'。把某人杀死了。他的儿子即将变成英雄"（TL 197）。虽然他话中所指的英雄是指威尔克森，但他话中的隐含之意是他自己也即将成为英雄，这已经暴露了他心中他们实行私刑计划的真实目的，即成为英雄，这显示了他内心对成为英雄的渴望。

另一方面，赖斯的个人英雄主义体现在他的个人主义思想和行为上。他认为其他三位成员只是简单地把他当成一个工具以控制整个局势，觉得自己可以"向前迈一步，站到其他人的前面，甚至超过'小个子'（霍尔），因为他们低估了他的能力"（TL 198）。他尤其在乎他在四个私刑者中的排位，他觉得威尔克森会被父亲连累，自己可以排第二，只在霍尔的后面，因为他认为当革命来临时，谋杀者的儿子不可能被放置在领导人的位子上，在霍尔被监禁在精神病院期间，他相信"'小个子'并不是唯一能够策划的人"（TL 198），他甚至相信"他可以把一切转化成自己的利益，自己可以排在第一位"（TL 199）。"排在第一位"事实上是想代替霍尔成为他们四个人中的领导人，展现自己的能力。当读者把他枪杀威尔克森时的猜测——"他们可能全在外面"与他对领导权的渴望联系起来时，并不难理解赖斯枪杀他们的目的，即想自己单独策划私刑计划，获得领导权。只是他的猜测有误，外面只有威尔克森一个人。潜意识里对其他三人的枪杀本身就是违反了纪律，脱离了最初目标。领导权是一种力量，这种力量可以影响他人，使别人根据自己的建议和命令行事。对领导权的渴望的实质就是对命令别人的渴望，从而把自己放在"救赎"黑人的位置，在黑人族裔内部获得他人的崇拜和认可。

当赖斯的英雄主义思想与个人主义思想相结合，个人无意识、无计划的枪杀暴力便在一瞬间毫无征兆地发生了，其主要目的是杀死其他三位成员，表达自己的不满的同时成为私刑计划的领导者，代替霍尔的角色，成为他心目中的"英雄"或"救赎者"。思想是人们通过社会实践活动获得的对于客观事物的能动反映，是本体欲望与环境的结合，与思想主体独特的社会经历、受教育情况及社会政治密切相关。同样，作品中的赖斯表现出了个人英雄主义思想及行为，固然与他生存的社会环境密切相关。

赖斯以在白人社区担任看门人为生，生活在社会的底层，在白人社区深受歧视。威尔克森在向女朋友介绍他们的私刑计划时说："赖斯说大多数的房客已经忘记他住在地下室了。他说房主直接告诉他不要挡着人们的路。他说即便他是看门人也没必要使房客想起他跟他们住同一栋楼。"（TL 235）赖斯长期生活在这样的种族歧视的环境之下，是拉尔夫·艾莉森笔下"看不见的人"的变体，躲在地下室，忍受着孤独和痛苦，没有真正的自我，也没有与社会上的人建立真正的联系。桑德斯认为他"是个隐士"（TL 252），霍尔能找到他简直不可思议。他在生活中所受的挫折通过霍尔的话进一步表现出来："我们的生活由幻灭、一连串的失败和谎言组成。"（TL 180）虽然霍尔没有明确强调赖斯的失败，但显然"我们"包括赖斯在内。不仅如此，赖斯在黑人自己族群内也为人所看不起。他自己也明白其他人之所以让他参加私刑计划只是因为他有枪和藏人的地下室，想利用他，把他当作掌控局势的工具。他也意识到"对他来说，从来都没有时间和机会有发言权"（TL 198）。他之所以会参加他们的计划，有霍尔的威吓和强迫的因素。事实上，他也的确被其他成员所看不起。桑德斯认为"他从一开始就是虚弱的关联，他就是他们可以花光的钱袋，可以睡觉的床，可以吃的食物。他的地下室足够隐蔽可以放武器和人质。赖斯就能胜任最简单、最不需动脑子的任务。一旦这些任务完成了，他也就完成了"（TL 252）。威尔克森在跟他女朋友介绍他们的私刑计划时也直接指出因为赖斯有枪和地下室，对他们很有用。以上的分析使得赖斯的生存环境清晰可见，种族歧视语境下赖斯没有自我，在黑人族群内也得不到认可和尊重。长期生活在这样的环境之中，赖斯必定在心里充满挫败感，为了捍卫自己的尊严和男性气概，他必定要做点什么。这与《土生子》中比格的心理极为相似，比格在难以忍受生活中的挫折和空虚时，总想干上一件"大事"，挣脱牢狱般的禁锢，使自己的生命有意义。不同的是，赖斯在没想清楚也没计划好靠什么去证明自己价值的时候，在一瞬间就选用了暴力这种最为直接的表现形式，把暴力目标指向与他直接接触的黑人同胞威尔克森，他们私刑计划的成员。

赖斯的个人英雄主义行为的出现除了与他的生存环境密切相关之外，还与黑人知识分子与普通黑人民众的疏离相关。霍尔、桑德斯、威尔克森都受过高等教育，可以说是黑人知识分子的代表。他们把自己所受的高等教育当作高人一等的资本，从心底里瞧不起普通黑人大众，与黑人大众处于疏离状态。事实上，黑人知识分子抑或是黑人中产阶级与普通黑人大众的疏离在怀德曼的第二部小说《匆匆回家》的主人公身上得到表现，如塞西尔是法学院的学生，在女朋友的帮助下完成了学业，毕业当天便跟女朋友结了婚，但新婚之夜就离家去了欧洲，他这样解释自己的行为："学习法律，我变成了那个从身体到言行都不允许像坏猴子的人，是他把我赶出了家门。"①可见，黑人知识分子与黑人社区之间存在裂痕。赖斯参加私刑计划是因为霍尔的威吓和强迫，说明作为黑人知识分子的霍尔口头上以黑人的解放为目标，但实质只是为了实现自己的目标，只关心自己的荣辱得失。这正是黑人著名学者休斯顿·贝克所

———————

① 转引自王家湘：《20 世纪美国黑人小说史》，南京：译林出版社，2006年，第 527 页。

批判的某些黑人知识分子，即"通常口若悬河而且著述颇丰，但对黑人最基本的利益来讲却毫无用途"①。怀德曼意识到黑人知识分子在解救黑人大众中的重要作用，但黑人知识分子这种带有浓厚个人主义色彩的观念和行为显然是怀德曼所批判的。关于黑人知识分子与黑人大众的关系，詹姆斯·鲍德温的阐释值得关注和思考：

> 只有人民大众投身变革时，这种变革才会真的发生，诗人或革命者的职责是说出这种变革的必要性，但在人民大众意识到这点之前，什么都不会发生。当人民认同了这种必要性，当运动展开时，世界就会变化。没有诗人，这种变化也许照样可以发生；但如果没有人民，这种变化是绝对不会发生的。诗人和人民总是磕磕碰碰的，但他们谁也离不开谁。诗人往往比人民大众更容易先知先觉，而人民大众则往往在诗人死后才幡然醒悟，但很正常。②

代表底层黑人民众的赖斯对威尔克森的枪杀直接导致了私刑计划的失败，作品正是以此来说明，黑人知识分子只有与黑人大众相融合，回到群众中去，以集体主义为原则，个体的努力才会有意义，这与鲍德温的主张一致。同时，作品也透露出无论是霍尔的个人英雄主义思想还是赖斯的个人英雄主义行为，最终带来的是成员之间关系的疏离和队友生命的陨落，不仅不利于个体的成长，也不利于种族的解放，这也是怀德曼对白人文化中个人英雄主义的局限性和危害性的清楚认识及深刻批判。

---

① Houston A. Baker. *Betrayal：How Black Intellectuals Have Abandoned the Ideals of the Civil Rights Era*. New York：Columbia University Press，2008：73.

② Fred L. Standley and Louis H. Pratt, eds. *Conversations with James Baldwin*. Jackson：University Press of Mississippi，1989：155. 转引自隋红升：《危机与建构：欧内斯特·盖恩斯小说中的男性气概研究》，杭州：浙江大学出版社，2011年，第163页。

第二节　黑人两性之间的暴力

长期以来，黑人男性与女性之间的暴力，尤其是黑人男性对女性的暴力，一直都是美国作家表现的重点，如《土生子》中的比格为了自己不被出卖，残忍地杀害了女朋友贝西；《格兰奇·科普兰的第三次生命》中格兰奇对妻子玛格丽特的打骂；《紫颜色》中某某先生对西丽的各种虐待等。这些小说情节成为非裔美国文学中黑人男性对女性施加暴力的典范，也是国内外学界关注的热点。怀德曼也不例外，把笔墨触及黑人社区内黑人两性之间的暴力，《私刑者》和《鲁本》这两部小说表现得最为鲜明。

《私刑者》中黑人两性之间的暴力以计划中或想象中的暴力形式出现，且主要是黑人男性对女性施加的暴力。私刑者的计划的第一步是杀死黑人妓女西西，然后嫁祸给白人警察，以便在黑人社区引起公愤。虽然小说没有直接呈现他们杀死西西的场景，但霍尔在想象私刑仪式之前演讲者的话时已透露出这一残忍的场面：

> 他按照他的喜好做。他就像你们切只死鸡一样把她给切了。为什么，我不知道。为什么不关我的事。他是白人。（他妈的白人）他为什么不能让克莱拉·梅（西西）在血中浸泡着？他为她在克里沃尔特大街付了房租，我们在那找到她的尸体。克莱拉·梅的所有都是欠他的，拿回他所要的是他的权利。所以他杀了她，让她一直躺在血泊之中，直到她邻居打开门时腐烂的黑色尸体开始发臭。（TL 66）

虽然霍尔想象的是白人警察对黑人妓女的暴力，但杀死黑人妓女是他们计划中的一步，显然，该暴力事件是由他们来完成的。对白人警察实施暴力的想象，其实质就是他们自己对杀死妓女场面的想象。

跟《私刑者》中的暴力不同，《鲁本》主要表现黑人男女之间的互殴。鲁本的客户克旺莎听信了瓦德尔的甜言蜜语怀上了孩子，但孩子还没出生，瓦德尔就对他们置之不理了。当孩子卡桥德5岁时，瓦德尔强行带走了孩子，这对于一个视孩子如珍宝的母亲来说，无疑是致命的一击。第二天，当克旺莎和女朋友托都斯在酒吧看见瓦德尔时，克旺莎扑上去抓烂了他的脸，而瓦德尔把她打倒在地，骑在她身上毒打，托都斯割断了瓦德尔的喉管。小说书写了鲜血淋漓、惊心动魄的暴力场面，这样的场面不仅把男女双方的力量都表现出来了，而且把双方对彼此的恨表现到极致。

虽然《私刑者》中两性之间的暴力没有实际发生，但历史文化背景和内涵本质清晰可见。未发生的暴力和发生的暴力都透露出深刻的文化内涵。笔者认为，怀德曼的小说从男权思想、利己主义思想、黑人女性主体性三个方面揭示了黑人两性之间暴力的文化内涵。

一、白人价值观指导下的男权思想

黑人两性之间的暴力体现了黑人男性中根深蒂固的男权思想，同时，也是根深蒂固的男权思想导致了两性暴力的发生。首先，小说中黑人男权思想的存在使得私刑计划的第一步是牺牲黑人女性。在黑人男性的意识里，女性是物化的存在，是他们的附属品。私刑者们虽然没有直接提及黑人女性是他们的财产，但桑德斯在谈到白人女性时无意透露了他们对于黑人女性的看法。桑德斯在谈到电影中的白人女性时用了"他们的女人"（TL 253），"他们的女人"的潜台词是黑人女性就是"我们的女人"。"他们的女人""我们的女人"本身就是对女性的物化，是属于跟房屋、衣服、食物等物品处于同一层次的附属品。这种说法无疑显示了男权社会中两性的不平等：男人是"本体"，女人是"他者"。事实上，黑人男性对女性的物化在黑人文学中并不是一个新鲜话题。艾丽斯·沃克的《紫颜色》中，西丽的父亲搭了一头牛才把西丽嫁出去，而且临出门被某某先生带走的场景更是彰显了他对黑人女性的物化："转过身去，爸爸说。我转过身去了。……某某先生说，牛还来吗？他说，她的牛。"①此外，霍尔在想象私刑之前的演讲时说："她是他的财产。他对她有绝对的权力，可以由着他的喜好做。他的确由着他的喜好做了。……他为她在克里沃尔特大街付了房租，我们在那找到她的尸体。克莱拉·梅的所有都是欠他的，拿回他所要的是他的权利。"(TL 66)虽然这是霍尔对私刑的假想，但之所以会有这样的假想，说明他自己潜意识里认为女性是男性的财产，可以由男性任意处置。也正是由于他们有了黑人女性是"我们的"财产、可以用于牺牲这样的潜在思想，才使他们计划的第一步是牺牲黑人妓女西西，而不是一位黑人男性。而且，妓女西西是白人警察的情妇，于是，在他们眼里，她就是黑人的敌人，她背叛了黑人民族。他们选择把妓女处死，潜意识里是想警醒整个黑人女性群体，提醒她们性选择可能带来的危险，并使她们屈服于黑人男性的统治，继续维持既有的男权秩序，在族裔内部实现霸权。

此外，桑德斯想象中对黑人女性的性虐待也体现了黑人男性的男权思想。虽然桑德斯和威尔克森并不认为有充分的理由可以杀死黑人妓女西西，因为他们认为这跟杀死自己的母亲兄弟姐妹没什么差异，但当桑德斯跟踪到西西门外，听到西西跟白人警察做爱的声音时，他坚定了杀死西西的想法，他恨不得穿透那块烂墙，"在他们俩都大汗淋漓时杀死他们"(TL 249)。这样的嫉妒心理显示，他内心深处是赞同黑人妓女与白人警察的性行为的，但只是可惜不是他自己。正是这样的不平衡心理造就了他的性虐待幻想。小说这样表现他的性幻想："首先一点前奏。他将让她呻吟。他把手放在她的瘦屁股下面。让她闭上她的大眼睛。激起她那些白猪猡从没激起过的性欲。"(TL 251)随后他幻想着"最好先强奸她。她所拥有的还是值得一看的。若是她不愿意跟我做爱，我就用老鼠夹把她夹上。就在他们的婚床上干。在她阴道干之前把她给杀了。"

① Alice Walker. *The Color Purple*. Orlando, Austin, New York, San Diego, London：A Harvest Book Harcourt, Inc., 1982：11.

（TL 251）这是桑德斯的性幻想，并没有实际发生。凯特·米利特（Kate Millet）在她的《性政治》中探析了在当时还是一大禁忌的话题——性，认为"性事里含有经常被人忽略的政治问题"①。米利特在剖析了文坛知名男作家亨利·米勒、诺曼·梅勒、D. H. 劳伦斯和让·热内作品中的性行为的政治性后，指出"男人对女人的性欲望、性占有包括从身体到语言从场景到物品统统烙上了深刻的政治印记"②。同样，桑德斯对黑人妓女西西的性幻想也烙上了深刻且明显的政治印记，即男性对女性的压迫。显然，桑德斯对妓女的性想象中没有丝毫的爱意，有的是赤裸裸的压迫和蹂躏。他把性行为本身看成是一种统治、强占，是"占有"的一种形式，否则他不会想象在他杀死黑人妓女之前对她进行性虐待。

同时，私刑者对黑人女性的歧视及潜在的暴力再次彰显了他们的男权思想。当桑德斯跟随西西到了她住所，发现她的住所还有她女儿丽萨（Lisa）和一个"干瘪的老太婆"（TL 165）朱厄尔（Jewel）时，他冒出了新的想法，"把她们几个愚蠢的婊子全部从地球表面清理干净"（TL 165）。这样的想法是他看到丽萨和朱厄尔后立即冒出来的想法，表明他内心深处对黑人女性生命的轻视，正是由于对黑人女性的歧视才会产生对黑人女性生命的轻视。丽萨、西西和朱厄尔刚好是具有代表性的祖孙三代，这说明他对黑人女性歧视的范围之广，无关乎相貌、无关于年龄。"干瘪的""愚蠢的""婊子""全部清理"这些带有强烈歧视色彩的字眼把桑德斯对女性的蔑视和贬低真实而又准确地呈现了出来。

事实上，黑人男性的男权思想有着深刻的历史根源。黑人女性一直处于被统治、被压抑的地位，与黑人男性处于二元对立的位置，正如黑人女性主义者安德烈·罗德（Andre Lorde）指出的那样："西方的历史束

---

① Kate Millet. "Sexual Politics." *Feminism in Our Time*. Ed. Miriam Schneir. New York：Vintage Books，1994：229.

② 嵇敏：《美国黑人女性主义视域下的女性书写》，北京：科学出版社，2011年，第62页。

缚着我们的思想，并使我们从简单的二元对立思想来阐释差异，如统治与服从，好与坏，上与下，优与劣。"①的确，西方历史上一直都是男权思想占主导，女性一直都处于从属地位。古希腊哲学家亚里士多德在《政治论》中公开宣称，女人的美德就是顺从、默默无闻。古希腊剧作家埃斯库罗斯在他的悲剧三部曲中将女权制由男权制替代，实质是在对男权论调进行宣扬。中世纪意大利神学家圣·托马斯·阿奎纳斯甚至认为上帝创造了女人实际是一个过错。奥地利精神分析大师弗洛伊德认为"女性天生有着强烈的复仇心理，是男性病态心理的根源"②。正是这种男权思想对女性的歧视和压制，才导致了女权主义的出现。自 19 世纪 90 年代以来，世界范围内出现了三次女权主义运动的高潮，这一方面凸显了女性自我意识的觉醒和高涨，另一方面也说明西方男权意识的根深蒂固。美国黑人生活在白人的意识形态之下，受白人文化及价值观的影响深远，黑人内部体制实质是白人社会及文化体制的翻版。国内学者在分析黑人男性的男权思想时指出："白人种族主义不仅在政治和经济上严酷限制了黑人男性的发展，甚至还严重扭曲了黑人男性的心灵，使他们在面对黑人妇女时下意识地模仿白人男性的做法，以伤害黑人女性的方式试图找回他们失去的男性尊严。"③私刑者们作为黑人男性，虽然其中三位受过一定的高等教育，但并没有抹除他们在白人文化价值观中吸收来的男权思想。

《私刑者》正是以黑人权力运动时期为历史背景，虽然正好迎来了美国妇女解放运动的第二次高潮，黑人妇女在争取自己的权益上作出了卓越的贡献，但根深蒂固的男权思想不可能在短时间内得到消除。作品

① Carole Boyce Davies. *Black women*，*Writing and Identity*：*Migrations of the Subjects*. London and New York：Rutledge，1994：42.

② 嵇敏：《美国黑人女性主义视域下的女性书写》，北京：科学出版社，2011 年，第 52 页。

③ 王晓英：《走向完整生存的追寻：艾丽丝·沃克妇女主义文学创作研究》，苏州：苏州大学出版社，2008 年，第 88 页。

通过塑造威尔克森父亲的形象侧面表现老一辈黑人男性对黑人女性的歧视。威尔克森的父亲成天异想天开地想与白人女性发生性关系，其实质就是想通过性行为实现占有白人女性的愿望，并能成为他在朋友中炫耀的资本。虽然他只是该作品的小人物，但却是老一辈黑人男性的代表。私刑者们正是在这样的社区环境和家庭氛围中成长起来的一代，必然会受到父辈一代思想观念的影响，进而很难在短时间内消除自身的男权思想。

黑人男性男权思想是历史环境的产物，受西方传统文化影响深远，也与族裔内部的思想继承密切相关。虽然《私刑者》中对黑人妓女西西、丽萨和朱厄尔的暴力最终并没有实现，但我们仍然可以管窥黑人女性的生存困境：白人种族歧视和黑人男性性别歧视的双重压迫。

二、利己主义的彰显：道德缺失

利己主义是指以自我为中心，以个人利益作为个人思想或行为的原则和道德评价的标准。利己主义一直是西方哲学家和伦理学家讨论的话题。其中具有代表性的是费尔巴哈的观点，他认为可以根据利己的程度将利己主义分为善的利己主义和恶的利己主义。善的利己主义同时考虑自己和他人的利益，这在大多数伦理学家看来是一种合理利己主义。恶的利己主义只注重自己的利益，被称为极端利己主义。怀德曼的小说在表现黑人两性之间的暴力方面，也致力于揭示作为暴力实施主体的黑人男性身上的利己主义思想。

一方面，黑人男性的利己主义思想以表面上的损人利他的手段实现。《私刑者》中私刑计划的第一步是杀死黑人妓女西西，嫁祸给白人警察，以期能在黑人社区内引起公愤，并最终使黑人获得权力，解放黑人大众。从表面来看，他们选择牺牲黑人妓女是为了黑人大众的利益，符合了"利他"原则，属于合理的利己主义。但值得注意的是，费尔巴哈所谓善的利己主义所注重的是当事人双方的利益，而不是第三方的利益，因此牺牲黑人妓女的实质依旧是为了实现私刑计划，是只注重个人私利的表现。虽然霍尔为黑人妓女的牺牲找到了在他看来合适的理由，"西西的生活已经被偷走了……她不能再丧失她不再拥有的东西。……夺走她的生命只是一点轻微的破坏"（TL 154），她"已经死了，一个别人控制的傀儡，一个可以表演逼真戏法的木偶，当适当的绳子诸如爱情、激情、欲望被扯的时候，她就可以模仿"（TL 153），但他的理由显示他已经非常清楚地意识到西西是受压迫者，在白人警察面前只是"木偶"。事实上，其他成员也清楚地知道她已经是个受害者了，桑德斯说："杀死一个已经很可怜的受害者令人不愉快。"（TL 154）叙事者表达了对这一问题的思考："难道所有顺从的受难者，那些允许自己被利用而不回击利用者的受难者，都有罪，都应该被屠杀吗？他那生病的母亲，若是现在还活着，应该是罪孽最深重的人之一，因为她忍受过去，甚至忍受到了崩溃的边缘。"（TL 154）事实上，桑德斯指出了该问题的实质，杀死黑人妓女跟杀死自己的母亲没有本质区别。桑德斯等人清楚地知道黑人妓女处于压迫机制之中，是社会的弱者，即便这样，他们依然计划利用她，并剥夺她的生命，因此该暴力行为充斥着"弱肉强食"的伦理准则，与殖民行为并无本质差异，是不折不扣的极端利己主义行为。

另一方面，黑人男性的利己主义思想以直接的损人利己手段实现。首先，私刑者霍尔曾经在酒吧受妓女侮辱的经历与计划中黑人妓女之死相联系，体现了他的损人利己思想。霍尔第一次去亚特兰大市，酒醉后渴望要个女人，便进酒吧花钱找妓女。妓女在不知道他是个瘸子的情况下答应了，但当他们走出酒吧，妓女知道了实情便开始讥笑起来，并侮辱道："你在酒吧欺骗了我。我原以为你是个高大魁梧的男人……我没看见你的瘸腿。我是在想当我坐下时为什么每个人都用异样的眼光看着我。你瘸瘸拐拐地走出来令我大吃一惊。……那时我就说见鬼去吧！走在你后面时，我实在忍不住不笑。"（TL 127）而后，黑人妓女继续讽刺道："你腿上裹的那些金属会刮伤我的膝盖的。你个大骗子，亲爱的，这是所有我想说的。"（TL 128）几经纠缠和讨价还价，妓女答应了，但剩下的钱只够支付车费。最后霍尔因酒醉行动缓慢，妓女飞一般地跑了，只留下一串讥笑声。这次经历对霍尔的自尊心绝对是致命打击，一直被他看不起的黑人女性尤其是生活在社会最底层的黑人妓女居然能肆无忌惮地嘲讽他，他不能接受和理解，这也正是这样的经历在私刑计划的制订过程中浮现在他脑海中的原因。虽然作品本身并没有直接指出霍尔决定处死黑人妓女西西跟他之前受黑人妓女的侮辱有直接的关系，但不难推测正是他曾经遭受到黑人妓女的讥笑和侮辱，使他记恨黑人妓女。他是想通过处死黑人妓女西西转嫁自己的仇恨，弥补他心里的不平衡甚至是创伤。

私刑者桑德斯想要杀害妓女祖孙三代的想法体现了他的极端利己主义思想。上文中已经提到过，当桑德斯跟踪黑人妓女到了她的住所，发现还有丽萨和朱厄尔时，他冒出了把她们全部清理干净的想法，其中最根本的原因在于他的极端利己主义思想。显然，当朱厄尔和丽萨在场时，他没法不杀死她们而杀死西西，否则他们的私刑计划就会泡汤。就如桑德斯所想："若是那个干瘪的老太婆挡着了路，她也要死，包括那个孩子，丽萨。"（TL 165）按照他的思维方式，一切成为他们私刑计划绊脚石的人都要被清理，显然，他遵循的是自利取向的道德原则。他这种为了实现私刑计划，毫无顾忌滥杀无辜的思想，显示了其自身利益高于一切的行为准则。

此外，瓦德尔强行带走卡桥德也是从利己的角度来考虑。瓦德尔强行带走儿子卡桥德并不是出于爱，而是出于嫉妒或是报复，这对于作为母亲的克旺莎来说是一种致命的暴力行为。在克旺莎得知瓦德尔将要带走自己的儿子去向鲁本求助时，叙事者讲述了这种暴力带给她的痛苦："若是她来是想把疼痛从她背上拉出来的话，他应该是医生。什么医生。他应该叫鲁本医生或者就叫医生"（R 3），"那个烂人瓦德尔和其他人什么事都不干，就来伤害我。把我的卡桥德带走"（R 4）。克旺莎告诉鲁本，在过去的五年，瓦德尔在养育孩子上没有提供一丁点儿帮助，也没有提供一分钱。克旺莎对他的动机进行了猜测："他那黄皮肤的婊子可能是太高太强壮，自己生不了，就来抢我的。"（R 8）当然，这只是克旺莎对瓦德尔极端利己主义的猜测。当她儿子真的被带走后，她对于这一问题的思考道出了问题的实质：

> 瓦德尔认为他就是法律，无论他想做什么就可以做什么，最好不要有人挡着他的路。他那些黄皮肤的姐妹们，把他推到了现在的地位。他们认为他们比任何人都好，他们高高在上，通过了判决，就如他们就是法律。瓦德尔并不想要卡桥德。事实是，他的那些姐妹们不想让我拥有他。这就是事情的全部。不想让我拥有他们认为属于他们的东西，即使他们并不真的想要他，即使我除了这个他们不爱的孩子一无所有，他们也要从我身边带走。（R 153）

"最好不要有人挡着他的路"的言下之意是只要有人挡着他的路，都会被修理或清理。小说在揭示瓦德尔自私自利、损人利己的道德问题的同时，也揭示了黑人内部的另一重要问题：阶级压迫问题。瓦德尔和他的黄皮肤姐妹无论是经济条件还是社会地位都在克旺莎之上，他们正是凭借这一优势带来的优越感，来剥削一无所有的黑人女性，使黑人女性置身于种族、阶级、性别的多重压迫之中。

怀德曼的小说关注到在种族歧视的大背景下黑人族裔内部尤其是黑人男性出现了严重的道德下滑问题。他们为了自身利益，丝毫不顾及黑人女性的利益，甚至以牺牲她们的性命为代价。同时，相伴而生的阶级压迫使得本来就一无所有的黑人女性陷入绝境。可以说，在奴隶制废除了一百多年后，左拉·尼尔·赫斯顿所说的"世间的骡子"依然存在。

三、女性意识觉醒：主体性深化

黑人女性一直处于种族、性别、阶级的多重压迫之中，容易失去自我，进而也招致黑人男性的进一步欺压，非裔美国文学中普遍反映出这一现象。怀德曼的小说除了花费大篇幅表现黑人男性对黑人女性的暴力，还着重表现了黑人女性对黑人男性的暴力，或者更为确切地说，表现了黑人男性与黑人女性之间的相互厮杀。《鲁本》便是典型例证，书写了黑人两性之间鲜血淋漓、惊心动魄的暴力场面：

> 她(克旺莎)猛然转身，离开凳子。在托都斯没来得及叫停的时候，她已经把十个手指嵌入他的脸。
>
> ……两只母狗踢他的屁股。一个打了他的眼睛，他叫喊着但不知道是什么打了他。他在地上打滚，尖叫，想把那只母狗打出屎，但她稳稳地用指甲在他脸上耙。是的，伙计。像刮面刀。可以看到它们在画血。……她就像一群野猫在那可怜人儿的头上乱抓。没人想管这事。甚至到最后他把她摁在下面也不想管。……在他占上风之前，她可劲地撕他。你知道的，他坐在她身上，把她摁在地上死死的。他哭喊着并用一只手护着他的脸。啪嗒，嘭。用另一只手掌掴她。真可怜，伙计。因为他正在拳击那个婊子。没有一回是落空了的。嘭。他尽可能重地击打她的乳房和脸。他哭喊着，鲜血流过他的手指，沿着脸颊流下，因为她在奋力撕他。她在扭动，在呻吟。即便她被摁在下面，她也没有放弃。她挨了几拳，因为她抓住他从一边扭到另一边，用书里所有骂人的词儿都骂了一遍。……托都斯一把抓住那个黑鬼的头发，朝后猛推，拿着刀片割了他的喉咙。
>
> 他妈的，从来没看过这样的事。很利落地划过他的喉咙，就像杀一只鸡。瓦德尔开始像喷泉一样冒鲜血，血飞得到处都是。他仍然叉开腿坐在克旺莎·帕克身上，不知道他死了没。抓住他的喉咙，窒息，吐血，血像雨在飞。(R 212-213)

在卡桥德被带走后，克旺莎满大街寻找了一整天，极度痛苦，和女朋友在酒吧借酒浇愁之时，看到了进门的瓦德尔。他们之间的搏斗便发生了，像是一场你死我活的战争。在整个打斗的场面中，男性与女性势均力敌，但最终以瓦德尔的彻底失败而告终——"他已经像块石头一样死了"（R 213）。克旺莎表现出了顽强、不服输的抗争精神，并在公开场所表达自己的愤怒，这是对男性强权和社会规约的公然反抗。这样的愤怒、抗争和反抗体现了她作为黑人女性的主体性的构建。主体性是指"人作为活动主体的质的规定性，是在与客体的相互作用中得到发展的人的自觉、自主、能动和创造的特性；主体在建构的路途上，通常会经历主体的缺失、觉醒、深化和升华的过程"①。事实上，小说伊始就体现了她的主体性，当她得知瓦德尔要通过福利社的工作人员带走卡桥德的消息时，她找到了社区律师鲁本寻求帮助。这与《紫颜色》中西丽的两个孩子被某某先生送人后所表现出的忍气吞声相比，体现了黑人女性在过去三四十年间自我意识和女性意识的飞速成长。虽然克旺莎在瓦德尔的哄骗下丧失了自我，但自从她生了卡桥德后，她靠独立的人格、永不衰败的自尊面对生活中的挑战，含辛茹苦地把儿子养大。为了儿子的成长，她戒掉了毒品，不再做妓女，成为在人格和自我意识上都很独立的女性。儿子被带走后，克旺莎与瓦德尔的厮打是对男性权威声音的颠覆和修正。这种去男性化的策略，是黑人女性深化主体性的表现。克旺莎所经历的主体性的失落、觉醒和深化的过程，正是嵇敏所说的"无形无声"到"有形无声"再到"有形有声"的成长过程②，克旺莎的暴力行动是"有形有声"的体现。

同时，其暴力场面显示，姐妹情谊在深化黑人女性主体性时起着重要作用。在克旺莎与瓦德尔厮杀时，托都斯的致命一割于瓦德尔的死起到了关键的作用。托都斯是克旺莎的亲密好友，甚至是同性恋情人。她们互信互爱，是能在精神上交流的伙伴。当卡桥德被带走的那天晚上，克旺莎十分痛苦，不愿回到只有一个人的家中，便去找托都斯寻找精神

①　应伟伟：《莫里森早期小说中的身体政治意识与黑人女性主题建构》，《当代外国文学》2009年第2期，第46页。

②　嵇敏：《美国黑人女性主义视域下的女性书写》，北京：科学出版社，2011年，第243页。

上的安慰，托都斯对她也照顾有加。这是黑人妇女之间姐妹情谊的体现，即女性的共同经历使她们团结在一起。怀德曼在对《鲁本》小说中的女性人物进行阐释时指出，"事实上，我把托都斯看作一个拯救克旺莎灵魂的女神"①。这是作者从寓言的角度在看待小说，若我们抛开寓言的层面，托都斯是在用自己的生命拯救克旺莎，帮助她实现黑人女性意识的建构及深化。同时，值得注意的是，如前文所述，小说揭示了瓦德尔的黄皮肤姐妹们对克旺莎的诋毁和压迫，这反映了贝尔·胡克斯在《姐妹情谊：妇女们的政治团结》中探讨的关于姐妹情谊形成中的阶级和种族干扰因素②，这也进一步强化了黑人女性之间的姐妹情谊在深化黑人女性主体性时的作用。

值得注意的是，黑人女性主体性的建构及深化也有黑人男性的参与。当克旺莎得知孩子将要被带走时，她的第一步是向社区的黑人男性鲁本求助。虽然在鲁本还未采取任何措施之前，她和托都斯就把人给杀了，但鲁本即将给予的帮助是不争的事实。直到小说的最后，克旺莎还是托鲁本带回卡桥德："你好，你是卡桥德，是吗？对不起我不能比现在更快到这儿了。不怕，你妈怕我来这儿。她说她爱你，一会儿就可以见你，一切都会很好。我是鲁本。我来这儿是带你回家。"(R 215)作为黑人男性的鲁本，为了黑人女性的权益，无偿且积极地提供帮助。同样是黑人男性的瓦德尔却是道德缺失、毫无责任感、压迫女性的渣滓，被怀德曼视为西方文化意义上的"龙"③，这正体现了黑人女性联合抗击对象是具有特殊性的。黑人女性主义创始人之一巴巴拉·史密斯认为黑

① Renee Olander. "An Interview with John Edgar Wideman." *Conversation with John Edgar Wideman*. Ed. Bonnie TuSmith. Jackson：University Press of Mississippi, 1998：172.

② 钱俊：《姐妹情谊》，《文化研究关键词》，汪民安主编，南京：江苏人民出版社，2011 年，第 138 页。

③ Renee Olander. "An Interview with John Edgar Wideman." *Conversation with John Edgar Wideman*. Ed. Bonnie TuSmith. Jackson：University Press of Mississippi, 1998：172.

人女性主义者仇视一切黑人男性是极其危险和愚蠢的，要把制度化、体系化的父权制与单个黑人区分开，而不是与黑人男性为敌①，克旺莎做到了把父权制与单个黑人男性区分开。

《鲁本》出版于 1983 年，故事发生在 20 世纪七八十年代的北方城市，此时正值女性主义第三次浪潮风起云涌之际。因此，从小说描绘的社会背景来看，克旺莎和托都斯对瓦德尔的暴力是对黑人男性压迫和剥削的反抗，也是对黑人女性主义运动高潮的呼应。同时，从小说描绘的暴力场面可以看到以瓦德尔为代表的黑人男性在自己的地位和利益受损时维护男性至上所做出的努力。怀德曼在接受采访时指出："我把这部作品看成是因克旺莎的灵魂而起的男方准则与女方准则的拔河比赛，而且是女方准则胜出。"②因此，我们可以说，瓦德尔的死是作品对道德沦丧、嚣张跋扈、毫无责任感的黑人男性的惩罚，也是对黑人女性自强不息、主体意识不断高涨的肯定和赞扬。同时，作品还揭示了黑人女性与黑人男性团结合作的可能性，而不是憎恨所有黑人男性，形成仇恨的恶性循环，这与艾丽斯·沃克和贝尔·胡克斯的主张是一致的，她们反对分离主义，认为黑人女性必须与黑人男性团结起来，也与第三次女性主义解放运动的宗旨相一致。

第三节　黑人代际之间的暴力

男性、女性、孩子是构成社会的三个基本因素，黑人社区也不例外。黑人族群内部的暴力除了上文中探讨的黑人男性之间的暴力和黑人两性之间的暴力外，黑人代际之间的暴力也是不可忽视的事实。怀德曼

---

① 嵇敏：《美国黑人女性主义视域下的女性书写》，北京：科学出版社，2011 年，第 68 页。

② Renee Olander. "An Interview with John Edgar Wideman." *Conversation with John Edgar Wideman*. Ed. Bonnie TuSmith. Jackson：University Press of Mississippi，1998：172.

于 20 世纪 90 年代初期在短篇小说《人尽皆知布巴·瑞夫》和《垃圾道里的弃婴之死》中反映了黑人父辈对孩子的暴力。

短篇小说《人尽皆知布巴·瑞夫》从开篇到结尾没有一个标点符号以示停顿，没有完整的叙事结构，只有布巴葬礼上各种各样的声音的汇合，显得杂乱无章。杂乱之中，黑人父亲对孩子、对妻子的暴力清晰可见。小说通过布巴自己的声音这样讲述：

> 坐回你以前坐的地方，在你自己可以起身之前喝你的酒吧。在我眼里你什么都不是，因为你不是我真正的爸爸。你可以挥挥手叫喊着你想要的所有东西，但你若是再碰我一次，我会毫不在乎妈妈是多么需要你，也不管你带来些什么狗屎，而把你这个老男人掰成两半。不要再鞭打我了，不要碰我。若是你再动她一下，就会是混战时间，格斗，把你和我都他妈弄得鼻青脸肿。若是你不能忍受热，就滚出厨房。这里没有熊猫爸爸、熊猫妈妈和甜心，再也不要熊猫婴儿果酱了，我现在已经长大了，不是吗？你他妈的，不要打我妈妈了，不要打我了，我会把你敲碎，拿掉你的威士忌脑袋。① （ASAT 65）

虽然小说没有具体再现黑人父亲打骂孩子和妻子的场面，但小说通过"你若再碰我一次""不要再鞭打我""若是你再动她一下""不要打我妈妈了""不要打我了"这些语言，尤其是"再"和"了"的使用揭示了黑人父亲以前的行径，即暴打孩子和妻子。同时，布巴的话"把你这个老男人掰成两半""我会把你敲碎"显示了他对父亲咬牙切齿的恨，他的恨揭示了父亲打他和他母亲次数之多和程度之狠，因为只有父亲的残忍和暴行才能铸就和激起他对父亲如此之深的恨。

《垃圾道里的弃婴之死》是又一反映黑人父辈对孩子的暴力的短篇

---

① 出自该短篇小说中译文的标点符号都为译者所加，原文十个页面的小说仅在结尾有句号。

小说，以新生儿自己的口吻讲述了自己被 19 岁的母亲扔进垃圾道后短短几秒的所见所闻所感。新生儿从十楼被扔下后，她分楼层把见闻讲述出来，其中包括"十层"（Floor Ten）、"九层"（Floor Nine）、"事实之层"（The Floor of Facts）、"疑问之层"（A Floor of Questions）、"信念之层"（A Floor of Opinions）、"愿望之层"（Floor of Wishes）、"权力之层"（Floor of Power）、"悔恨之层"（Floor of Regrets）、"爱之层"（Floor of Love）和"象征所有错过或即将到来的楼层"（The Floor That Stands for All the Other Floors Missed or Still to Come）①。

对于弃婴这种暴力本身，她主要通过"事实之层"告知读者。该层揭示该小说讲述的故事是于 1991 年 8 月 12 日（星期一）在生活中真实发生的事件，8 月 14 日（星期三）《纽约时报》的城市版（Metro Section）报道了由记者乔治·詹姆斯写的一篇题为《垃圾道里的弃婴之死》（*Newborn is Thrown in Trash and Dies*）的文章。其中的报道如下："据警察昨天说，布鲁克林地区一位年轻的女子于星期一中午在科利岛在建房的楼梯中诞下一名婴儿，然后把婴儿从十楼的垃圾道扔下，掉到了下面的垃圾夯实机上。"（ASAT 123）新生儿也讲述了自己被抛下后的情况："44 岁的房屋委员会管理者欧内斯托·门德斯将在他划开的塑料袋里发现我的头、肩膀和卷发，塑料袋在杰拉尔德·J. 凯里花园公共在建住房（棕色砖）底楼垃圾夯实机的正方形入口旁边。"（ASAT 123）该短篇小说所陈述事件的真实性正体现了该小说集《所有故事都是真的》所传达的深刻含义。

此外，新生儿还通过"事实之层"揭示，这样的暴力事件并不是一个偶然事件，而是社会中极为普遍的事件。在过去 1990 年一年的时间里，纽约市发生了 9 起婴儿被扔于垃圾堆的事件。在 1991 年 8 月就发现了 7 个被丢弃的婴儿。而且，1991 年 3 月发生了一起跟小说中的新生儿被弃类似的事件，只是这个新生儿最终被旁人救起而且存活了下

① 原文中的楼层名为斜体，起强调作用。

来。因此，该短篇小说看似是在讲述一个婴儿被弃的故事，实际上却是在讲述 17 个婴儿被弃的故事，就如小说所述，"在这栋楼里有 17 个故事，地址是西 23 街 2950 号"（ASAT 123）。至此，小说以点到面，把暴力的范围扩大到整个美国社会。此外，这样的暴力事件在俄国同样发生着，就如新生儿所说："我相信，一个有着冗长的、奇怪发音名字的俄国人已经写过关于当他从公寓楼的高窗上慢慢坠落时生命的加速下落。但是在另外一个国家。哎呀，俄国人死了。"（ASAT 122）作品正是以此揭示这种事件不仅是黑人社会中存在的问题，而且也是世界上广泛存在的问题。

弃婴无疑是一种父母对孩子的恐怖性暴力，这一暴力事件引起了美国学者的关注。怀德曼作品研究专家特雷西·丘奇·谷子欧对该小说进行了思考，并带着强烈的问题意识提出了一系列问题："这位母亲身上发生了什么，她感到如此孤独而不寻求帮助？好心的陌生人在哪？为什么没人营救这个孩子、讲述她的故事？"①虽然她提出了问题，也意识到这些问题对于理解该小说的重要性，但可惜的是她只是对于这些问题给予一个简单且推测性的回答："这些公寓和楼层彼此分离得很远，孩子的出生和死都没有引起人的注意。"②显然，这样的解释过于草率，且有失偏颇，有待深入探讨。

综上，布巴遭受父亲的暴打和女婴遭受母亲的遗弃是怀德曼小说黑人代际之间的暴力的典型代表，反映了黑人家庭生活的现状，尤其是黑人女性和黑人孩子的遭遇。本节将以此为研究对象，管窥黑人父辈对孩子实施暴力的根源和内涵。

一、生存困境中的矛盾转嫁

虽然小说没有直接指出黑人父亲对妻子和孩子施加暴力的原因，也

---

①② Tracie Church Guzzio. *All Stories are True*：*History*，*Myth and Trauma in the Work of John Edgar Wideman*. Jackson：University Press of Mississippi，2011：89.

没有直接指出黑人母亲丢弃婴儿的原因，但若把一代黑人父亲和黑人母亲的生存困境与他们的暴力行为相联系，其根源也就清晰可见了。

虽然上文所提到的布巴对父亲的控诉只有短短一段话，但那段话鲜明地刻画出黑人父亲的形象。除了上文中所分析出的暴徒形象，布巴的话语诸如"坐回你以前坐的地方，在你自己可以起身之前喝你的酒吧""我会把你敲碎，拿掉你的威士忌脑袋"（ASAT 65），塑造了父亲的酒鬼形象。酒鬼形象在怀德曼的小说中似乎是底层黑人父亲的一个共同特征，如《私刑者》中奥林·威尔克森因为嗜酒如命有"甜心人（Sweetman）"的称号，杀死好友威尔伯·奇尔德里斯也是发生在两个人都酒醉后。

正如本章第一节在分析黑人父亲嗜酒如命的原因时指出，黑人父亲生活在充满种族歧视的环境中，从事着最为繁重的工作，挣着微薄的工资，在社会中遭受白人的歧视和剥削，在家庭内部担负不起挣钱养家的职责，他们只好选择用酒精麻醉自己，暂时忘记心中的苦闷和生活的窘境。与《私刑者》中奥林·威尔克森在家庭外部的黑人男性之间转嫁心理压力不同的是，被严酷的社会现实扭曲了心灵的布巴的父亲把个人的心理压力转嫁到家庭内部，即把妻子和孩子作为自己发泄的对象。左拉·尼尔·赫斯顿在其小说《她们眼望上苍》中形象地揭示了黑人男性转移种族矛盾的过程："一个白人将一个包袱丢在路上。让黑人捡起来，黑人捡了，可他并不自己拿着，而是顺手将它递给他身后的女人。在我看来，黑人妇女真的就是这世间的一头骡子。"①诚然，黑人女性是黑人男性转嫁心理压力的对象，怀德曼的小说在肯定这一点的同时，进一步指出黑人孩子也是黑人父亲转移心理压力的对象，从这一意义上说，黑人孩子也是"世间的骡子"。

当代黑人女性的悲惨处境与历史上的黑人女性相比有过之而无不及，很多人没有家庭，或未婚先孕，或成为少女妈妈、单身妈妈。随着

---

① Zola Neale Hurston. *Their Eyes Were Watching God*. Chicago：University of Illinois Press，1937：186.

黑人女性意识和自我意识的觉醒，她们在默默地接过"包袱"的同时，把矛盾转嫁到黑人孩子身上，以示对社会、对黑人男性的反叛。短篇小说《垃圾道里的弃婴之死》中的年轻黑人母亲便很生动地诠释了这一点。该短篇小说暗示了年轻黑人母亲遭遇未婚生育的困境。弃婴在"信念之层"说道："我相信我的妈妈不恨我。我相信在某个地方我有个父亲，若是他正在仔细阅读或是认真聆听这篇文章，他一定认得出我是他女儿，他一定会感到羞愧，也一定会很心碎。我一定相信这些。"（ASAT 124）显然，弃婴并没有责备自己的母亲，而是认为父亲在"某个地方""感到羞愧"，这就暗示出该弃婴是一个非婚生女孩儿，不是父母亲爱情的结晶，父母双方没有爱情也没有责任，没有遵从大家公认的婚姻伦理秩序，更没有遵从作为丈夫或妻子伦理身份的要求。该弃婴的母亲才19 岁，而且该小说也提及另一起弃婴事件中的母亲只有 12 岁，这说明当时黑人少女遭遇未婚生育的困境是极其普遍的社会现象。虽然女性未婚生育是白人与黑人社会共同存在的问题，但黑人女性单亲家庭的非婚生育比例一直高于白人。据美国全国卫生统计中心的数据显示，"1986年，黑人非婚生育率高达 61%。……1960 年，黑人女性非婚生育率是白人的 4-5 倍。……1990 年末，黑人非婚生育率降至白人女性的两倍"①。事实上，少女未婚生育的现象自 1960 年以来非常普遍，统计数据一直处于增长的状态。"未婚怀孕的总比例从 1980 年每 1000 名未婚女性中有 90.8 名，增至 1991 年的 103 名，增加了 14%。未婚妇女怀孕的比例，从 1976 年每 1000 名未婚妇女中有 54 名妇女怀孕，到 1991年增加到 66.7 名，增幅为 23%。"②此外，《鲁本》也揭示黑人少女未

---

① 转引自吕红艳：《20 世纪 60 年代以来美国女性单亲家庭变迁探析》，《世界历史》2011 年第 3 期，第 68 页。原文见全国卫生统计中心：《1986 年最终出生率统计报告》(National Center for Health Statistics, Advance Report of Final Natality Statistics, 1986)，海厄茨维尔 1988 年版，第 1120 页。

② 转引自吕红艳：《20 世纪 60 年代以来美国女性单亲家庭变迁探析》，《世界历史》2011 年第 3 期，第 68 页。原文见美国国会：《1996 年个人责任与就业机会一致法》(Personal Responsibility and Work Opportunity Reconciliation Act of 1996)，圣保罗 1997 年版，第 2110 页。

婚生育是普遍存在的社会现象，托都斯跟克旺莎聊天时这样说："这儿比我还年轻的妇女就已经是奶奶了。这听起来是多荒唐？三十岁不到就当奶奶了。这儿的妇女正在尽可能快地生孩子。所有都是孩子在带着孩子。"（R 49）虽然小说《鲁本》是以 20 世纪 80 年代为时代背景，但以上的数据显示，90 年代这种现象并没有减少，反而变得更为普遍。

该短篇小说虽然并没有阐释说明黑人少女未婚生育的原因，但弃婴隐晦地告诉了我们答案。弃婴把批判的视角主要指向了她的父亲，认为她的父亲"一定会感到羞愧，也一定会很心碎"，但显然她的父亲是否会羞愧或心碎不得而知。她想表达的与其说是"一定"，不如说是"应该"，其目的是告诉读者悲剧发生的直接原因。父亲应该感到羞愧无非是因为她是母亲被强奸的产物，或是因为她是母亲被诱骗的产物。美国学者兰迪·阿尔贝尔达（Randy Albelda）在分析美国女性单亲家庭大量产生的原因时指出："超过三分之二的少女妈妈是被 20 岁以上的男人致孕的，大多数的少女妈妈都是强奸或性虐待的受害者。"①加之社会的误导使得年轻女孩儿对生育知识缺少足够的了解，从而使很多黑人女性缺少自我保护意识。《鲁本》中托都斯在阐述这一问题时自问自答："难道这些年轻的女孩不知道孩子从哪儿来吗？肯定大多数情况下不知道。"（R 49）正如鲁斯·赛德尔（Ruth Sidel）指出，社会文化使女性们相信，性是伟大的，且避孕和流产是被禁止的，甚至很多女性对于性和生育之间的关系并没有基本了解。② 黑人男性对黑人女性的诱骗在黑人社区也是时有发生的事情。小说《鲁本》塑造了毫无道德感的瓦德尔这一黑人男性证实了这一点。瓦德尔通过许诺克旺莎会娶她、照顾她、一辈子爱她诸如此类的谎言骗取了她的信任，并与她发生关系，但一旦克旺莎怀上了他的孩子，他便逃之夭夭了。虽然该短篇小说中并没有明确告

---

① Nancy Folbre. *The War on the Poor*：*A Defense Manual*. New York：New Press，1996：30-31.

② Ruth Sidel. *Keeping Women and Children Last*：*America's War on the Poor*. New York：Penguin Books，1996：126-128.

诉读者究竟是什么原因,但从弃婴的叙述中可以肯定她是黑人母亲被强奸或被诱骗的产物。

黑人少女未婚生育后无疑将面临生存困境。未婚生育的黑人少女大多自己是孩子,承担起照顾孩子的责任有一定的难度。正如上文中提到的,托都斯揭示未婚少女妈妈的处境时指出,"所有都是孩子在带着孩子"(R 49)。甚至当很多黑人女性还是少女时,"旁边的推车里就已经有两三个孩子了。当妈妈抱着最小的那个孩子时,小孩子照顾比他更小的孩子"(R 144)。被强奸或被诱骗的黑人少女要么是还未真正在社会上学会生存的女性,要么是受教育程度不高、从事底层工作、社会地位低下的女性,因此经济上的危机与抚养孩子的重任使黑人女性置身于生存困境中。加之孩子父亲始终处于缺席状态,如小说《鲁本》中的托都斯曾几次三番地谴责这样的父亲,"孩子的父亲在哪?在外面的街上又一次成为情种"(R 49),而且通常情况下,孩子得不到黑人父亲的分文帮助,这就加剧了黑人单亲少女母亲的经济窘迫境况。短篇小说《垃圾道里的弃婴之死》中的那位母亲,甚至是那 17 位抛弃新生儿的母亲,相信面临的是跟她们一样的命运和困境。

从以上的分析可以看出,黑人父亲对妻子和孩子的暴力是他们心理压力的转嫁,当代黑人少女妈妈和单身母亲对孩子的暴力也是她们在面临婚姻、经济和生活三重困境时种族矛盾和两性矛盾的转移。当然,黑人母亲在面临生存困境时,也不乏自立自强、辛辛苦苦地把孩子养大的母亲,如《鲁本》中的克旺莎。值得注意的是,选择把孩子扔掉并非黑人母亲面对困境时对责任的逃避,相反,是她们面对社会环境的恶化所做出的独特的伦理选择,这是本书下一小节将要深入探讨的问题。

二、伦理环境的恶化:独特之爱的表达

从表面来看,弃婴无疑是一种极端的暴虐行为。从道德哲学层面来看,年轻的黑人母亲丢掉自己的婴儿,不仅没有尽到抚养子女的义务,破坏了正常的人伦关系,而且触犯了骨肉相残的伦理禁忌,是丧失伦理

准则极其不道德的行为，定会被人们所批判。文学伦理学研究专家聂珍钊在《文学伦理学批评：基本理论和术语》一文中强调文学批评要"回到历史的伦理现场，站在当时的伦理立场上解读和阐释文学作品，寻找文学产生的客观伦理原因并解释其何以成立，分析作品中导致社会事件和影响人物命运的伦理因素，用伦理的观点对事件、人物、文学问题给予阐释，并从历史的角度做出道德评价"①。只有回到历史现场和伦理现场，对作品人物的分析、理解和阐释才不失偏颇。要探究当时年轻黑人母亲丢弃自己孩子的真实原因，就必须回到她采取这一行动的客观环境及伦理现场，站在她的立场上审视其真正动机。也只有这样，才能从道德层面给予客观公正的评价。

该短篇小说中的弃婴在"疑问之层"仅仅用了一个词"为什么"（Why）对丢弃的原因进行质问，但其他楼层所揭示事件发生时的客观环境及伦理现场能为我们理解其动因提供很好的答案。弃婴从十楼下落，表面上看到的是十层楼的情况，但作品正是以该楼为隐喻，折射出的是整个社会的大环境。这个大环境正是弃婴的母亲丢弃婴儿的客观环境及伦理环境。当弃婴从垃圾道掉落经过第"九层"时，她看到了这样的场景：

> 他们在这栋楼里玩掷骰子游戏，掷骰子游戏是这儿盛行的多种赌博形式中的一种。一块儿建筑群就像高高耸立的有盖货车，在城市的夜晚中形成了圆圈儿，很少有新的财富进入到这块儿建筑群，因此，这里循环了又循环的是机会游戏、谋杀和其他暴力交换形式。孩子们这样做，成人也这样做，蜜蜂和小鸟都在这样做。他们说，这里的法则跟丛林法则是一样的。他们说这儿是城市沥青混凝土多样化的丛林。

---

① 聂珍钊：《文学伦理学批评：基本理论与术语》，《外国文学研究》2010 年第 1 期，第 14 页。

……

他们因为这些游戏整夜哭着，唱着，骂着，祈祷着。他们单膝跪地唱着魔力的公式来召唤运气。他们忘了运气是可以操纵的。他们中的一些人把三张纸牌的赌博游戏（Three Card Monte）带到市中心。他们欺骗那些足够傻到相信运气的旅游者。演示者手法飞快，把牌洗得让人难以分辨。当警察准备打断或终止他们的骗术时，他们带着牌飞奔着消失在十字路口。那些欺骗者每天把运气当诱饵和鱼钩，简直就是胡扯艺术家。他们单膝跪地呆在想要了解更多的一圈人中间，试着用甜言蜜语把运气带进自己的温床。（ASAT 122）

第"九层"的场景揭示了当时人们的生活方式和行为准则，即很多人成天靠赌博和行骗维持生计，这样的生活方式不会给社会带来新的财富，进而不会给社会提供前进的动力。同时，作品用"丛林法则"揭示了当时社会的行为准则，这样的行为准则透视出生活于城市中的人们人性的泯灭。丛林法则是弱肉强食的法则，是动物界的伦理法则。遵循这种法则的人认为生存竞争高于一切，在生存竞争中展现的是原始、野蛮的一面。人是有理性意识的高等动物，应该遵循的是人类的伦理法则，应该根据人类的伦理法则构建人类的伦理秩序，而不能为生存竞争把自己降格为兽。"如果我们放弃人类社会的伦理规则，转而按动物界弱肉强食的丛林法则来处理人与人、人与社会及人与自然的关系，无疑会导致伦理混乱并带来悲剧性的后果。"①

弃婴在掉下的过程中进一步感受到人与人关系之冷漠，她说："没人跟我挥手。没人警告我。没人跟我打招呼，跟我说再见。"（ASAT 124）她感受到的是人间的冰冷和无情。即便是掉下垃圾道之后，人们对于这样的事件也会表现得麻木和冷漠，她认为：

---

①　易建红：《文学伦理学批评视域中的〈海狼〉》，《外国文学研究》2012 年第 4 期，第 120 页。

　　　　我的死没有目的。路灯杆上会贴上这个消息。某人会在狭窄的
　　　街道上开着名贵的车从我旁边驶过，听到撞击地面的声音，但他认
　　　为无关紧要。吸毒鬼们会从巨堆旁的侧门溜出来，点头，低声交
　　　谈，用充满失望和反讽的发音法问好。……年轻的妇女打开梳妆台
　　　的抽屉，想知道是谁的孩子平静地睡在由洗碗布、T恤衫和男人的
　　　汗袜子铺成的床上。……她几天没吃饭了，应该不是。是一种致命
　　　的疾病，或者更糟糕。她必须为新的生命负责。她打开婴儿的抽屉
　　　又关上了，推开又拉上了，打开又关上了。(ASAT 124-125)

这说明人与人关系的扭曲和冷漠不仅表现在靠赌博和骗人维持生计的下
层人中，还表现在开着名贵车的富人身上。当他听到撞击地面的声音
时，他并不关心发生了什么。就连自己都很可怜的吸毒鬼们，都能用反
讽的语气跟弃婴打着招呼。弃婴想象着自己睡在某位妇女的梳妆台的抽
屉里，妇女表现出的是对自己生命的担忧和害怕，虽然几经犹豫，但最
终还是选择了关上抽屉门。对富人、吸毒鬼、妇女反应的描绘把人与人
之间人情之冷漠表现得淋漓尽致。

　　此外，作品进一步揭示了主流媒体和政府机构的冷漠及失职。弃婴
的事件在报纸上用了短短四行就报道完了，紧接其后的是一系列访谈和
官方文件。而且关于该事件只陈述事实，没有相关评论，也没有告知是
谁的错误。在弃婴看来，"那是适合印出来的东西"(ASAT 123)。言下
之意，只有这个事实是报纸敢提及的，而对于事实背后的原因是媒体不
敢触及的。她认为，这样的局面"绝对不是报道者的疏忽。他足够让我
臭名昭著。很多读者一定会惊愕地摇摇头，叹息一声，叫一声上帝，把
城市版拿过早餐桌或递给上班的其他人"(ASAT 123)。这反映了主流媒
体对事实的掩盖和扭曲。这也使得弃婴渴望自己发声，但是"一次说话
的机会都被夺走了"(ASAT 124)。主流媒体代表的是政府机构的意志，
因此在揭示主流媒体冷漠和失职的同时，也在揭示政府机构的冷漠和
失职。

这是刚出生的弃婴从生到死短短几秒对于这个社会的感知，显然，刚出生的婴儿不可能对社会有如此多且深刻的感知，因此我们可以断定小说更多的是想揭示黑人母亲对于这个世界的感知。黑人母亲是这个城市中的一分子，与其说是弃婴见到这个世界丑恶的一面——赌博、暴力、骗术、毒品、丛林法则，不如说是弃婴的母亲见到了这个世界的丑恶。她看到了这些丑恶无孔不入，而且已经在下一代身上得到延续。就如在第"九层"时指出："这里循环了又循环的是机会游戏、谋杀和其他暴力交换形式。孩子们这样做，成人也这样做，蜜蜂和小鸟都在这样做。"（ASAT 122）而且这种丑恶的行径也的确发生在孩子身上，并使孩子成为牺牲品。作品在"象征所有错过或即将到来的楼层"揭示了暴力带给孩子的伤害："我的继兄在学校的操场上玩耍，他们把他射死了。砰！砰！帮派猛击，可怜的托米的胸部中了一枪。"（ASAT 127）同时作品通过对孩子葬礼的描绘暗示了新的暴力即将到来："直到伙伴们闯进门，托米的哥哥才从他骑跨的椅子上起身，低着头，点头。他们知道是谁打了托米。他们知道明天将要做什么。"（ASAT 128）通过以上分析，小说中黑人母亲的外部生存环境清晰可见。

如前文所示，作品通过弃婴之口讲述"母亲应该不恨我"，而且在"爱之层"致力于描绘弃婴一家本应该有的温馨幸福画面，同时又多方位、多角度揭示社会环境的险恶，当我们把这些因素结合起来时，我们不难推断她正是用自己的实际行动诠释了人类崇高的母爱，诠释了对于生存伦理全新的理解。她抛弃婴儿的真正目的是对于自己女儿无比深沉的爱，不想让女儿生存在依靠丛林法则维持社会秩序的人类社会里，也不想女儿生存在充斥着赌博、暴力、骗术、毒品、人与人的关系极度冷漠和扭曲的社会里，更不想让女儿生活在缺少最基本的公正公平、大部分事实被隐藏的社会。在这样的社会中生存，无异于浸润在险恶的大染缸里，弃婴女孩的命运跟母亲的命运不会有本质差别。因此，年轻的黑人母亲选择用死来解脱现实的苦难，用弃婴这一行动来彰显对社会的反叛，这说明年轻的黑人母亲对于生存有了全新的理解，生存不是苟且地活着，而是有尊严地活着。作品揭示黑人母亲所生活的社会环境和伦理环境，正是为了说明弃婴事件看似是家庭悲剧，实质是社会悲剧。

诺贝尔文学奖得主托尼·莫尼森于1987年完成了震撼人心的小说《宠儿》，讲述了奴隶制时期的黑奴母亲塞丝的故事，她为了使女儿不再重复自己做奴隶的命运，毅然决然地杀死自己的女儿。时隔五年，怀德曼的小说中塑造了有着惊人相似之举的当代黑人母亲。虽然两位黑人母亲生活的时代相差了几个世纪，但面对所处时代的丑恶，其反抗态度高度地相似，表达母爱的方式也是异曲同工。怀德曼的小说正是以互文的方式揭示，时隔几个世纪，黑人的命运没有得到根本改变，现存的社会环境跟奴隶制时期的社会环境在本质上没有区别，黑人的真正解放还有很长的路要走。

跟美国黑人对白人的暴力一样，怀德曼小说中黑人内部的暴力同样发生在种族歧视的大语境下，其实质是种族矛盾在黑人内部的消化。小说中的黑人男性长期以来经济极度窘迫，生活在充满种族歧视的环境中，他们通过暴力转嫁种族矛盾，显示自己的英雄气概，导致男性与男性之间发生暴力。同时，为了彰显自己的男权和父权，他们对妻子和孩子实施暴力。怀德曼的小说也不乏黑人女性对孩子的暴力，黑人女性对孩子的暴力是黑人女性在转嫁家庭矛盾的同时，面对日益恶化的社会环境独特的母爱表达。由此可见，小说一方面把黑人内部暴力产生的原因指向了充斥着种族歧视的社会，暗示了外部条件的改变对于美国黑人改变命运的重要性，另一方面也指向了种族歧视背景下黑人自身问题的存在，如黑人男性对女性的歧视、男性伦理道德观的丧失等，暗示了仅靠外部条件的改变是不够的。W. E. B. 杜波依斯在面对黑人自身的问题时发出这样的呼吁："黑人领袖及任何关注黑人命运的黑人组织应该积极行动起来，向所有的黑人传递一个重要而又明确的信息——'除非我们黑人战胜我们自己身上现有的弊端恶性，不然，这些恶行将战胜我们’。"①如果黑人民族不从自身出发，构建和谐的两性关系，构建和谐的社区环境，黑人不可能做到真正的团结。因此，怀德曼的小说正是以此来揭示，即便黑人民族通过轰轰烈烈的黑人权力运动获得了权力，实现了《私刑者》中构想的政治目标，黑人内部男性与男性之间、两性之间、代际之间依然充满了暴力，黑人的出路问题依然得不到解决。

---

① 王恩铭：《美国黑人领袖及其政治思想研究》，上海：上海外语教育出版社，2006年，第121页。

第三章 种族矛盾的拓延：美国黑人青少年的暴力

虽然怀德曼自 20 世纪 70 年代在《私刑者》中就开始关注美国黑人的暴力，包括黑人与白人的暴力和黑人内部的暴力，但到了 90 年代，他对美国黑人暴力的关注明显发生了转向，即重点转为关注黑人青少年的暴力。这样的转向与他自身的经历是密不可分的，早在 1986 年，16 岁的次子雅各布在参加夏令营时杀死了自己的室友，随后被交由成人法庭处置，被判终身监禁。无独有偶，1993 年，他十几岁的侄子奥马尔（因持枪抢劫还在监狱服刑的弟弟的孩子）在一次酒吧的打架中被枪杀。事实上，他的家族悲剧是当时美国社会的缩影，几乎他整个 90 年代的作品都或多或少地对这一现象进行了关注和思考，如《费城大火》、短篇小说集《所有故事都是真的》中的短篇小说《垃圾道里的弃婴之死》和《人尽皆知布巴·瑞夫》《屠牛记》《双城》。本章将以此为切入点，深入探讨怀德曼的作品对这一现象的关注和思考。

第一节 美国凸显的社会问题：黑人青少年的暴力

青春期是一个人的社会性过渡时期，进入该时期的青少年受生理变化的影响会产生心理上的变化，他们渴望像成人一样拥有权力和力量。怀德曼在短篇小说《卡萨格蓝迪》(*Casa Grande*) 中通过正在监狱服刑的儿子十岁时的日志《木星之旅》揭示了儿子的这一心理。儿子在日记中这样想象着他的木星之旅："我们的学校是绿色的，唯一的力量是发射木星球的大炮，木星球来自于天上，可以杀死你触摸到的任何东西……我们木星人有三种不同的力量。每个人的力量都不同。我的力量是：可以消失的力量，能够说英语，超感知能力。我的超感知能力可以让我看到你的身体内部，了解关于你的一切。"（ASAT 18-19）虽然这只是一个十岁孩子想象的木星人的超能力，但这清晰地展现了青少年的普遍心理。正是这种对力量的渴望促使他们在行为上以暴力为表征，这种表征在怀德曼小说中80年代到90年代的黑人青少年身上表现得尤为突出。

首先，作品中黑人青少年暴力的实施主体主要是黑人男性青少年，且在年龄上呈现低龄化趋势。从《费城大火》中的儿童十字军到《垃圾道里的弃婴之死》中托米的哥哥及他的伙伴们，从《屠牛记》中的男孩互杀到《双城》中恐吓罗伯特的少年、杀死卡西玛儿子的暴力团伙、卡西玛和罗伯特在殡仪馆遇到的暴力团伙，暴力实施者都是黑人男性青少年。而且，他们在年龄上呈现出低龄化趋势。虽然作品首先没有告诉读者暴力实施者的具体年龄，但作品用了"儿童十字军"（Kids Krusade）（PF 89）①和"邻居可爱的小孩"（cute-little-kid-next-door）（PF 90）以及"男孩"（boy），显示他们还不算严格意义上的青少年②，只能算是儿童或是孩子。随后，小说通过主人公卡德乔老同学媞姆波直接揭示了暴力行为主体的低龄化："他们还没有这么高，甚至十二岁都不到。"（PF 89）黑人青少年暴力实施的低龄化突出了青少年暴力问题的严重性和紧迫性。

其次，作品中的黑人青少年暴力呈现出团伙化现象。他们通常以帮派形式出现，有着自己的组织、地盘、宣传甚至是服饰等。小说《费城

---

① John Edgar Wideman. *Philadelphia Fire*. New York：Vintage Books，1990. 本文在文内引用时一律用 PF 代替，并在其后注明页码，此后不再一一说明。

② 美国联邦法律对青少年的年龄界定比较宽泛，将 12～25 岁的人均定为青少年。一般分为两个部分，第一部分：未成年，即未满 18 周岁。第二部分，青年，即 18～25 岁。本书对于青少年的探讨把儿童的暴力也囊括进来。

大火》通过主人公卡德乔的视角讲述了他在费城街上见到的涂鸦"儿童十字军，卡里班儿童军……钱权之事（Kids Krusade. Kaliban's Kiddie Korps. ……Money Power Things）"（PF 88），而且这些一人高的字母涂鸦满墙都是。宣传语中一个有两个 K，一个有三个 K，显示出他们对暴力的偏爱。而且，"Kaliban's Kiddie Korps"这个名字本身含义深远，"'Kaliban'既指处于被奴役状态下的卡利班（Caliban），也与阿富汗恐怖主义组织塔利班（Taliban）读音相近。而且，该组织名称的缩写"KKK"和美国恐怖主义秘密组织'3K 党'的缩写一模一样"①。因此，这些涂鸦既是孩子们对暴力文化的宣传，也是他们在向社会宣战。与《费城大火》侧面表现有组织的暴力不同，《双城》直接淋漓尽致地描写了帮派之间的暴力场面。小说主人公卡西玛和男朋友罗伯特把老房客马洛雷的遗体送到殡仪馆时，见证并遭遇了两个帮派之间触目惊心的暴力场面，两个帮派的暴力是因一个黑人少年的死而引起的，其暴力场面如下：

> 到处都是红色。他们的红颜色。某人在 A 房间的门上方钉了一条头巾。红丝带从棺材上悬垂下来。
>
> 穿红衬衫的年轻人到肚脐都没有扣，皮带上别了把枪。红色丝背心勾勒出银色手柄的框架。
>
> ……
>
> 一声枪响。外面，里面。更多的尖叫声。玻璃破了。重物摔了下来。沃顿丝（Wardens）②的正门还在碟铰上。那群暴徒破窗或破墙而入，乱拥着进出。（TC 224~225）③

---

①　陈红：《后现代语境下的族裔关怀——论怀德曼〈费城大火〉的后现代叙事策略》，《国外文学》2011 年第 2 期，第 135 页。

②　卡西玛和罗伯特所在的殡仪馆名。

③　John Edgar Wideman. *Two Cities*. Boston and New York：Houghton Mifflin Company，1998. 本书关于该作品的引用一律用 TC 代替书名。

殡仪馆的负责人贝茨夫人预言，穿蓝色衣服的帮派还会回来，当他们坐上贝茨的车准备逃离时，在街口目睹了蓝色帮派的到来：

> 他们来这儿了，阻止了交通，堵住了十字路口，一整群的男孩子像行军一样走在霍姆武德大街的正中央。到处都是蓝色。所有人都穿的是蓝色。在我们车的前面是一片蓝色的波浪。我们的车除了后退不能移动。我们不能做任何事，除了看着这些孩子飞过人行道，飞上台阶，进入沃顿丝。
>
> ……
>
> 红色帮派的孩子那天不想死。当蓝色帮派来的时候每个人都知道这附近谁是老大，不是成人，不是警察，不是上帝。是蓝色帮派。当蓝色讨厌红色在附近嗡嗡叫时，红色只是蓝色重拍下的一只苍蝇。那天蓝色帮派出来做出个决定，给个没人一会儿会忘的教训。他们处于高涨的情绪之中，像军队赢得战争一样肩并肩大踏步地走，然后飞下了街。红色帮派的成员消失了。没有警察。蓝色帮派的日子。蓝色帮派的规则。
>
> 他们来是为了沃顿丝里的那个死了的男孩。他枪杀错了人。他们不会让他在平静中休息的。我们看到事情刚好就在车窗外发生。
>
> 他们大模大样地走进沃顿丝，抬着棺材大模大样地出来。他们高高地举起。很多的臂膀举起，摔在沥青板上碎了。另一口棺材刚好在第一口的后面，他们也把它摔得半开。
>
> 听人们说他们有的人朝那个死了的男孩身上吐唾沫和撒尿。一些人说有个人脱下了他大大框框的裤子。去死吧，我不信。他们说那个领头者又朝那个男孩儿开了几枪。我的确听到了枪声。（TC 234～236）

从以上蓝色帮派和红色帮派之间的出场可以看出，每个帮派都有自己统一的服饰，或有代表自己帮派的配饰。两个帮派之间的暴力场面显示，帮派之间的竞争非常激烈。只要该帮派拥有足够的实力就能在该地区拥有绝对话语权，自己的规则就能成为别人必须遵守的规则，这也是各帮派竭尽所能用暴力彰显自己实力的原因。

再次，作品中黑人青少年的暴力以枪支暴力为主要类型，体现出枪支暴力在美国社会极具普遍性。如《屠牛记》中开篇就讲述了报纸上报道的事件：一个 15 岁的男孩儿小酒吧脸上中枪将死。而且前些天已经有一个 14 岁的男孩儿胸部中枪而死。同时，该小说也重点描述了枪声充斥酒吧的场面：

> 女孩儿们在尖叫，枪声就像从他们跟着跳的嘻哈曲调跳跃而来的虚拟现实。一阵又一阵。节奏使墙和地板在颤抖。人们来回涌动。孔里有火，孔里有火。他们蜂拥至门口处——砰砰——然后回到民房的黑暗处。枪声是在里面还是外面出现，你分不清。但是声音很大、很大。离你的耳朵只有几英尺。……砰！砰！某人死了。（TCK 6）①

作品通过描写酒吧内的枪支暴力场面揭示了黑人青少年暴力具有的冲击力。此外，《双城》整部小说中充斥着枪支暴力，青少年枪支暴力发生地点涵盖了校园、酒吧、街头、篮球场、家中和殡仪馆等各种场所，从而证明黑人青少年枪支暴力的普遍存在。罗伯特在操场上打篮球时就遭到了一位拿枪的青少年的恐吓。两位青少年进邮局无视站队的成人们办事，成人们的反应更是显示了枪支在黑人青少年中的普遍存在。当两位穿着标志性衣服的黑人青少年无视其他顾客而办事时，无疑，成人们对他们充满了愤怒。思罗布斯准备上前制止，罗伯特劝说道："哎，冷静。不知道他们大大的外套里面藏了什么。如果他们没有携带，他们的

---

① John Edgar Wideman. *The Cattle Killing*. Boston and New York：Houghton Mifflin Company，1996. 本书在标注出自该作品的引文时都用 TCK 代替书名。

同伴们有，一群都在街上的角落，那儿是他们经常晃的地方。枪，很多，很多枪。他们有枪而且还喜欢用，而且他们毫不在意伤着的是谁。他们会突然闯进来把邮局变成射击馆。不是关于你，思罗布斯。不是关于你和他们。是枪，枪会杀死人。"（TC 97）虽然这是没有发生的暴力，但成人们对他们可能做出的行为的想象更能揭示黑人青少年枪支暴力的泛滥。的确，正如罗伯特所预料，小说结尾红蓝两个帮派实际发生的暴力不仅把殡仪馆变成了射击馆，而且把街道变成了"第三次世界大战"（TC 224）的战场。怀德曼小说中几乎所有关于黑人青少年的暴力都与枪相关，这说明黑人青少年的枪支暴力成为美国极为普遍的社会现象，严重地威胁着美国社会的治安。

作品中黑人青少年的暴力呈现出极端恶性化局面。一方面，团伙化暴力和枪支暴力的结合使暴力的恶性化达到极端。枪支暴力是最容易导致人立即死亡的暴力形式，加之青少年本身就处于冲动易躁的年纪，很容易因为极其微小的一件事儿而发生枪击暴力。而团伙化暴力是最具腐蚀性的暴力，参与帮派的青少年容易受组织内部成员的影响，把暴力在组织内部蔓延开来，形成一种义气感和安全感，同时也容易把暴力在组织外蔓延开来，吸引更多的青少年加入暴力团伙。团伙暴力与枪支暴力的结合把暴力的恶性化推向极端。其极端恶性化最直接表现于暴力场面带给周围大众的伤害："来来回回都是叫喊声。枪被拔出了，在空中挥动。人们用手捂住自己的头，试着蹲下走，挤进角落。恐慌的眼神。受惊吓的眼神。勇士的眼睛正在寻找麻烦，寻找目标，寻找需要保护的人，寻找要大叫的人。一声尖叫。一声更加响亮的尖叫平息女孩儿歇斯底里的哭泣。似乎沃顿丝空了，同时又满了。受惊吓的人爆增，大厅要爆炸了。"（TC 224）显然，黑人青少年的团伙暴力与枪支暴力的结合不仅直接导致组织内部成员的大量伤亡，而且更多地是无视社会大众的伤亡。他们的暴力带给社会大众精神上的伤害更是无以复加的，如《双城》中的成人只要提到或见到黑人青少年就会对他们产生畏惧，卡西玛只要看到十几岁的青年都觉得他或他们是杀害自己儿子的帮派成员。

另一方面，黑人青少年暴力的极端恶性化趋势表现在他们自身人性的丧失。他们的暴力实施对象从来不需要选择，无论白人还是黑人，成人还是小孩，都会成为他们的施暴对象，而且他们的暴力发生不需要任何借口或理由。《双城》中罗伯特遭遇球场暴力时，拿出枪来恐吓他的黑人青少年没任何理由。卡西玛所讲述的小儿子马库斯被杀死也是如此，她以无比悲伤和愤怒的口吻讲述小儿子被杀的经过："他们敲了他的公寓门，跟一个星期之前参与打架的是同一伙人，还是两伙帮派纠结在一起像牛仔和印第安一样互相射杀的那些人，还是他们自儿时起就互相认识的那些男孩。他们说这次是关于毒品，也有可能是关于打架。KKK太冷血了，当我儿子开门时他们用短枪直接开了枪。在他倒地之前就已经把他杀死了，死了。其中一个尽情地踢了他，踢，踢：'记住我，记住我。'"（TC 59）根据卡西玛之前的讲述，她儿子并没有参与到毒品交易中去，他们只是想找个人伤害，只是刚好他在家。这种不分青红皂白、毫无社会正义观念的暴力行为无疑体现了黑人青少年人性的丧失。"人性是人区别于兽的本质特征"①，"能否分辨善恶是辨别人是否为人的标准"②，人类在进化过程中只有"知道善恶才把自己同其他生物区别开来"③。显然，黑人青少年已经丧失了"善恶"的标准，没有了基本的伦理意识，与野兽无异。另外，上文中所展现的团伙暴力和枪击暴力的场面揭示了他们人性的丧失。《费城大火》通过媞姆波之口对黑人青少年的残暴和冷漠给予了严厉抨击：

> 今天的孩子简直就是王八蛋。过去最糟糕的问题是群战，他们
> 像苍蝇一样相互残害和杀害，因为他们没有更好的事情可做。现在

---

①③　聂珍钊：《文学伦理学批评：伦理选择与斯芬克斯因子》，《外国文学研究》2011第6期，第6页。

②　聂珍钊：《文学伦理学批评：伦理选择与斯芬克斯因子》，《外国文学研究》2011第6期，第4页。

他们可以因为任何事杀害任何人。冷血的小恶魔。……不是几个无能的人从家里逃出来偷棒棒糖和汽车。哼哼！为了毒品钱在社会内实行毒品交易、契约杀人、抢劫和打人及像越南带着武器的全面地盘战争。天啦，匪盗。他们的脉搏里流的一定是冰水。

……

现在孩子们都疯狂了。而且冷漠。残忍而且冷漠。也聪明。可以做任何可恶的事情。我们看到是一场荒唐的孩子起义的酝酿。（PF 89）

媞姆波用"脉搏里流的一定是冰水""冷漠""残忍而且冷漠"这些语言道出了黑人青少年人性的泯灭。他们从一开始的孩子之间的群战发展到"毒品交易""契约杀人""抢劫""打人"和"地盘战争"，其暴力形式越来越极端，影响也越来越恶劣。

作品中黑人青少年的极端恶性化的暴力在给他们群体自身带来灾难性后果的同时，也给黑人社区、美国社会带来了灾难性后果。黑人青少年遭受暴力而死成为一种司空见惯的现象，这在《双城》中的罗伯特对男孩的担忧中得到体现。他只要在街上见到男孩便会想："这个男孩明天会被打倒或者扣动扳机吗？这个孩子会被为别人准备的子弹击倒而白死吗？这个孩子会在他们共享的人行道旁流血至死，或是会在昂首阔步走过像自己拥有的社区街道上流血至死吗？他会因他的昂首阔步而死，或是因他有拥有街道的愿望而死吗？"（TC 222）随后，罗伯特在看到报纸很严肃地报道了一则九岁男孩在自己家门前被射死的事件后质问道："那些十岁、十一岁、十二岁、十六岁和二十岁的呢？不是一个人，是很多人。霍姆武德每天每个人身上都在发生一些可怕的事情。"（TC 222）作品正是以此来揭示，黑人青少年的暴力反映出的不是一个人的失落，而是一代人的失落。同时，作品也正是以此来揭示黑人青少年的暴力严重威胁到黑人社区甚至是美国社会的治安，使大众的身心遭到摧残。2009 年 4 月由盖洛普民意测验所发布的调查显示，

66.7%的受访者认为，青少年犯罪"影响着美国社会的安全与未来""威胁着美国人尤其是青少年一代的成长和身心健康""撕裂着美国社会的和谐"①。

同时，黑人青少年一代的失落关系到黑人民族甚至美国整个大民族的生死存亡。这一点在小说《屠牛记》中已经暗示，该小说在展现了费城黑人青少年互相杀害的行为后，就把青少年的死与南非科萨族人（Xhosa）的屠牛运动联系了起来。1856年和1857年，科萨族人在欧洲殖民者的侵略下染上了病，又听信了殖民者传播的邪恶谣言——杀死他们的命根子牛可以使他们从疾病和饥荒中得到生存，导致族人饿死和被捕。科萨族人的屠牛行动是一种自我毁灭行为，这与黑人青少年在街头上互相杀害在根本上是相似的，因为"牛就是人，人就是牛"（TCK 7）。而且，当怀德曼本人把科萨族人屠牛的故事讲给他母亲听时，他母亲也说："嗯，嗯，听起来就像今天，就像现在发生的事。所有外面的那些年轻人都死了，现在是怎么了？肯定有故事。"②作品正是基于此揭示黑人青少年的暴力实质是一种自我毁灭，威胁着美国黑人民族的生死存亡。

作品中美国黑人青少年在光天化日之下实施极端恶性化暴力，是对社会公德、国家法纪、公共生活准则、社会秩序的公然蔑视，其实质是在与美国社会进行公然对抗。他们的暴力不仅导致了自身群体的灭亡，而且给美国民众、美国社会带来灾难性后果，威胁着黑人民族及美利坚民族的生死存亡，成为美国"国家安全的重要威胁之一"③。怀德曼的作品不仅揭示黑人青少年暴力猖獗这一事实，而且也揭示了他们暴力猖

---

① 姬虹：《当代美国社会》，北京：社会科学文献出版社，2012年，第256页。

② Derek McGinty. "John Edgar Wideman." *Conversations with John Edgar Wideman*. Ed. Bonnie TuSmith. Jackson：University Press of Mississippi，1998：205.

③ 姬虹：《当代美国社会》，北京：社会科学文献出版社，2012年，第255页。

獗产生的深层原因，其中包括黑人青少年客观生存环境和黑人青少年主观认识两方面，这也是本章将要探讨的问题。

第二节　客观环境：黑人青少年暴力的温床

一个人在青春期要经历生物性的、认知的和社会性的过渡阶段，不可否认，过渡阶段的心理变化对黑人青少年暴力行为的产生有一定的影响，但"生物性的，认知的和社会性的变化对心理的影响是由发生这些变化的环境所塑造的"①。的确，怀德曼小说中黑人青少年暴力的产生与引起他们心理变化的客观生存环境密切相关，其中包括家庭环境、历史环境、社会环境。

一、黑人家庭结构的失衡：父性的缺失

家庭在一个人的成长中起着至关重要的作用，和睦温馨的家庭是一个青少年健康成长的首要条件，否则，很容易导致"问题少年"的出现。在正式讨论怀德曼小说中黑人父亲的缺失对黑人青少年暴力产生的影响之前，且从一组数据看看父亲对于子女成长的重要性："在美国，超过三千万的孩子没有和父亲一起生活；1/3 的人一年之内见不到父亲，90%无家可归或离家出走的男孩来自无父家庭；63%的自杀青少年来自无父家庭；70%青少年惩戒所里的不良少年来自无父家庭；一个孩子如果没有父亲，他/她长大之后陷入贫困的可能性增加 10 倍；绝大部分的未婚先孕少女来自无父家庭。"②同样，怀德曼小说中青少年暴力行为的出现与黑人家庭中的父亲有着千丝万缕的联系。

黑人父亲的缺席自历史上黑人奴隶制度形成就存在并一直延续至当

---

①　[美]劳伦斯·斯滕伯格：《青春期：青少年的心理发展和健康成长》(第七版)，戴俊毅译，上海：上海科学院出版社，2009 年，第 10 页。

②　隋红升：《危机与建构：欧内斯特·盖恩斯小说中的男性气概研究》，杭州：浙江大学出版社，2011 年，第 82 页。

代，但怀德曼小说主要关注了当代黑人父亲缺席的状况。当代黑人父亲的缺席主要有两种。一种是黑人父亲家庭观念及道德观念淡漠，没有对子女尽到做父亲的责任，如《私刑者》中的雷蒙德和《鲁本》中的瓦德尔。《私刑者》中桑德斯为了提前踩点黑人妓女西西的住处，假装替弟弟雷蒙德给她女儿送钱，因为西西曾经是雷蒙德的女朋友，并生有一女。当桑德斯询问丽萨是否为雷蒙德的女儿时，西西揭示并控诉了雷蒙德作为父亲长期缺席的事实："他从来都没有伸过一个手指头帮她。若是他托你捎了点东西，那这是他给她的第一个铜板。作为一个黑人，他很容易相信她不是他的。但他妈的清楚地知道她是。"（TL 163）西西的话清楚地揭示了雷蒙德缺乏家庭责任感和道德责任感，丝毫没有尽到父亲的责任。事实上，之前桑德斯找弟弟时叙事者也揭示了黑人下层青年男性的堕落和颓废："桑德斯走向红帽子小吃馆。若是雷蒙德没在那儿，那就没必要继续往前找了。逻辑很简单。若他弟弟在家，那么就是病了或者是在睡觉，若是在酒吧，那肯定是喝高了，若是远离了社区，那他肯定在进行欺诈骗局，只有这事会使他消失一会儿。小吃店就是他生意交易的地方。在那他会出现，理智冷静地策划。"（TL 150）黑人父亲的缺席除了黑人男性本身思想观念上的原因，黑人青年就业的艰难也是导致父亲缺席的重要原因，美国社会也应该对黑人父亲的缺席负责任。黑人家庭观念淡薄、亲人之间极其冷漠并不是个案，而是黑人社区的一种普遍现象，如桑德斯知道他母亲生的的七个孩子中还有五个孩子活着，但他认为当他不小心在街上遇到时，不确定能否认出来。《鲁本》中的瓦德尔也是道德观念淡薄的黑人父亲的典型代表，他承诺克旺莎跟她结婚并照顾她一辈子，克旺莎正是在这样的甜言蜜语中怀了孩子，但瓦德尔从此就不管不顾了，克旺莎只好独自抚养孩子长大。

正是黑人父亲家庭观念及道德观念淡漠使得单亲家庭、少女怀孕和非婚生子女的现象极为普遍。怀德曼的小说对这方面的关注在本书第二章第三节已经被论述过了，在此不再赘述。据记载，仅1970年至1980年的十年时间，以女性为首的黑人单亲家庭猛增至47%，且这一比重逐渐上升①。而且，"每3个出生的黑人孩子中就有一个少女母亲怀孕的；高达55%的黑人孩子是非婚生的（尤其在市内聚集区，其比例超过70%）"②。

在怀德曼的小说中，除了黑人父亲家庭观念及道德观念淡薄导致黑人家庭父亲的缺席外，另一种黑人家庭结构的失衡是由黑人父亲的犯罪所导致的。《躲藏之处》中因持枪抢劫被逮捕的托米是个几岁孩子的父亲，他犯罪后只剩下孩子和妻子在家中。《双城》中卡西玛的丈夫被判入狱时，大儿子只有几岁，小儿子才刚怀上，留下卡西玛独自把儿子抚养长到十几岁。虽然作品没有具体解释卡西玛的丈夫犯罪的原因，但作品也正通过该事件揭示黑人父亲的犯罪导致黑人家庭父亲的缺失在黑人家庭中也是常见的现象。

黑人家庭父亲的缺席使黑人孩子大多由黑人女性养大。《双城》通过卡西玛之口道出这一事实："卡西尼路的这半个房子失去了它的所有男人了，就像这儿很多家庭一样。现在是一群的婴儿和女人。"（TC 35）她接着进一步阐释道：

> 有趣，不是吗？很多次我听说女人们住在一起养孩子，我不能想象男人们聚在一起照看孩子的情景，至少在卡西尼路半条街的家里没有。哼哼！很多的妈妈们、妹妹们、奶奶们、祖母们、婶婶们、继母们艰难地为一群忘恩负义、顽固的男孩子提供像样的生活，但是你告诉我，你听说过一屋的男人养女孩儿的情况了吗。即便那样的事情发生了，不要以为我想仔细地上前去瞧。从那样一团糟里出来的女人该是多么奇怪啊！（TC 35）

---

① 嵇敏：《美国黑人女性主义视域下的女性书写》，北京：科学出版社，2011年，第132页。

② 嵇敏：《美国黑人女性主义视域下的女性书写》，北京：科学出版社，2011年，第133页。

卡西玛的话直接揭示了黑人孩子成长的家庭结构，即父亲都处于缺席状态，他们主要由"妈妈们、妹妹们、奶奶们、祖母们、婶婶们"一起养大，也有很多是由黑人女性独自一人来养大，父亲没有提供任何帮助。黑人律师和民权运动斗士艾莉诺·霍姆斯·诺顿说："你不能低估黑人女性靠自己一个人来养活孩子的沉重负担，没有祖母，没有姑和姨，没有一个人你可以求助。"①

虽然作品中并没有直接指明实施暴力的黑人青少年都来自父亲缺席的家庭，但怀德曼的几部作品都揭示了70年代到90年代黑人家庭的普遍状况，且黑人青少年的暴力正是发生在这一特殊时期，因此，作品正是通过这种方式暗示父亲的缺席给黑人家庭及青少年成长带来的灾难。首先，父亲的缺席给家庭带来的最直接危害是贫困，而贫困是导致黑人青少年暴力产生的最主要因素。一些美国社会学家研究了贫困与青少年暴力产生之间的直接联系，斯滕伯格对此进行了归纳："丧失经济来源一般会与父母混乱的教养方式联系起来，这继而会给青少年带来困难，包括控制感的减弱、更多的情绪困扰、学习和人际关系等问题，以及青少年犯罪行为。"②并得出"贫困的孩子更可能接触到暴力"③的结论。虽然社会学家研究的家庭对象并不特指单亲家庭，但可以试想一下，双亲家庭的孩子都是如此，更不用说单亲家庭的孩子且还是父亲缺席家庭的孩子。其次，父亲的缺席导致黑人青少年所受关爱的缺失，而这份关爱的缺失导致了青少年暴力的产生。在青少年成长的过程中，感受到父母的关爱是至关重要的。专家曾对九万名美国青少年的行为表现进行研究，得出结论："在所有考察的健康指标中，结果都表明家庭成员和家

---

① 转引自嵇敏：《美国黑人女性主义视域下的女性书写》，北京：科学出版社，2011年，第132页。

② ［美］劳伦斯·斯滕伯格：《青春期：青少年的心理发展和健康成长》（第七版），戴俊毅译，上海：上海科学院出版社，2009年，第192页。

③ ［美］劳伦斯·斯滕伯格：《青春期：青少年的心理发展和健康成长》（第七版），戴俊毅译，上海：上海科学院出版社，2009年，第193页。

庭环境对于保护青少年免受伤害的重要性，青少年对于父母及家人的亲密程度的感受，是能起到最为稳定的保护作用的指标。感到被父母关爱是有重要意义的。"①作品中这一时期生活在户主女性化家庭中的黑人青少年从来没有感受到父亲的关爱，诚然也得不到父亲的保护，尤其是黑人少女有了私生子后，自己还未摆脱稚气，对子女的管理也就十分松懈，因此，黑人孩子只能加入暴力帮派寻求集体归属感和幸福感，在同龄人中寻求关爱并实现"自我价值"，这是该时期帮派团伙猖獗到令人发指的主要原因。再次，在这样的家庭中成长起来的孩子，他们缺少了榜样的力量，从而极易走上暴力和犯罪之路。贝克曼指出："总的来说，年轻非裔男性面临的问题除了体育人物，他缺少榜样。悲剧的是，为非裔男性提供的少数几个榜样早早地结束了生命，比如马丁·路德·金和马尔科姆·爱克斯。"②贝克曼强调了社会榜样在非裔青少年成长中的作用，同样，在家庭生活中，榜样的力量也很重要，但显然，作品中的黑人青少年成长在父亲不在场的家庭，缺少榜样的引导和激励。同时，正是家庭结构的失衡使黑人孩子得不到保护，使得黑人孩子是受暴力伤害最深的群体。

另一方面，作品中黑人青少年暴力的产生与黑人重组家庭有直接关系。黑人家庭中除了以女性为户主的单亲家庭，也有很多重组家庭。《私刑者》中桑德斯在谈论到他自己的姓氏时用了"各种各样的爸爸"暗示了她母亲经历过很多男人，他自己经历了几次重组家庭。《垃圾道里的弃婴之死》结尾处的暴力事件发生在新生儿的继兄身上。在黑人重组家庭中，继父对孩子的暴力是孩子对父辈心生仇恨进而产生暴力倾向的重要因素。短篇小说《人尽皆知布巴·瑞夫》就直接揭示了继父的暴力对黑人孩子的影响。布巴说：

---

① ［美］劳伦斯·斯滕伯格：《青春期：青少年的心理发展和健康成长》（第七版），戴俊毅译，上海：上海科学院出版社，2009年，第194页。

② Felicia Beckmann. "The Portrayal of Africanna Males in Achebe, Marshall, Morrison, and Wideman." *Journal of Black Studies*, 32.4(2002)：406.

坐回你以前坐的地方，在你自己可以起身之前喝你的酒吧。在我眼里你什么都不是，因为你不是我真正的爸爸。你可以挥挥手叫喊着你想要的所有东西，但你若是再碰我一次，我会毫不在乎妈妈是多么需要你，也不管你带来些什么狗屎，而把你这个老男人掰成两半。不要再鞭打我了，不要碰我。若是你再动她一下，就会是混战时间，格斗，把你和我都他妈弄得鼻青脸肿。若是你不能忍受热，就滚出厨房。这里没有熊猫爸爸、熊猫妈妈和甜心，再也不要熊猫婴儿果酱了，我现在已经长大了，不是吗？你他妈的，不要打我妈妈了，不要打我了，我会把你敲碎，拿掉你的威士忌脑袋。①（ASAT 65）

可见，布巴的继父是一个酒鬼，时常对布巴和他妈妈施加暴力。虽然作品并未再现当年继父对他和他妈妈施暴的场景，但布巴用了几个"再次（again）"暗示在这之前一直遭受他的鞭打，因此布巴在言语中表达了对继父咬牙切齿的恨。根据美国 URSA 机构对美国家庭暴力的研究，"儿童时期接触过家庭暴力的人，未来对家庭成员实施暴力的可能性非常高"②，同理，他们对非家庭成员实施暴力的可能性也非常高。这就合理地解释了小说中的布巴想要对继父施加暴力的原因，他从小就生长在这样的家庭中，对暴力习以为常，对别人缺乏基本的信任和同情心，当他自己遇到困难或与人产生矛盾时，暴力逐渐内化为他解决事情的主要方式。虽然作品并没有直接指出布巴的死因，但从他内化的价值观和暴力倾向不难推断他是因遭受暴力而丧失了生命。

由此可以看出，怀德曼的小说认为，黑人家庭结构的失衡与黑人青

---

① 出自该短篇小说中译文的标点符号都为译者所加，原文十个页面的小说仅在结尾有句号。

② ［美］Peter C. Kratcoski & Lucille Dunn Kratcoski：《青少年犯罪行为分析与矫治》，叶希善等译，北京：中国轻工业出版社，2009 年，第 129 页。

少年暴力产生之间有着直接的关系，尤其是黑人家庭父亲的缺席和黑人重组家庭中继父的暴力对黑人青少年的暴力产生负有相当大的责任。但同时，怀德曼并没有把罪责完全指向黑人父亲，他在访谈中指出造成黑人父亲与儿子关系疏离的最根本原因是种族主义和白人的压迫：

> 父亲与儿子的联系，尤其是黑人父亲与儿子的联系，一直都被构成美国重要要素的暴力和压迫斡旋（mediated）着。代际之间不得不进行的健康对话就被缩短了，被调停了。并不是说没有父亲跟他们的儿子坐下来，试着跟他们谈话，但是有干扰，有指责。其干扰不只是儿子们所听到的父亲的声音，而且还有社会所塑造的父亲的版本：事实是父亲不是一个完整的公民，事实是父亲不能给儿子与生俱来的完整的公民权。所以就有一个被种族主义和压迫否定了的玄妙空幻的群体和现实。因此，代际之间的谈话变得不可能，而且年轻人就自由地漂浮着。自由是极其危险的因素。①

可见，怀德曼认为黑人儿子的极端自由状态是导致他们暴力甚至是犯罪产生的原因之一，但他并没有把所有罪责都归咎于黑人父亲，也意识到很多黑人父亲在尝试着与儿子沟通，但由于黑人天生的种族身份使得他们自身不是完整的公民，不能与儿子进行有意义的对话，也不能为儿子提供完整的公民权，因此，他把黑人青年暴力行为的罪魁祸首指向了种族主义。

综上，小说在关注黑人青少年暴力的同时，也对黑人父亲道德感和家庭责任感缺失这一事实进行了关注，但作品并不是把批判的矛头完全指向黑人父亲，究其实质，种族主义才是黑人父性缺失的根本因素。通过把黑人家庭结构的失衡与黑人青少年暴力的产生建立联系，小说告诉

---

① Michael Silverblatt. "John Edgar Wideman." Ed. Bonnie TuSmith. *Conversations with John Edgar Wideman*. Jackson：University Press of Mississippi, 1998：124.

读者：黑人父亲有义务提升个体伦理道德和修为，肩负起养家糊口的责任，实现黑人家庭结构的动态平衡，给子女创造一个良好的家庭成长环境，才是对"救救我们黑人（Save Our Niggers）"（ASAT 71）的回应。同时，美国社会只有消除了种族主义，黑人的父与子才有完整的公民权，良好的父子关系才能建立，黑人青少年才可能健康成长。

二、生存环境的恶化及司法纵容

黑人青少年暴力的产生和蔓延，除了黑人家庭结构的失衡所带来的影响外，美国大的社会历史环境也是他们暴力产生的肥沃土壤，怀德曼的小说着力关注了这一点。小说探讨了黑人青少年暴力猖獗到令人发指的社会历史因素，其中包括种族主义、政府的霸权行为下黑人生存环境的恶化及美国司法的纵容。

一方面，作品通过描写种族歧视语境下美国政府的霸权行为造成黑人贫民区生存环境的恶化，暗示了生存环境的恶化与黑人青少年暴力之间的关系。《费城大火》通过描写 1985 年 5 月 13 日费城政府对 MOVE 组织总部的轰炸揭露了美国政府的无情、冷漠和虚伪。MOVE 是民权运动后期、黑人权力运动初期建立的黑人激进组织，主张用"回到自然中去"的方式对抗美国的种族压迫和种族歧视。在 MOVE 组织不执行搬迁令的情况下，费城政府下令炸掉其总部，结果导致 13 人中的 11 个人死亡，大批住宅被烧毁，几百人无家可归。作品通过 MOVE 组织成员的幸存者玛格丽特·琼斯之口，控诉了美国政府在霸权行为中的无情、冷漠和虚伪：

> 那些个家伙把我的兄弟姐妹装进口袋搬出来，而且还用力把那些袋子捆在担架上。当那些警察大摇大摆把捆有袋子的担架抬出来的时候，我旁边的妇女尖叫一声晕了过去。当我看到他们把担架堆进救护车，我自己差点瘫了下去，然后我疯了。救护车顶部的灯旋转个不停似乎他们很忙。为了什么而忙？……为什么现在对待骨灰

像对待人一样？把它放在担架上。警察戴着手套和长面具，像是现在很尊重我的兄弟姐妹。但当他们朝房子射击、点火、放水的时候尊重哪儿去了？为什么他们不得不把他们杀上两次、三次、四次呢？子弹，炸弹。水，火。被射击，被炸开，被杀，被溺死。那些袋子里什么都没有，只有骨灰和负疚的良心。(PF 17-18)

虽然费城大火事件本身跟黑人青少年的暴力产生没有直接的关系，但政府的残酷、冷漠、虚伪清晰可见。黑人民众包括黑人青少年生活在强权压制盛行、人文关怀缺乏的社会环境之中。随后，作品通过工作在市长身边的媞姆波和卡德乔之间的谈话直接揭示了政府的强制性行为给黑人贫民区带来的悲剧性影响，如为了城市的发展，政府及开发商强制把他们原先居住的贫民窟变成了商业区，黑人民众被迫去到了费城北部和西部的贫民窟，进而导致住房严重短缺，黑人贫民窟的房租变得更高，他们只能三四家凑合在一间房子里，甚至很多人只能睡在大街上。媞姆波这样描述黑人贫民区的居住环境："就像坏掉的肉一样臭，就算所有的车窗都关上也不起作用，恶臭还是溜了进来。你感觉很脏，就像恶臭已经把你画成一个很脏的颜色。天啦，几英亩都是如此。一个垃圾场。一个民众垃圾场。"(PF 79-80) 只言片语把黑人贫民区恶臭、脏乱的居住条件形象地描绘出来。这一点通过媞姆波紧接着对其所做的描述进一步揭示出来：

这就是贫穷。住在盒子和地洞里面。坚硬的地面和邪恶的天空。当太阳狠毒时，你就晒着。若是下雨了，你就淋着。人们拥挤得如此之紧以至于他们是在别人头上拉屎、撒尿。孩子们在打开的下水道里玩耍。哎，简直难以置信，我在生活里看到的是不好的东西。

……我谈论的不是乞丐。我谈论的是家庭，是一群群的孩子在街上流浪，睡在外面。也有很多人睡在跟街上一样糟糕的室内老鼠牢笼里。人们每天沉入深深的洞里，而且每天都有人在丢失。有足够多的人下到管子里，然后开始爬上来，垫着彼此的背爬出洞。(PF 80)

可见，黑人底层家庭过着连乞丐都不如的生活，其生存环境之恶劣令人咋舌，他们没有最基本的物质生存资料，要么是睡在大街上经历着风吹雨淋日晒，要么是像老鼠一样住在拥挤不堪的地洞里。这无疑是黑人青少年从小生活的环境。他们成天在街上流浪，无所事事，靠暴力获取生存资源便成为他们唯一的生存手段。因此，可以说，政府的霸权行为及基本人为关怀的缺失得为黑人青少年暴力的产生负相当大的责任。

　　作品中美国种族歧视下司法体制的扭曲和执法人员的失职加剧了黑人青少年暴力的产生及泛滥。本书第一章已经阐述，黑人司法保护的缺失导致了黑人对白人暴力的产生。同样，美国司法体制的扭曲及司法保护的缺失与黑人青少年的暴力也有着紧密的联系。自黑人奴隶踏上美国国土的那一刻起，美国的法律就是为了白人的利益而制定。随着社会的进步，黑人在法律权益的争取上取得一系列成果，但法律赋予黑人公平公正的权利还没有真正得到实现。如费城大火导致至少 11 个黑人丧命，几百人无家可归，结果无一人被问责，这不仅体现了美国政府对黑人民众生命的轻视，而且揭示了美国司法制度的实质——压制黑人民众的工具。这一实质在《双城》中通过 MOVE 组织人员约翰之口进一步揭示出来："律师、法官、法庭、被制度称之为法律的东西什么都不是，只是把一些人保持在上层，把其余的我们压在底部的骗子和诡计。"(TC 172)而且，执法人员对于在黑人社区发生的事件基本都是视而不见。《费城大火》中的琼斯阐述了这一点："拉皮条专业车和毒品兜售汽车。给足够大的你卖任何你要的东西。我都知道他们在干什么，警察肯定也知道。你觉得警察会对此做一些事吗？当然不。直到这些白人少女中的一个溜到附近吸毒过量死了，他们才会像侦破团伙的执法人员那样来到那个角落。"(PF 32)可见，美国的法律只会维护白人种族的利益，只有白人利益受到损害时法律才起到制约作用，这再次证实了上文中总结的美国法律的本质。警察对拉皮条生意和毒品生意的坐视不管，纵容了黑人贫民区的犯罪，也使黑人青少年暴力行为更加嚣张。当时的警察缺乏最基本为黑人民众服务的责任心，执法不力已经到了令人绝望和愤怒的地步，如《双城》中殡仪馆的管理人员贝茨夫人在得知殡仪馆将会有团伙暴力发生而打电话给警察局时，"他们告诉她只有去雇佣一个保镖，他们没有为葬礼提供保护的政策"（TC 205），而且当她问他们是否知道一场群战即将发生时，他们说："别担心，我们会让管区的警察保持警惕的。"（TC 206）贝茨夫人道出了"保持警惕"具有的讽刺意味，也进一步控诉了警察的虚伪、无能和失职：

> 保持警惕。现在这儿有一小群武装到牙齿的恶棍，带着人们说比警察的武器还要好的装备，还有一些在中心城区办公桌后面的白痴告诉我，经常在这附近巡视、啥事都不管的狗屁警察将会保持警惕。那就意味着射击结束后，警报器和灯光会闪烁着，他们会尖叫着上来，带着装人肉的车和邪恶的态度清除所有的尸体，带走任何没有被捆住的东西。
>
> 我们交税，经营着合法的事业。自淘哥儿（Skippy）是只幼崽开始就一直在这个地方服务社区。向警察寻求保护，然后你会很快在这个城镇发现寻求任何东西你都处在错误的地方。不管你是谁。即便我知道的戴白帽子的中尉来管理这个辖区也没用，因为他就是个到处跑、流着鼻涕的顽童。
>
> ……
>
> 那两个强盗，哼哼。我认识那个穿黑白衣服的人，也知道他为什么坐在那。我精确地知道每天出了那个特别的角落那个特别的汽车他们所干的事情。你可以忘记从他们那得到帮助。若是射击开始，你在这附近的任何地方都找不着他们。那些骗子有其它的勾当要干。（TC 206）

贝茨夫人把警察直接等同于强盗，因为他们不仅不会维护社区治安秩序，保护民众的人身安全、人身自由和合法财产，捍卫社会公德，反而是在危难真正来临的时刻临阵脱逃，在事后大张旗鼓地做出样子欺骗民众，而且利用职务之便尽可能地获取私利。的确，贝茨夫人提到过的那场群战即两个帮派团伙之间的暴力发生时，警察没有出现，她又一次控诉了警察的失职和卑鄙：

> 当你需要他们时，他妈的警察在哪？
>
> 警察在哪？我给警察打过电话。我昨天给他们说过。乞求他们提前半个小时来。提前半个小时，我就看不到这团乱麻的形成了。那些小恶棍搬着枪进来了。我怎样去制止他们？我试着去给予帮助。尽我所能帮助那些家庭。把他们中的一半都埋进我的口袋并且看看。看看。看看他们所做的。在这栋楼里呆了四十年。我的上帝，我的上帝。在我们身上发生了什么？（TC 227）

虽然贝茨夫人揭示的是黑人青少年的暴力可能及实际带给黑人大众的伤害，但我们不妨从贝茨夫人揭示的美国法制环境来考察美国司法体制的扭曲和美国警察的玩忽职守带给黑人青少年的影响。黑人青少年生活在这样的法制环境之中，基本的正义得不到伸张，暴力便成为他们获取力量和资源的唯一途径。事实上，警察与孩子们互不干涉并自然形成一种规则："巡逻车在圆形车道上悠闲地来来回回地走着。没人注意。情绪也怡然自得，警察和孩子互相忽视彼此。只要每个人都遵循规则，那就没有任何规则了。"（PF 45）警察对黑人青少年暴力事件的发生置之不理，其实质是在默认他们使用暴力手段的合理性，也是对他们凭借丛林法则得以生存和竞争的肯定。警察的玩忽职守使黑人青少年在使用暴力后，不仅不会得到应有的惩罚，反而能使他们得到更多的物质资源，也使他们在团伙中彰显"男性气概"为自己赢得一定的地位，这在一定程度上助长了黑人青少年的嚣张气焰，从而使他们的暴力行为异常猖獗。长此以往，他们的暴力倾向愈演愈烈，近乎于完全丧失理智和人性。

可见，怀德曼的小说探讨黑人青少年暴力产生及逐渐趋于猖獗的重要社会因素，且把主要原因都归结于社会和政府机构，并把批判的矛头指向了导致黑人家庭极端贫困、不给予黑人民众基本人文关怀的政府机构和扭曲司法体制、玩忽职守、执法不力的司法人员。作品正是以此指出，无论是黑人青少年作为暴力实施的主体还是作为他们暴力的受害者，美国社会才是罪魁祸首。怀德曼在论文《黑人孩子面对的是什么》(*What Black Boys are Up Against*)中指出：

> 在美国，黑人男孩子是不指望长大的——不指望获得社会、政治和性方面的成熟。粗略地看一下有关健康、教育、犯罪和贫穷数据统计，以发现那些逆境是如何阻碍黑人孩子变成成人的。当美国专注于国内外的自我破坏时，没有孩子是安全的，但是邪恶的社会政策，偏见的法律、法庭和学校不会忽视他们，这是黑人孩子必须面对的。①

这段话直接揭示社会政策、法律和学校是黑人孩子面对的逆境，同时也是小说中黑人青少年暴力产生及在暴力中丧命的社会因素。同时，小说把这些因素置于种族歧视的语境中来考察，其目的是把该暴力的根源指向根植于美国社会体制中驱之不散的种族主义。怀德曼在其论文中指出：

> 嵌入词语"黑人"和"男孩子"的是社会对年轻非裔男性表现出的致命矛盾心理：爱/恨，害怕/欲望，内疚/否定……当词语"男

---

① John Edgar Wideman. "What Black Boys are Up Against." *Essence* 11(2003)：186-188.

孩子"被形容词"黑人"修饰时，男孩子没必要显示出年轻和诺言。当我听到那些词语被拷在一起时，我常常很难堪地期待着坏消息的到来。对很多黑人男孩子来说，尽管他们的父母尽了最大的努力，童年也并不是一片广阔的、令人着迷的绿洲。黑人男孩子被迫仍然是男孩子，要么是太快长大，要么是从来就没有长大的机会。①

显然，怀德曼把黑人男孩子童年的悲惨和命运的坎坷都归结于他们是黑人，只要他们是黑人，无论怎么努力，命运都是注定的。事实上，道格拉斯·格拉斯哥(Douglas Glasgow)也表达过相似的观点："这些年轻人，有的才13~14岁，已经烙上了失败的印迹——他们经常是受教育不足、没有工作、没有具有销路的技术或社会证书以资进入主流社会。在他们能开始追求一个有意义的社会角色之前甚至已经被套上了旧框框。"②这也是怀德曼在小说中想要传达的观点，即种族偏见才是使黑人男孩子走上与社会格格不入道路的根源。

三、外部诱因：多维的暴力环境

作品中美国社会的暴力环境也是黑人青少年暴力行为发生的诱因。美国社会的暴力环境既包括微观的暴力环境，如美国社会充斥的毒品、淫秽和其他暴力诱因，也包括宏观的暴力环境，即美国暴力文化传统的影响。怀德曼绝大多数的作品都表明黑人贫民区充斥着毒品，且达到了泛滥的程度，毒品在黑人青年和青少年中最为普遍。怀德曼80年代的短篇小说《托米》在揭示黑人青年铤而走险的心态的同时，也揭示了吸毒与暴力之间的联系：

----

① John Edgar Wideman. "What Black Boys are Up Against." *Essence* 11(2003): 186-188.

② 转引自顾兴斌：《二战后美国黑人的社会地位研究》，南昌：江西人民出版社，2003年，第168页。

当你一无所有时，你会变得不顾一切。你什么也不在乎。我是说，你有什么可担心的？你的生命狗屁不值。你只有从吸毒中得到一点快感。得到快感，然后花掉所有的时间抢点钱，然后又可以得到快感。你任何事都可以做。一切都无所谓。……你仅仅就是得到快感。而且每个在你身边的人都是一样的。没有不同。……有什么关系？你反正一无所成，一无所有。除了从吸毒中得到点快感，你什么期盼也没有。一个男人需要点东西，口袋里要有一点钱。我的意思是你看看周围的人和电视上的人，天啦，他们什么都有，汽车和衣服。他们可以为女人做些事，他们有一些东西。然后你看看镜子中的自己，你什么前途也没有，口袋里一个铜板也没有。你像个孩子或者什么在你家周围乞讨。还有监禁和偷你妈妈的钱。你变得不顾一切，你去干你不得不干的事。（THB 136）

可见，贫困、毒品、暴力是黑人聚集区的三大毒瘤。黑人青年面对现实的极度贫困，找不到未来的出路，看不到生活的希望，只能靠吸食毒品寻找快感。这是他们获得快乐的唯一源泉，这同时也导致黑人青年失去控制力，进而导致颓废的反社会行为的发生，并使得贫困、毒品和暴力三者之间形成恶性循环。虽然托米的诉说揭示了黑人青年无可奈何、铤而走险的普遍心态，但这种心态同样适用于黑人青少年。黑人青少年的暴力行为更为嚣张，他们"为了毒品钱在社区内实行毒品交易、契约杀人、抢劫和打人及像越南带着武器的全面地盘战争"（PF 89）。毒品交易、契约杀人、抢劫、打人和地盘战争等性质极为恶劣的暴力行为不应该发生在青少年甚至孩子身上，黑人青少年的主要目的是毒品钱，表明黑人贫民区的毒品已经成为黑人青少年暴力发生的重要因素。事实上，怀德曼小说所描绘的青少年吸毒问题是对美国20世纪八九十年代社会状况的真实反映。据美国密歇根大学的一项调查显示，"20世纪90年代最令美国人头疼的社会趋势之一是青少年吸毒问题严重。从1991年到1996年，在美国中学8年级学生中间，使用非法毒品的人增加了一倍多，目前，在 10 年级的学生中，吸毒者也增加了一倍。在 12 年级的学生中增长了 50%"①。虽然这项调查不是对黑人青少年吸毒做的专门调查，鉴于黑人青少年的家庭环境和社会生存状况的特殊性，我们不难推测黑人青少年占有很大比重。而且，社会学家也专门研究了吸毒与暴力犯罪之间的直接联系。据悉，"在 1991 年，美国联邦监狱犯人中的 10% 及州监狱犯人中的 17% 承认，他们的犯罪是为了获得购买毒品的钱"②。因此，怀德曼的作品在揭示黑人贫民区甚至是美国社会毒品泛滥这一社会问题的同时，也揭示了毒品泛滥是黑人青少年暴力产生的诱因。

除了黑人青少年吸毒导致他们暴力行为的产生外，他人的蓄意煽动和利用也导致他们暴力行为的猖獗。众所周知，几乎每个国家的法律都规定未到刑事责任年龄的孩子不承担相应的刑事法律责任，美国也不例外。某些别有用心的人凭借这一便利条件教唆刑事责任年龄之下的孩子干坏事，这一点通过媞姆波述说出来："我们所知道的另一件疯狂的事情是中间人(fixer)。中间人就是由那些坏透了的邻居小孩儿组成的敢死队(death squads)，他们除掉讨厌的成人是不受处罚的。你知道的，比如说施虐者、皮条客、贩毒者、玩忽职守者、荒唐的老师和父母。他们为其他的孩子解决问题。简直就是矮子刺客。"(PF 90) 由此可以看出，稍微大一点的青少年会教唆比他们小、不承担刑事法律责任的小孩子替他们杀人或干其他的坏事，这一方面揭示出青少年施暴主体越来越低龄化的原因，另一方面反映出黑人孩子暴力发生的诱因。此外，局外人对他们的煽动作用也是不可忽视的外在因素。局外人对他们的煽动作用主要体现在他们的宣传语、宣传册上。他们的宣传语、宣传册都不是孩子的风格，更像是成人的风格，就如媞姆波所说："一份篇幅较长的小册子，一点都看不出是孩子写的。它是一份经过努力思考、精心措辞组织

---

①② 刘永涛：《当代美国社会》，北京：社会科学文献出版社，2001 年，第174 页。

语句的宣言。我希望是我让出现在我办公室的某人复印的一份。可能大点的孩子可以写出来，但不是孩子的风格。读起来更像是我们以前在那些紧急会议上整夜研讨出来的散文。……我相信是有人在利用孩子。"（PF 90-91）如果说这仅是媞姆波在怀疑局外人的煽动，那么随后他对此做出进一步肯定："局外人进来了，搅动了麻烦，这是个事实。不管稻草有多干，在牛圈里堆得有多高，你仍然需要一根火柴。"（PF 91）作品正是通过媞姆波的话揭示，黑人父辈与青少年自身及他们之间的确存在很多很严重的问题，但真正起主导作用的是那根火柴，即局外人的煽动。青少年由于没有完善的认知结构和是非观念，很容易受到别人的诱导，这也是作品中黑人青少年受到局外人的煽动而加入帮派组织，对父辈、社会进行反叛的重要因素。同时，作品摘抄了孩子们招收成员时宣传册的内容，真实再现了他们的宣言和风格：

大人们都是吸血鬼。他们吸着年轻人的血。

学校教会你三个 D。孩子都是脏的、聋的、依赖的（Dirty，Dumb，Dependent）。

学校待你就像需要被驯服的野兽。事实是我们都是完美的。我们的身体都是完美和干净的。我们的思想形成完美的感觉。我们对钱、权和事物拥有完美的权利。

出生是件好事。长大是件坏事。

玩，不要工作。
这个事实会让你自由。

显然，宣言内容较为复杂，主张黑人青少年与大人们尖锐对立，煽动青少年以玩的方式对抗成人和社会，同时有对学校教育的抨击，又有对青少年人群的绝对赞扬；语言精致而流畅，显然经过了字斟酌句的思考和精心的设计，尤其是头韵"Dirty，Dumb，Dependent"的使用，更是显示出宣传手册设计者的独具匠心。无论从宣传内容还是从语言风格来看，都不是孩子的风格，更像是成人的散文诗，这进一步证实了媞姆波的猜测——"有人在利用孩子"。作品正是以此来揭示，黑人青少年本来就生活在极端贫困的黑人聚集区，甚至很多孩子无家可言，极易受到他人的诱导，从而实施暴力或其他犯罪行为。

同时，作品揭示了传播媒介在黑人青少年暴力行为蔓延中的作用，其传播媒介主要有宣传册、传单、海报、电视、儿童色情作品等。正如上文所述，孩子们的宣传册只是局外煽动者的蓄意行为，这就使黑人孩子们容易通过这种媒介激起自己的愤怒情绪及接触到暴力和淫秽文化。除了宣传册这种传播媒介外，还有传单和海报，《费城大火》通过媞姆波的话语揭示了这一点："宣传册、传单、海报。有些有点像漫画书。里面的图画讲述着不适合孩子读的故事。它们是招募手册和煽动性的宣传。散布着言论。你知道的，一场为了孩子们的心灵和思想的战斗。当然说唱乐就是战斗的一部分，而且墙上的宣传语也是一部分，一大部分。"（PF 90）宣传册、传单、海报既是外部煽动者吸收新成员的宣传手段，也是黑人青少年宣传自己主张的媒介，这就使得煽动性言论得到传播和蔓延，从而使更多的黑人青少年接触到帮派组织和暴力文化。此外，美国本身是个有着深厚暴力传统的国家，就如学者董乐山所言："暴力在美国乃是一种正常现象……如果把战争、起义等所有用武力造成人身伤害和财产破坏的后果的行为都算在内，整个人类的历史就是一部暴力的历史。但是使美国有别于其他国家的是暴力不仅是美国社会生活的传统，而且也融合进了美国的民族性格，成为一种崇拜。"①张立新也认为"在美国不仅形成了一种独特、富有诗意的与暴力相关的主题和

---

① 董乐山：《美国社会的暴力传统》，《美国研究》1987 年第 2 期，第 36 页。

理论，而且形成了一种与暴力紧密联系的文化和习惯"①。正是根深蒂固的暴力传统的存在使作为美国主流媒体的传声筒——电视传播着暴力文化。由于青少年在社会化的过程中，是非观念模糊、分辨能力较弱，对新生事物比较好奇，很容易受到电视暴力潜移默化的影响，从而使电视暴力的泛滥成为诱发青少年犯罪的重要因素。英国心理学家威廉·爱·贝尔逊对 1565 位常看电视的 12~15 岁的少年进行研究，发现电视中逼真的暴力行为对他们有极大的影响，约有 47%喜欢看暴力镜头的少年有不良举止和犯罪行为②。事实上，电视、宣传册、传单、海报、儿童色情作品等一系列传媒暴力会把社会描绘得过于危险，这就增加了青少年对社会的不信任度，同时会使青少年对暴力习以为常、麻木不仁，进而使青少年接受暴力行为及其观念③。

　　由此可见，作品把黑人青少年的暴力行为置于充斥着毒品、暴力文化、暴力媒介的整个美国大环境中，其目的是要揭示美国大的暴力环境对他们的诱惑作用。究其实质，作品把主要原因归结于美国社会的暴力环境，正如怀德曼在论文《黑人孩子面对的是什么》中发出的疑问："为什么美国如此努力地浪费他的黑人孩子？为什么那些咬人的陷阱对我们的年轻人如此有吸引力？我希望我知道答案，而且更希望能够祛除这个国家有严重后果的祸根。"④这是作者面对一代黑人孩子的失落对美国社会的拷问，对黑人孩子如此容易跌入陷阱的疑惑，同时也对营造和谐良好成长环境充满期待，对个人能力不能企及而懊恼。

---

①　张立新：《美国文学与文化中的暴力传统》，《外国语言文学》2006 年第 1 期，第 46 页。

②③　周振想：《青少年犯罪学》，北京：中国青年出版社，2004 年，第 205 页。

④　John Edgar Wideman. "What Black Boys are Up Against". *Essence* 11(2003)：186-188.

第三节　主观认知：黑人青少年暴力的动力

正如本章第二节所言，作品中黑人青少年的客观生存环境是他们暴力产生的重要因素。事实上，特定的客观环境下所形成的主观认知才是真正起直接和主导作用的力量。由于青少年本身就处于知识结构不完善、认知能力有限、是非观念模糊的社会化阶段，其主观认知必然存在一定的局限性，与现实状况也存在一定的偏差。他们认知上的偏差和局限导致了暴力行为的产生，这在怀德曼的作品中有所体现。

一方面，作品中的黑人青少年对社会的运营模式的认知存在偏差，这对他们暴力行为的产生起着推波助澜的作用。由于受局外人的煽动，他们对成年人和社会统治的认知存在偏差。煽动者为他们制作的宣传册控诉了成人对他们的一系列暴行，如"糟糕的学校体制、流产、缺少法制权利、虐待孩子、儿童淫秽作品、卖儿童的身体、电视上的狗屎、孩子排队死去和高婴儿死亡率"（PF 91）。在煽动者的影响下，黑人青少年认为成年人都是吸血鬼，专吸年轻人的血。不可否认，社会中的确存在宣传册上这样的暴行，成人应该为青少年的糟糕生活负责任。若由于社会带给了他们群体负面的影响，他们便否定整个成人世界，这无疑是一种激进和有失偏颇的观点。正是在这种偏激观点的指导下，他们在暴力行为中变得肆无忌惮，毫无人性可言，施暴目标没有任何选择性，很多受害人是黑人同胞甚至是他们的亲友，因此，《双城》中的卡西玛控诉他们是"一群忘恩负义、顽固的男孩子"（TC 35）。同时，他们认为成年人之所以能够统治社会在于成年人拥有钱、权和物，正是在这一偏颇观念的指导下，他们才想代替成年人接管社会。他们的这一想法通过媞姆波之口道出：

> 天啦，他们想要接管。又小又矮的蠢货，阴茎上连毛都没长的小毛孩儿想要管理这个城市。是的。钱权物（Money Power Things）。

MPT。你在抗议牌上看到是说他们想要他们的那一份。他们宣称他们和成人的唯一不同之处是成人拥有金钱、权力和物品。有趣，不是吗？若是回到六十年代我们也想要同样的东西。只是这些孩子比我们勇敢。他们不想要别的东西。他们不想成为白人，也不想成为股东，也不想成为成年人。他们想要所有，成年人拥有的一切，钱权物。然后他们将用自己的方式经营这个世界。他们说他们会经营得比我们好。（PF 89~90）

可见，作品中的黑人青少年认为他们与成年人的唯一不同是成年人拥有钱权物，而且钱权物是成人能够统治和经营这个社会的唯一保障。这是青少年在青春期这个特定时段的普遍认知，媞姆波坦然承认他们自己在青春期时也有同样的想法，只是没有付诸行动。值得注意的是，钱权物并不是一个社会或城市能够得以正常运营的唯一保障，一个社会和城市的经营是门高深的学问，不仅需要经营者对社会有运营才能，更需要他们拥有对钱权物控制和支配的能力。黑人青少年在偏激思维的影响下，试图通过暴力方式获得钱权物，用自己的方式经营社会。另一方面，作品中的黑人青少年对社会现实认知上的偏差与他们的暴力行为密切相关。作为美国黑人族裔的后代，他们背负着历史的压迫和凌辱，他们的暴力中有对历史上所受伤害的报复，也有对社会不公的反叛。诚然，美国社会的自由、平等、民主没有得到真正和普遍实现，对黑人族裔有很多不公之处，但他们没有看到历史的进步。事实上，在整个美国的历史长河中，黑人民族的境况虽然没有得到根本改善，但一直都处于进步之中，《私刑者》中的一名清洁工在谈论黑人组织时道出这一事实：

先是回利比里亚，后来是加维主义，然后是共产主义者，现在又有什么半生不熟的组织和先知来领导我们这些贫穷无知的黑人到福地去。……我不穷也不无知。我做得好好的，我的孩子们将会比我做得好得多。……我知道我的位置。我没有傻到等着别人赏赐什

　　么。我要斗争，要提出要求，但是要用合法的手段。(TL 135)

　　清洁工是底层黑人民众的成人代表，他对自己充满信心，看到了辛勤的工作、踏实的态度所带给黑人生活上的改变，也看到了黑人族裔一代比一代好的状况。他的这段话揭示了黑人族裔在历史中的进步，而且预测了未来黑人民族的出路——通过法律手段解决种族问题。这就意味着黑人族裔不是处于一成不变的被奴役状态，暴力手段并不是解决问题的唯一手段。事实上，黑人族裔在争取权益上取得的进步通过《私刑者》中黑人青年私刑计划的最终目标得到进一步揭示："我们决定要改变事物，我指的是大的方面，不是给黑人一个职业或让他去做公务员。不是一两个黑人升到上层，而是改变一切，从根本上改变。"(TL 236)"从根本上改变"暗示了黑人民众已经有了或多或少的改变，如很多黑人有了自己的职业，甚至已有少数黑人成为公务员，上升为中产阶级抑或是资产阶级。《费城大火》中的主人公卡德乔指出："我们（黑人）中的一些人，其实只是很少数的人，比过去好了，在向上移动；极少数人甚至还取得了很大的成就。但是那些从来没有过，并且现在也没有机会的人的日子却比过去更糟糕了。穷的更穷，富的更富。"(PF 79)他的话在指出黑人族裔内部贫富差距日益加大的同时，也揭示了部分黑人在社会阶层中逐渐游向上层，甚至在某些领域取得辉煌成就这一事实。

　　的确，当历史进入 20 世纪后半叶，随着黑人几百年坚持不懈的抗争，尤其是黑人民权运动和黑人权力运动的发展，黑人在政治、文学、音乐、体育等各个领域都取得了卓越成就，黑人内部结构发生了很大变化，很多黑人获得一定成就并跻身上流社会，如部分黑人加入控制国家权力体制的队伍，成为公务员；黑人作家不断涌现，获得美国甚至世界级的奖项；在国际性的运动比赛中，黑人用其他种族难以企及的力量和速度，为美国赢得无数奖章和荣誉；在享誉世界的美国职业篮球联赛（NBA）中，黑人彰显的力量更是令世界人民佩服；黑人的说唱乐和布鲁斯曾经风靡全球，黑人音乐家不断涌现。而且，黑人与白人之间的通

婚变得不足为怪，也受到白人的认可，这在黑人的抗争历史中是质的
飞跃。

而作品中的黑人青少年由于在认知上的局限，只看到黑人族裔在历
史及现存社会中遭受的不公平，没有看到历史的进步，也没看到黑人族
裔整体地位的不断提升。基于对历史上及现实社会中黑人族裔所受的压
迫和凌辱，他们用暴力手段来反抗不公平的社会，试图获得钱权物。

因此，总的来看，种族主义是怀德曼作品中黑人青少年暴力产生的
根源，而黑人青少年自身在认知上的偏差是他们暴力产生的导火索。他
们在认知上的偏差导致了暴力行为的产生，凸显出黑人青少年教育问
题，怀德曼的作品中关注到了这一点，这也是本书下一节将要探讨的
问题。

第四节　教育问题：黑人青少年人性的回归

就教育在黑人青少年暴力中的影响而言，一方面表现为黑人青少年
教育的缺失，另一方面表现为教育内容对孩子的误导。

作品中黑人青少年教育的缺失既包括学校教育的缺失，又包括家庭
教育的缺失。由于家庭、社会、经济等各种因素的影响，大多黑人青少
年的家庭极度贫困，正如媞姆波所说："黑人为了生存一天二十四小时
都在混战和规划。"（PF 79）父性缺席的单亲家庭尤为如此。生活在这样
的家庭中的黑人青少年连基本的生存都成问题，更不用说接受正规的学
校教育，这就不难理解怀德曼作品中的黑人青少年为什么会无所事事地
在街上闲逛，或以团伙的形式实施暴力行为。同时，很多黑人青少年的
家庭教育也处于缺失状态，如在户主女性化的单亲家庭中黑人母亲忙于
生计，无暇尽到对孩子的教育责任，尤其八九十年代很多黑人孩子都由
少女妈妈所生，而少女妈妈自己本身就未受到很好的教育，也未摆脱稚
气，自然对子女的管教就十分松懈。黑人青少年或是黑人小孩学校教育
的缺失及家庭教育的弱化，使他们很难形成正确的思想观念和价值观

念。在无人引导的情况下，黑人孩子无法辨别是非，无从了解正确的价值标准，于是他们要么盲目模仿，没能建立自己的人生观和价值观；要么按照自己不成熟的心理与观念去理解是非标准，建立与社会主流相背离的人生观和价值观。因此，我们不难断定作品中黑人青年的暴力行为正是在偏离社会的价值观指导下实施的行为，这进一步揭示了黑人父亲对于黑人孩子的重要性。

另一方面，黑人孩子所受教育的引导与他们暴力行为息息相关。如《私刑者》中的安东尼是位十四五岁的黑人少年，本来是个认命的小人物，在医院当着护士，但自霍尔遭警察毒打被囚禁在医院后，霍尔不断对他进行教育，他终于从一个最开始不敢在医院吸烟的彻底服从者转变为得知霍尔被送进精神病楼层时打破瓶瓶罐罐的反叛者，这凸显了教育在黑人青少年暴力产生中的作用。同时，作品通过讲述黑人学生的课堂暗示了暴力主张对青少年一代可能产生的影响。黑人民族的压迫史和屈辱史催生了大批为了黑人自由、平等、民主而战的民族英雄，这些民族英雄已经被"带"进黑人学生的课堂，这在《私刑者》中得到体现。老师柯林斯小姐"在教室墙上贴上了黑人英雄的画报。班级听着保罗·罗伯逊和马尔科姆·X演讲的录音，他们读着理查德·赖特和埃尔德里奇·克利弗的作品"。罗伯逊、马尔科姆、赖特、埃尔德里奇各自在音乐、文学、政治等不同领域反对种族压迫和种族歧视，为黑人的自由平等进行了顽强的抗争甚至付出自己的生命，是革命的英勇斗士。诚然，他们的英雄形象及英雄事迹能激起黑人学生们的政治意识和民族意识，成为他们学习的榜样，但他们的作品和录音中激进的暴力主张会影响黑人学生们的思想观和价值观的形成，如罗伯逊的经典语录"不自由，毋宁死"[1]、马尔科姆"以暴制暴"的主张、赖特和埃尔德里奇作品中的暴力描写及主张都是对暴力手段解决黑人问题的倡导，因此，我们不难推断黑人学生在这样的教育熏陶中，容易形成黑白对立的种族观、暴力解决

———

[1] 引自保罗·罗伯逊的《黑人民族的歌曲》，该书见于"读秀学术搜索网"。

种族问题的主张，这是黑人学校教育中存在的问题。此外，《费城大火》中的琼斯直接指出黑人学校教育中存在的缺陷："我的比利和卡伦在学校，接受着他们名为教育的东西。但是那些孩子们学了些啥。问他们从哪儿来，他们给你奥色治大街的地址。问他们在想什么，他们咕哝着在电视上看到的东西。问他们是什么颜色的，他们连这都不知道。"（PF 14）可见，黑人孩子在学校既没有习得基本的文化知识，更谈不上建立了正确人生观和价值观。同时，琼斯的话进一步揭示了社会教育在黑人孩子成长过程中的重要性，如电视内容的影响。而且，当黑人孩子形成了暴力解决问题的价值观后，没有人给予他们正确的引导和耐心的开导，就如《人尽皆知布巴·瑞夫》中社区的一个声音说道："布巴是个好男孩儿，就是需要一个人跟他谈谈，告诉他野蛮不是成为男人的唯一方式。"（ASAT 66）显然，在布巴的成长中，没有人告诉过他暴力和野蛮不是显示男性气概的唯一方式，这既导致他以暴力为表征的行为方式，又导致了他的死亡。事实上，暴力引发的青少年教育问题引起了美国国家领导人的警觉，1994 年，时任美国总统的克林顿在他的《国情咨文》中，论述了毒品犯罪和青少年犯罪对美国家庭和社会的危害性，并提出了加强青少年教育与增加社区警力的措施①。

事实上，怀德曼的小说暗示了教育和道德感化对于黑人青少年的作用。如前文所言，黑人青少年暴力行为猖獗，毫无选择地滥杀无辜，揭示出他们的冷酷无情和人性的泯灭，但最后一部书写暴力的小说《双城》通过结尾暗示了黑人青少年并非真的骨子里流的是冰水，并非无法挽救。马洛雷是个富有正义感的摄影师，生前照了很多反映黑人生活的照片。他遗体告别的那天，遭遇了两个暴力团伙的打斗，他们把马洛雷的棺材也扔出了大街。卡西玛拼命保护他的遗体，把他生前照的照片撒在了那些少年的面前，吼着斥责道："看。看看你们对他做了些什么。

---

① 姬虹：《当代美国社会》，北京：社会科学文献出版社，2012 年，第 255 页。

看看你们对自己做了些什么。看，看。"（TC 238）并对他们进行了说教。卡西玛抛撒照片的行为，对他们的斥责和说教的确起到了作用，他们停止了他们正在进行的施暴行为。卡西玛这样讲述道："他们中的一些来到我们身边，在棺材旁看着我们，看着满地的照片，看看彼此，传给他们周围的人，谈论着，手里拿着照片走开了。鬼知道他们正在看什么，在说什么，在想什么。"（TC 239）虽然小说没有直接指出照片上究竟是些什么，但卡西玛的话揭示了马洛雷照了关于他们打架斗殴的事情。卡西玛把照片抛洒在他们面前是真切地呈现他们的所作所为，揭露他们人性的泯灭，卡西玛的说教是对黑人少年们的教育和道德感化过程。值得高兴的是，经过卡西玛的努力，那些少年停止了暴力行为，开始拿着照片传阅、谈论、离开，暗示了黑人青少年已经有所醒悟，他们的人性开始复苏。作品认为，家庭和社会应该给予黑人青少年更多的包容，通过教育和道德感化他们，而且他们也是可以被感化的，他们的人性是可以复苏的。

总的来看，怀德曼的小说关注了美国社会中20世纪八九十年代黑人青少年暴力猖狂的事实，其暴力以团伙化暴力和枪支暴力为主，呈现出极端恶性化趋势，其施暴者多为黑人男性青少年，成为美国突出的社会问题。小说认为，黑人青少年暴力的产生既与他们的客观生存条件相关，又与他们的主观认知密切相关。从他们的客观生存环境来看，黑人家庭中父性的缺失、生存条件的恶化与司法的纵容、暴力环境的影响不仅导致了他们暴力行为的产生，也使他们的暴力行为更加猖狂；从主观认知来看，对社会运营认知的偏差和对社会现实认知上的偏差导致他们把所有成人视为敌人，看不到历史进程中的进步。同时，黑人青少年的暴力猖狂彰显了他们教育中存在的问题，主要是黑人青少年学校、家庭和社会教育的缺失和误导。正是教育的缺失和误导使他们不能形成正确的价值观和人生观，而是按照自己不成熟的心理与观念去理解是非标准，建立与社会相背离的人生观和价值观。作品中黑人青少年暴力行为的产生，究其本质，种族主义起着主要作用，但种族矛盾异化下的黑人自身也存在不可忽视的问题，如由黑人家庭结构的失衡导致的黑人父性的缺失，这是即便根除种族主义也不能解决的问题。怀德曼作品中黑人青少年的暴力书写表明，黑人父亲只有回到家庭中来，建立和谐的两性关系、两代关系，真正关心黑人青少年一代的成长和教育，黑人青少年的人性才会回归，进而黑人族裔才能有未来可言。不仅如此，政府和社会不仅要消除残留的种族主义，而且要营造利于青少年成长的文化环境和社会环境，黑人青少年的人性才会回归。同时，社会也应该高度重视这一问题，因为黑人青少年一代的失落不仅关乎黑人族裔的未来，更是关乎整个美利坚民族的前途。

第四章 暴力透视：怀德曼伦理思想的表达

　　暴力作为一种对他人人身、财产和精神造成破坏甚至是带来灾难的手段，在当代社会无疑是违背法律法规和伦理道德的行为。然而，怀德曼在黑人暴力书写过程中虽然有触及到美国的法制建设及法律监管，但始终贯穿其中的却是伦理的维度。关于文学中的伦理，聂珍钊教授给出过经典定义，即"人与人、人与社会以及人与自然之间形成的被接受和认可的伦理关系，以及在这种关系的基础上形成的道德秩序和维系这种秩序的各种规范"①。不仅如此，他还将文学与伦理学进行融合，批判性地借鉴吸收西方伦理批评和中国道德批评，形成了独特的文学伦理学批评体系。文学伦理学批评作为一种批评理论在2004年举行的"英美文学在中国：回顾与展望"的学术研讨会上首次被正式提出，现经过十五载的丰富和发展已成为国内外都普遍认可的批评理论和方法。本章将借鉴文学伦理学批评的方法及术语，基于怀德曼的黑人暴力书写理清怀德曼的伦理思想。在笔者看来，伦理思想一般是指在特定的历史时期对客观存在的伦理关系和伦理秩序的统一且稳定的认识。在怀德曼的小说中，各个维度的暴力相互交织、相互激荡就形成了怀德曼独特的伦理思想及道德意识，其中包括个体伦理观、家庭伦理观和民族伦理观。

---

　　① 聂珍钊：《文学伦理学批评导论》，北京：北京大学出版社，2014年，第13页。

第一节　黑人暴力书写的个体伦理观

就哲学意义而言，个体指处在一定社会关系中在社会地位、能力、作用上有区别的有生命的特定主体。而个体的定义是相对于群体而言的，与群体处于相互依存、相互联系之中。每个个体以个体而存在，同时又是群体的组成部分，作为群体的成员而存在。可以说个体是一个家庭和社会的基础单位，因此，只有个体实现道德主体的自我完善，形成向善的个体伦理观，整个社会和家庭才有和谐有序的基础可言。个体伦理是指在个体在处理各种各样的行为和关系时所形成的标准与道德准则，在强调个人价值和个人权利的同时，重视个体的道德完善。但由于黑人民族历史和境遇的特殊性，怀德曼看到了个体在追求自由平等伦理理想的背后的道德危机和伦理混乱。

一、兽性因子的失控与受控

在怀德曼的小说中，美国白人对黑人的暴力构成了黑人施暴的历史或现实背景，但这并没有因此而削弱对暴力残暴性的揭示。同时，黑人对白人的暴力、黑人内部的暴力、黑人青少年的暴力几个维度的暴力相互交织、相互影响，充分暴露了小说中暴力施暴者的兽性因子的失控及因此导致的伦理冲突。

兽性因子是文学伦理学批评的一个核心概念。根据文学伦理学批评的观点，人是伦理存在的载体，且是人性因子与兽性因子的结合体。当兽性因子被人性因子控制时，人以善为主导方向，反之，当兽性因子失控时，人便以恶为导向，从而使得人有善恶共存的特点。

人性因子的表现形式为理性意志，是人性的内驱力，而兽性因子的外在形式为自然意志和自由意志，分别以原欲和欲望为内驱。① 原欲是

① 有关人性因子和兽性因子的阐述可参看聂珍钊：《文学伦理学批评导论》，北京：北京大学出版社，2014 年，第 38-39 页。

指人类为了满足最基本的生存需求而产生的本能，如食欲、性欲等，原欲与个体的生命存在息息相关。具体到怀德曼的小说中，再次回到托米施暴的内驱力："你看看镜子里的自己，你什么前途也没有，口袋里连一文钱都没有。连自己的人看到你都恶心。你就像一个小孩子在自己家周围乞讨。然后是监狱和偷自己妈妈的钱。你变得不顾一切。你去干你不得不干的事儿。"（THB 136）由于美国社会根深蒂固的种族主义，美国黑人贫民区的男性一直处于二等公民的地位，得不到与白人平等的政治身份和伦理身份。即便在黑人社会内部虽然有其特定的伦理身份，但却担负不起相应的伦理责任和义务。托米在大家庭中是母亲的儿子，在自己的"小家"中是妻子的丈夫，是儿子的父亲，但他没有能力担负起其中任何伦理身份所赋予他的伦理责任。作为黑人的他找不到工作，连自己最基本的生存都成问题，更甭提孝敬父母，反而是蹲"监狱和偷自己妈妈的钱"。托米的儿子克莱德一直由妻子萨拉抚养，托米只是他生理上的父亲。小说通过萨拉的抱怨揭示托米作为父亲其伦理责任和义务的缺失："你每次几个星期都不看克莱德，他没看见你，也没从你那得到一分钱。不要坐在这儿跟我讲你的权利。爸爸仅仅只不过是一个词儿而已，孩子吃不得，也穿不得，半夜醒来哭泣也不能跟着跑。"（THB 284）怀德曼并没有把他描绘成责任意识沦丧、道德意识淡薄的男性，托米真诚且无耐地说道："我试过，向上帝发誓我努力试过，但自从我回来后还是同样一团糟。我什么也没弄到，没有钱，没有工作，什么都没有。我能为他和他妈妈提供什么？说起来就没意义。不再见他可能更好点。"（THB 280）如果说想当好一个好儿子、好父亲、好丈夫是更高层次的欲望，还不足以让他铤而走险，但当人类生存最基本的食欲得不到满足时，出于求生的本能，其兽性因子不会被人性因子所控制，即便行为主体能辨别善恶也会任由其自然意志泛滥行事表现出恶的本质，同时为自身的恶性行为找到作恶的借口和理由。因此，可以看到托米的抢劫行为是作为美国黑人民族中的底层贫民个体最基本的原欲得不到满足时兽性因子失控、自然意志发挥作用的典型事件。

与托米的生存原欲不一样，《私刑者》中的霍尔、桑德斯、威尔克森和赖斯计划中对白人警察施暴是他们对民主平等和黑人权力的追求，反映了美国黑人民族更高层次的欲望。马斯洛在《人类动机的理论》（*A Theory of Human Motivation Psychological Review*，1943）一书中提出了需求层次理论，即包括生理需求、安全需求、社会需求、尊重需求和自我实现需求五类，依次由较低层次到较高层次①。其中生理需求是沿生物谱系上升方向逐渐变弱的本能或冲动，为低级需要，其他则为随生物进化而逐渐显现的潜能或需要，为高级需要。从马斯洛需求层次理论来看，文学伦理学批评中提出的原欲对应的是对生理需求的渴望，而欲望对应的是包括安全需求、社会需求、尊重需求和自我实现需求在内的高级需求。具体来看，霍尔、桑德斯、威尔克森和赖斯四位黑人青年对民主平等和黑人权力的追求，表现了他们对安全需求和尊重需求的渴望。然而，他们在追求安全需求和尊重需求的过程中，其手段是对白人警察实施私刑表达自己的诉求并借此起到威慑作用。《私刑者》采用摘抄史料的方式凸显了私刑这种暴力手段的残暴和非人性，这样的残暴和非人性并不以施暴主体和施暴客体的转换而发生改变。虽然小说中的私刑并未最终实施，但私刑者们兽性因子的失控被淋漓尽致地揭示出来。他们想象着要像历史上白人对他们的祖先那样，同时还得带有所有未删减的细节，不仅如此还需添加自己的创意。他们的创意便是当他们绑好白人警察时，朝他脑袋正上方倒面粉，使他像"裹过待炸的鸡翅"（TL 63）。私刑者在策划私刑时，其斯芬克斯因子中的人性因子和兽性因子的组合发生了巨变，即兽性因子完全不被人性因子所控制，并任由自由意志行事，表现出恶的趋向，在具体的行为上以血腥、残暴的暴力行为为表征。这样的行为使他们在道德意义上失去了人的身份，与野兽无异。他们极其享受"复仇"所带来的快感，而这种"复仇"正在使黑人走向野蛮

---

　　①　齐港：《社会科学理论图典》，北京：经济管理出版社，2012 年，第 186 页。

和愚昧，是人类倒退的体现。依靠暴力获取利益本身就是一种丛林法则，是动物界的伦理，不应该是人类的伦理。"人是有理性有道德的高等动物，不能为生存竞争把自己降格为兽"①，作品正是通过想象的私刑揭示私刑者所犯的典型错误及可能产生的伦理混乱问题，即他们把自己降格为兽，采取私刑这种极其野蛮的手段来试图获得权力，必然造成伦理混乱，同时这种伦理混乱必然会给自身、社区、国家甚至是人类带来灾难。

《私刑者》中黑人青年们计划杀死妓女西西和《鲁本》中瓦尔德对克旺莎的毒打是怀德曼小说中黑人男性对黑人女性施暴的两个典型事件，可以发现黑人男性在对黑人女性施暴的问题上也遵循着同样的逻辑。《私刑者》中黑人青年的私刑计划其根本目标是从根本上改变黑人大众的生存状况，诚然，他们能够心系民众，具有高尚的政治觉悟。值得注意的是，小说并没有为他们高唱赞歌，而是极力呈现黑人青年的极端性和危害性，对他们的行为本质进行反思和批判。

虽然他们的私刑计划对黑人妓女的屠杀存在于他们的想象中，并没有实际发生，但其兽性因子失控下反伦理道德的本性暴露无疑。他们计划的第一步是杀死白人警察的情妇即妓女西西并嫁祸白人警察以便在族裔内部引起公愤。为了表现白人警察的残暴，他们想象着《黑人报道》的报道："残缺不全的尸体找到了。"(TL 65)霍尔想象着私刑之前的演讲："他怎么高兴就怎么做。他像你们切只死鸡那样把她给切了。……他是白人。他妈的白人。他为什么不可以让克莱拉·梅(西西的名字)处在血泊之中？……他杀了她，让他躺在血泊之中。直到尸体开始腐烂变臭，邻居们才打开门。"(TL 65)虽然他们想要表现的是白人警察的残暴，但同时他们把他们自己的残暴毫无保留地表现了出来。无论是黑人青年想象中对妓女的屠杀和肢解，还是决定对妓女祖孙三代的杀害，

---

①　易建红：《文学伦理学批评视域中的〈海狼〉》，《外国文学研究》2012年第4期，第124页。

抑或是虐待狂似的桑德斯想象中对妓女的性暴力和性虐待，充分暴露了他们斯芬克斯因子中兽性因子的失控，进而使他们变得贪婪、残忍和冷酷。黑人青年的冷酷残忍、人性的泯灭很充分地表现了他们"恶"的一面，使他们离善的道德原则越来越远。"能否分辨善恶是辨别人是否为人的标准""善恶是人类伦理的基础"①，作品中的黑人青年已经丧失了最基本的伦理意识，失去了作为人的标准，与野兽无异。他们的行为是自由意志的体现，是野蛮和愚昧的彰显，违反了人类的伦理。由此可见，在男性中心主义的社会格局中，文化和文明的根基坍塌，同时暴力导致的各种伦理恶果正在疯长。

无论是《私刑者》中的黑人青年们，还是《躲藏者》中的托米，抑或是《鲁本》中的瓦尔德等诸多暴力实施者，在实施暴力的过程中，不管其诉求为何，暴力手段是什么，都显示了人性因子被压制、兽性因子的失控。然而，怀德曼多维地揭示了黑人施暴的政治、经济、法制和文化等层面的伦理环境，意在说明黑人并非天生就是危险的代名词，正如他在《霍姆武德三部曲》的序言中指出："他们（白人）把周围的黑人看成是丑陋、危险和邪恶的代名词。这种逻辑真是无知，也很可怕。"（THB 9）怀德曼揭示伦理混乱是为了激起人们对暴力后果的重视，呼吁行为主体以理性为先导，尽力压制兽性因子，让人性因子始终处于主导地位，学会在夹缝中求生存和发展并形成良好的个人道德观。

二、伦理悖论中的道德旨归

怀德曼小说中的黑人所采取的暴力形式包括私刑、抢劫、暴打、弃婴、团伙枪战，这些暴力的最终后果都是个体自身及其他人家破人亡、身心俱损，从而把美国社会的和谐撕裂得粉碎，给个人和社会带来伦理灾难。然而，从行为个体的主观愿望来看，这些暴力行为都是处于社会

---

① 聂珍钊：《文学伦理学批评：伦理选择与斯芬克斯因子》，《外国文学研究》2011年第6期，第4页。

边缘的行为个体对自由平等伦理准则的追求，具有其伦理价值，这就使得行为个体在为与不为之间陷入了伦理悖论的两难处境。

根据文学伦理学批评的定义，伦理悖论即为伦理两难，指"同一条件下相同选择出现的两种在伦理上相互矛盾的结果"①。在具体的构成上为两个道德命题，即"如果选择者对它们各自单独做出道德判断，每一个选择都是正确的，并且每一种选择都符合普遍道德原则。但是，一旦选择者在二者之间做出一项选择，就会导致另一项违背伦理，即违背普遍道德原则"②。正如莎士比亚著名戏剧《哈姆雷特》中的主人公哈姆雷特无论选择复仇和不复仇都符合道德一样③，美国黑人个体对白人施暴和不施暴两种情况下都是符合道德的伦理选择。

自 1619 年第一批黑奴到达美洲之后，美国一直都在通过奴隶制、种族歧视等显性或隐性的暴力方式把黑人民族压制在社会底层，以至于到了 20 世纪后期以暴制暴成为黑人的生存伦理规则，正如有学者指出："非裔美国人既是暴力的历史受损者，又沿着施暴者提供的思维和行动方式对社会报复。"④白人长期在文化机制和政治机制上对黑人施暴，已经是对人类伦理秩序的公然挑战，这种不合理的社会伦理秩序是招致黑人对白人施暴的直接因素。从这一意义来说，黑人个体的以暴制暴行为是对非正义的挑战，是在试图打破白人社会为他们设定的伦理禁忌，对以白人为中心的伦理范式进行公然反抗。因此，在这样的种族环境和伦理环境之下，美国黑人的暴力行为折射出了整个黑人民族对自由平等、公平正义、社会和谐的追求，如《私刑者》中的黑人青年们，《躲藏者》中的托米等个体无不是面对社会不公的绝地反击，这就使得黑人暴力不

①② 聂珍钊：《文学伦理学批评导论》，北京：北京大学出版社，2014 年，第 254 页。

③ 具体阐释可参看聂珍钊在《文学伦理学批评导论》（北京大学出版社 2014 年版，第 262-263 页）中的阐释。

④ 朱小琳：《扭曲的生命，不屈的灵魂：论托妮·莫里森小说的暴力禁忌意象及意义》，《北京第二外国语学院学报》2008 年第 10 期，第 21 页。

能被简单地视为"兽性因子"的控制，也有"人性因子"的体现，他们主观上对人类向善社会的追求使得其行为具有一定的合理性和正义性。因此，可以看到，单从道德方面来判断，黑人个体选择对白人施暴似乎是符合道德的伦理选择。然而，单就暴力本身而言，正如上文所言，暴力所表现出的恐怖性和非人性，使得施暴者成为野蛮和愚昧的代名词。因此，就这一意义而言，如果黑人个体不对白人施暴，也就不会表现出恶的本质。可以看到，如果黑人个体选择维持现状，不对白人施暴也是符合道德的选择。

这两个道德命题使得黑人陷入伦理两难的境地。选择施暴会给自身、他人和社会带来巨大的伦理灾难，结果无疑是悲剧性的。怀德曼在多部小说中揭示了暴力给社会及大众带来的伦理灾难，《双城》尤其揭示了暴力会使人产生杯弓蛇影的心理。然而，黑人作为弱势群体若是不对白人施暴，又找不到任何别的方式来改变现状。一方面，怀德曼指出逃避和隐忍不是个体及民族出路。这在《躲藏之处》的结尾得到揭示。深夜警车到达托比的躲藏之处——贝斯家暗示托比可能已经被警察逮捕，也有可能继续在逃跑和躲藏之中。同时，隐居于布林斯顿山几十年的贝斯也决定下山告诉人们，托比没有杀人，只是需要社会再给他一次机会。小说结尾的这一巧妙设计具有深刻的隐喻性，正如王家湘在评价该作品时所说的，黑人民族"无论是埋葬过去而躲藏，还是为了逃避现实而躲藏，都不是黑人的出路，这是作者审视自己内心后得出的结论"[1]。另一方面，怀德曼也揭示了黑人在寻求法制保护中的重重阻碍，指出法律途径在个体及民族出路上的艰难性。在美国不公平的法制环境和畸形的伦理环境中，黑人通过法律途径为自己谋取利益不可能在短期内取得效果。《鲁本》中黑人律师鲁本因为律师资格问题而被捕，虽然最终在朋友的帮助下出狱，但这一结局很好地证明了黑人走法律道路在

---

[1] 王家湘：《20 世纪美国黑人小说史》，南京：译林出版社，2006 年，第537 页。

短期内的不可行性。在现实文本中，1862 年《解放黑人奴隶宣言》在法律意义上废除了奴隶制，然而以肤色为依据的种族歧视依然根深蒂固；20 世纪 60 年代又相继通过了《1964 年民权法案》和《1965 年投票权法案》，禁止任何形式的种族隔离和种族歧视，然而实际收效甚微，大批黑人民众仍然生活在种族歧视和不公平待遇之中。可以看到，当代黑人个体及群体陷入了采用何种方式面对现实同时为自己争取利益的伦理困境之中。《躲藏之处》通过主人公不确定的结局揭示暴力方式改变不了自己的伦理身份，《私刑者》通过四位黑人青年的悲剧揭示，通过暴力表达愤怒之情和对社会进行打击报复，都只能使自己陷入更加危险和尴尬的境地。学者李怡在阐释《土生子》中主人公比格的暴力行为时指出："不论社会现有的伦理机制是否合理、公平，它仍然是秩序的保障，更何况为了确保秩序有效的约束力，每个社会都会制定相应的法律法规加以贯彻执行。"①跟比格的杀人行为一样，怀德曼小说中黑人的暴力行为都是破坏法律法规的行为，自然要受到法律法规的惩罚和制裁。尽管现有的社会机制不合理、不公平，但这仍然不可以成为黑人暴力犯罪的理由。

综上，怀德曼注意到，法律途径在短时间内走不通，隐忍和逃避不是美国黑人的出路，暴力抗争不仅不能解决黑人的种族问题，反而会使当事人处于更危险的境地，这就使得当代黑人处于无路可走的尴尬境地，这也是黑人在追求民主自由平等中所形成的伦理悖论，但无论处于什么样的尴尬处境和伦理悖论之中，怀德曼仍然强调了个体道德意识形成的重要性。

第二节 黑人暴力书写的家庭伦理观

家庭是一个社会具有一定结构的单位细胞，是社会的重要元素，由

---

① 李怡：《从文学伦理学视角解读〈土生子〉》，《海南大学学报》2012 年第 1 期，第 39 页。

父母和子女组成。通常情况下，无论在哪个时代哪个国度，家庭都是成员的庇护所，家庭成员彼此以温柔、慈爱、甜蜜和抚慰来维系关系。然而，对于美国黑人这一有着特殊经历的民族而言，其家庭有时是支离破碎的，且成员关系往往是极度冷漠的，成为个体及群体暴力的温床。因此，怀德曼在书写黑人对白人的暴力、黑人内部的暴力及黑人青少年的暴力这三个层次的暴力时都将家庭放在了核心位置。通过探究黑人暴力产生的动因和揭示其暴力的本质，怀德曼把暴力放在家庭这一重要的维度来考量，展现了家庭成员之间的伦理关系及存在的伦理困境，进而也展现了黑人家庭最真实的一面。面对黑人家庭结构的失衡，尤其是两性关系的疏离甚至是背叛、代际关系的断裂，怀德曼强调道德回归和父性回归的重要性，表达了对和谐家庭伦理建构的期许。

一、两性关系的疏离与婚姻伦理的归位

黑人家庭结构的失序是黑人内部暴力和青少年暴力产生的一个非常重要的因素，同时，其暴力产生的恶性后果也能折射出黑人家庭伦理的失序，两者互为因果和映照。综观怀德曼的小说，黑人家庭中的两性都处于疏离状态，或两性之间充满张力和暴力。

怀德曼在书写暴力的过程中，揭示了黑人两性处于疏离甚至是背叛状态这一伦理事实。小说中两性处于疏离和背叛状态主要有两种情况。第一，黑人男性犯罪入狱导致丈夫与妻子的被迫疏离，如《双城》中的卡西玛与丈夫。虽然作家只是一笔带过并未交待卡西玛的丈夫入狱的原因，但作家对于这一问题的提及仍然发出了重要警示，即黑人男性无论因何入狱都会给自身家庭带来极大的灾难和创伤，如丈夫入狱后卡西玛需独自抚养一个只有几岁的儿子和生下肚子里的孩子；正是丈夫的入狱和死亡，导致对孩子的看管不力，最后招致两个儿子的暴力死亡。因此，可以看到怀德曼在用悲剧的方式告诫黑人男性，在种族主义盛行的美国社会，不仅要时刻拥有道德意识，还要有法律意识，只有秉持独特的生存哲学才能确保两性关系的和谐和家庭结构的稳定。

　　第二，黑人男性道德意识和责任意识的缺乏或薄弱使两性长期处于疏离和背叛的状态。这是怀德曼最浓墨重彩地给予描绘和呈现的，如《私刑者》中的雷蒙德与西西，《躲藏之处》中的托米与萨拉，《鲁本》中的瓦尔德和克旺莎等。三对情侣或者夫妻的共同特点是由女性独自抚养子女长大，男性从未在场过。这充分反映了黑人男性缺乏道德观念，没有承担起作为丈夫这个伦理身份应该承担的伦理义务。而伦理身份是"道德行为及道德规范的前提，并对道德行为主体产生约束，有时甚至是强制性约束，即通过伦理禁忌体现的约束"①。而且，伦理要求行为个体的行为与伦理身份相符合，即身份与行为在道德规范上保持一致，否则即为伦理冲突。更为糟糕的是，小说并未清楚地交待这几个有孩子的男性和女性是以婚姻为基础，这就造成了他们伦理身份的模糊，继而导致伦理义务的缺位。同时，这一伦理身份的模糊也反映了黑人男性和女性婚姻观念和道德观念的淡薄，这对黑人家庭结构和伦理秩序是致命冲击。怀德曼正是通过黑人两性之间的、黑人代际关系的和黑人青少年的暴力恶果呼吁传统道德观和婚姻观的归位。

　　在短篇小说《垃圾道里的弃婴之死》中，被抛弃的婴儿如此说道："我相信在某个地方我有个父亲，若是他正在仔细阅读或是认真聆听这篇文章，他一定认得出我是他女儿，他一定会感到羞愧，也一定会很心碎。我一定相信这些。"（ASAT 124）从这段自述可以看出，新生儿是非婚生子女，母亲是位单身母亲，孩子不是父母亲爱情的结晶。基于此，婴儿的出生有三种可能性。第一，婴儿是男女双方性欲放纵的结果。在这种情况下，两性发生性关系只是满足生理或心理需求。第二，婴儿是母亲被强奸的产物。在此，母亲是父权制下的弱势群体，遭受的是来自男性的强制性暴力，而男性作为施暴主体不仅是对女性人权的践踏，更是对法律法规的僭越。第三则可能是父母双方对彼此不忠的结果。无论

──────────

　　①　聂珍钊：《文学伦理学批评导论》，北京：北京大学出版社，2014年，第264页。

是哪种情况，父母双方没有爱情也没有责任，没有遵从大家公认的婚姻伦理秩序，更没有遵从作为丈夫或妻子伦理身份的要求。从古至今，从虚幻的爱情神话到世俗的现实生活，两性婚姻都体现了两性走向道德共同体的伦理关系，婚姻无疑是人类最神圣和美好的伦理归宿，而在具体的婚姻里，伦理性就在于对待性的态度上①。小说表明，黑人两性婚姻伦理失序已经达到相当严重的程度。

可以看到，在现实的美国社会里，两性道德观念下滑的问题不仅是黑人族群内部的问题，而成为整个社会的问题。20世纪60年代可谓是美国风起云涌的年代，民权运动、反主流文化运动、女权运动各种社会运动层出不穷，使得"自由"和"自我"成为当时的高频词。无疑，崇尚自由和自我实现是积极向上的力量，值得推崇和赞扬，但这种无拘无束的自我表达方式及放纵方式对两性关系尤其是婚姻关系的冲击是毁灭性的。嬉皮士推崇的"性解放"和女权运动发起的"性革命"使得两性发生性关系不是以婚姻为基础，而是具有更大的随意性和任意性。这就在根本上瓦解了两性关系及夫妻忠贞的基础，彻底摧垮了两性道德和婚姻道德的底线。这样的"性解放"和"性革命"对以后的美国社会都有着相当大的影响，怀德曼正是在这一社会背景下展现了扭曲和异化的两性关系，以黑人暴力这一更为严峻的社会问题为视角，再现暴力动因的同时呈现暴力的极端恶果，要求恢复传统的道德文化和婚姻伦理，重建和谐有序的两性关系和夫妻关系。

二、代际关系的张力与黑人父性的回归

两性婚姻伦理和代际伦理是家庭伦理的核心组成部分，而婚姻伦理又构成了代际伦理的基础，因此当两性婚姻伦理出现混乱时，不可避免地会导致代际伦理的失范，进而导致家庭伦理的失范。在当今社会，代

---

① 张欣：《"白娘子"和"美人鱼"的斯芬克斯之谜与伦理选择》，《外国文学研究》2018年第3期，第116页。

际伦理的失范又极具有普遍性，学者朱静辉在研究中国家庭伦理危机时铿锵有力地写道："家庭伦理的失范根本上是家庭代际关系的不和谐甚至表现出代际之间的紧张和冲突。"①对于美国黑人族裔而言，代际关系的紧张和冲突表现得尤为突出。

正如前文在探讨黑人代际之间的暴力和黑人青少年的暴力的原因时指出，黑人父亲的缺席成为黑人家庭普遍存在的问题和严重的社会问题。《双城》更是直截了当地写道："卡西尼路的这半条街都失去了它所有男人，就像这儿很多家庭一样。现在是一群的婴儿和女人。"(TC 35)在这样的背景下，黑人父亲既丝毫没有担负起养育子女的伦理责任，也没有给予子女基本的关怀和温暖。这是代际关系的扭曲，也是家庭亲情的异化。事实上，黑人父亲在家庭的缺席是美国社会的普遍事实，正如学者隋红升在探究欧内斯特·盖恩斯(Erneast Gains)的小说时指出，盖恩斯"痛彻地意识到，父与子的分离这一惨痛的事实在黑人世界中普遍存在，父亲的缺席与失职是黑人文化中的一个重大问题"②。综观盖恩斯的小说，黑人父亲缺席的原因有四点：一是历史上奴隶制给黑人家庭留下的传统；二是美国对外战争使无数黑人男性充当炮灰；三是男权社会对黑人男性的期待与社会给予黑人男性的实际能力大相径庭；四是黑人自身家庭观念和道德观念的淡薄。③跟盖恩斯相似，怀德曼也注意到奴隶制尤其当代盛行的种族主义对黑人男性的影响，如黑人男性在种族主义环境下就业的艰难，然而他也从侧面揭示了种族主义社会环境下黑人男性自身道德的低下。如果说《躲藏之处》的托米是因为就业上的困难担负不起养家糊口的责任，《私刑者》中的雷蒙德和《鲁本》中的瓦尔

---

① 朱静辉：《当代中国家庭代际伦理危机与价值重建》，《中州学刊》2013年第12期，第107页。

② 隋红升：《危机与建构：欧内斯特·盖恩斯小说中的男性气概研究》，杭州：浙江大学出版社，2011年，第73页。

③ 隋红升：《危机与建构：欧内斯特·盖恩斯小说中的男性气概研究》，杭州：浙江大学出版社，2011年，第73-77页。

德则是道德低下的典型代表。同时，怀德曼小说中轻描淡写的黑人男性赌博、喝酒、对骂的场景也从侧面反映了黑人父亲缺席的原因和事实，也进一步揭示黑人代际关系的扭曲已经到了无以复加的程度。

如果说黑人代际之间的暴力和黑人青少年的暴力这两个维度的暴力产生的原因清晰地折射出代际伦理的失范，那么实际发生的暴力更是加剧了代际关系的紧张或者断裂。短篇小说《人尽皆知布巴·瑞夫》中的布巴和妈妈长期生活在继父的暴力中，正因为如此，传统的父慈子孝的父子伦理和亲情关系丝毫没有在这对父子身上体现出来，恰恰相反，父子之间有的只是对彼此的仇恨，正如布巴对继父愤怒地威胁道："把你这个老男人掰成两半""我会把你敲碎，拿掉你的威士忌脑袋"（ASAR 65）。在大多数情况下，父与子之间应该是关爱有加的亲密关系，父亲对儿子有抚育和教育的伦理义务，而儿子对父亲有尊重和孝顺的伦理责任，彼此甚至需要心灵与精神上的沟通和契合。从布巴愤怒的语言中可以看到，彼此之间的亲情关系、伦理责任和义务已经在继父对布巴和妈妈的暴力中完全消解，基本的沟通都是严重问题，遑论社会认知和价值观方面的继承和一致性。此外，短篇小说《垃圾道里的弃婴之死》中的单身母亲抛弃女婴的行为虽然本书前文证实其本质是爱的表达，但仍然破坏了正常的母女伦常。父母对子女负有抚养成人的伦理责任和伦理义务，这几乎是不以地域、国度、人种和经济因素而有所改变的。然而，在该小说中，黑人母亲与新生儿之间不是抚养和被抚养的关系，而是抛弃和被抛弃的主客体关系。该母亲不仅没有尽到抚养子女的伦理义务，而且触犯了骨肉相残的伦理禁忌。弃婴的父母与子女的正常代际人伦关系已经完全不存在，而是处于失序和断裂的混乱状态。

文学最重要的功能之一是提供道德警示，聂珍钊强调："在文学作品中，伦理混乱的价值在于增加文学性和提供道德警示。"①怀德曼以暴

---

① 聂珍钊：《文学伦理学批评导论》，北京：北京大学出版社，2014年，第258页。

力为视角，多角度、多层次地揭示美国社会尤其是黑人社会内部的伦理混乱，其目的是要提供道德警示和反思空间，从而规避伦理混乱的发生，尤其是从源头上杜绝伦理混乱的发生。具体到美国黑人社会代际伦理的失序和混乱，怀德曼控诉了种族主义范式所起到的主导作用，但仍然对黑人父性的回归提出了要求，要求父亲能够回到家庭中去，担负作为父亲的伦理责任，同时建立起良好健康的父子或父女关系，彻底根除黑人家庭中的暴力，用爱来教育关心子女，从而构建和谐有序的家庭伦理。怀德曼在多处表达了他对于父性回归的期许，如《垃圾道里的弃婴之死》中的"爱之层"描绘了理想的家庭伦理图景，拥有完美的伦理规则，其核心价值是爱和责任。父亲不再缺席，而是一起上餐桌的人，对女儿的爱也跃然纸上，会时不时捏捏她的婴儿肥的脸蛋，是尽职尽责好父亲的体现。虽然文本再现了弃婴挨打的场景，但绝不是暴力场面的再现，而是父亲家庭和责任的回归。母亲准备早餐的场面图样浸润了爱的旋律。这样的理想图景一方面是对黑人男性提出回归家庭、对家庭负责的要求，另一方面强调了家庭伦理在构建美国和谐伦理时的重要性。的确，家庭是社会的细胞，是联系个人与社会的纽带，是社会的组成部分。和谐的家庭伦理是社会稳定的基础，也是社会和谐的迫切需要。

第三节　黑人暴力书写的社会伦理观

暴力是怀德曼小说一以贯之的主题，且各个维度的暴力相互影响、相互激荡。在这样的影响和激荡中，怀德曼使读者参与了他作品关于整个民族甚至社会伦理的探讨和批判。在众多无序的伦理关系中，怀德曼展现了伦理主体试图重建有序伦理秩序的努力。在压制与公平之间，在仇恨与大度之间，在以暴制暴与种族融合之间，怀德曼毫不犹豫地站在了道义的一方，企盼和谐有序社会伦理的到来。

怀德曼在《垃圾道里的弃婴之死》中通过描写弃婴的想象画面定义了和谐伦理的伦理内涵，包括和平、友好、爱和欢笑。弃婴在生命弥留之际，表达了对即将错过圣诞节的遗憾。圣诞节之于西方无疑是欢乐和团圆的代名词，一切美好都会汇聚在这一天。小说这样阐述圣诞节："不管怎样，在那天每个人身上都会有美好的事情发生，你收到礼物，也送出礼物，人们笑着跟你打招呼，希望你能拥有和平和友好。"（ASAT 125）而且五光十色、流光溢彩的装饰把圣诞节的祥和气氛展现得淋漓尽致，如此欢乐祥和的场面正是作品对和谐伦理的定义。此外，小说借弃婴之口把所有的美好都汇集一处："圣诞节对一个孩子来说，似乎是地球上的最好时光，让你带着梦想和期待醒来，至少在那么一刻相信所有美好皆有可能，比如和平、友好、爱、欢笑，还有你想一直骑着的带有乌黑鬃毛的摇摆木马。"（ASAT 125-126）和平、友好、爱和欢笑是怀德曼对理想社会伦理的期待和想象。

一、公义天平的维护

美国漫长的奴隶制和长期存在的种族歧视给黑人民族带来无尽的创伤，也使黑人民族长期生活在正义缺失的社会体制之中。怀德曼通过回顾历史和观照现实揭示黑人民族遭受的不公平待遇，同时以黑人自身行为反公义的失败呼唤美国社会正义天平的维护。

怀德曼的小说中对黑人民族不公正待遇的揭示构成了黑人民族的历史伦理图景。在种族主义社会背景下，从中间地带到奴隶贸易，从历史上的私刑到当代的毒打，从"二战"的老兵经历到当代的黑人失业青年无不折射出黑人民族在历史及当代所遭受的折磨和苦难，尤其是《费城大火》中白人政府对黑人组织 MOVE 的轰炸场景更是揭示了白人政府的惨绝人寰。《私刑者》中的霍尔说："我们的民族有着几百年需要清除的愤怒和失望，现在终于明白了他们处境的真相。"（TL 64）在文论《赞美沉默》中，怀德曼毫不隐讳地揭示了非裔民族在历史上所遭受暴力的多重形式，如"镣铐""鞭打""监狱"和"歧视"①。根据福柯的观点，身体

---

① 　John Edgar Wideman. "In Praise of Silence." *Callaloo* 24. 1（2001）：641.

是权力实施的重要场所，在人与人的关系中，人的身体处于极其重要的位置，决定着权力的分配。白人种族主义者通过暴力来规训非裔民族的身体，从而建立起压迫机制，试图把非裔永远禁锢在被否定、被排斥和被拒绝的边缘，不断巩固中心和边缘的二元对立模式，进而使正义的天平永远处于倾斜的状态。

就具体策略而言，要维护黑人民族正义的天平就要彻底根除社会体制中的种族主义。怀德曼在自传性作品《与父亲一起：关于父与子、种族与社会的思考》中赤裸裸地批判了种族主义在黑人民族遭受的暴力中所起的作用："我们社会充斥各处的暴力——从国内的虐待到经济剥削，到死刑惩罚，到惩罚性的远征战争——根植于种族范式之中。"（FAT 25）这也是怀德曼把白人对黑人的暴力置于黑人对白人暴力的背景的原因，即强调黑人对白人暴力所蕴涵的种族主义因素。他进一步毫不隐讳地批判道："我真的痛恨种族范式（paradigm of race）——人类和社会的视野是基于这样一种假设，即不是所有人天生都是平等的，而且某些人天生就有权利剥削他人——因为它给予白人不公平的、无懈可击的优越条件。在美国，它把我束缚在人类之梯的底部。"（FAT 24）在此，怀德曼既是对美国《独立宣言》中"人人生而平等"的无情嘲讽和对"白人种族优越论"的激烈抨击和彻底否定，又铿锵有力地揭示了美国社会体制中正义公平的缺失，同时也为黑人民族的公平正义实现开出良方。一般而言，不管黑人对白人的暴力其伦理恶果是什么，最直接的目的是对白人的种族主义进行抨击，正如《私刑者》中的黑人青年掷地有声地呐喊道："我们是平等的。要么接受，要么进行战争。不再观望，不再是我们最棒的几个人进行的小摩擦，不再是只允许单边进行的战争。"（TL 119）可以看到，尽管怀德曼尽力揭示各个维度所带来的伦理恶果，并不赞同黑人民族暴力反抗的方式，但他对于黑人对白人的暴力给予了更多同情和理解，同时也希望社会大众能够给予黑人民族更多的宽容和理解。

怀德曼极力抨击"白人种族优越论"，鼓励黑人民族积极争取权益，享有与白人平等的生存权益，同时他也坚决反对"黑人种族优越论"和"反向种族主义"。正是因为他反对"黑人种族优越论"，主张种族间的平等和公义，他在《私刑者》中通过"以暴制暴"计划的破产规避"黑人种族优越论"。虽然"以暴制暴"计划的破产带来了悲剧性后果，但同时又规避了现存悲剧的重现或改版。霍尔一开始就提出了计划所要达到的终极目标："提醒每个人他们是谁，他们站在哪。把世界划分为简单与纯粹、好与坏、压迫者与被压迫者、黑与白。"（TL 60）这几组二元对立的词组显示，计划成功后，白人与黑人依然是二元对立的状态，白人与黑人的界限会划分得更加清楚。"黑"对应的是"简单""好""压迫者"，那么黑人无疑会是压迫者，白人为被压迫者。这样，白人与黑人的关系不会有所改善，只是一种既存秩序的颠倒。霍尔多次强调了私刑所具有的颠倒作用，他直接指出私刑可以"颠倒或破坏特殊的历史过程"（TL 72）。黑人至上和分离主义的理念溢于言表，可以试想一下黑人得到权力后的美国世界的概况，即依然是充满暴力的社会，依然是人压迫人、人歧视人的社会，这无疑是人类社会的一次倒退。作家正是通过计划的破败来规避另外一种"种族优越论"和"反向种族主义"，避免了现存悲剧的重现或改版，认为不仅白人不会优越于黑人，同样黑人也不会优越于白人，种族的平等自由才是社会不变的真理。

因此，怀德曼极力反对狭隘的民族主义，认为把白人和与白人相关的黑人一网打尽的狭隘民族主义观念极具危险性。在《私刑者》中，黑人青年们之所以准备杀死黑人妓女西西嫁祸于白人警察，是因为西西是白人警察的情妇。在他们看来，身体的背叛就是对黑人族群的背叛。可以说，他们的狭隘民族主义观念昭然若揭。尤其是黑人青年桑德斯有强烈的黑人优越感，瞧不起混血的威尔克森。小说这样描写桑德斯的心理活动："威尔克森脸上的白色，以及像他那种略带黄色的黑鬼在他们那些杂种的脸上所留下的如此深的印记，总是会为他们从主人的桌上赢得面包。桑德斯从威尔克森灰白的脸上看到了白人魔鬼强奸两腿分开的黑人女人的场景。"（TL 156）同时，他也极其不信任混血的威尔克森："当计划开始时，当我们要杀或被杀时，威尔克森会来个彻底的决裂吗？他会因流着白人的血转向白人那边吗？桑德斯蔑视白人的血。"（TL 156）在桑德斯看来，只要与白人相关的人或事物都是不值得信任的，这导致他试图与白人彻底区分开来，这样的区分使他们必然不能在组织内部实现团结一致。这是作家从另一个角度告诉黑人族裔，黑人民族的问题不应该是黑人和白人的问题，而应该是正义和非正义的问题，并非所有的白人都是黑人民族排斥的对象，正如巴亚尔·拉斯廷指出："黑人只有10%，不能改变权力结构。黑人必须团结其他群体才能获得足够的权力。"①显然，把所有与白人及白人相关的事物排斥开来，不是解决黑人种族问题的方法。

在怀德曼看来，黑人民族不仅需要维持白人与黑人两个民族之间的公平正义，在具体的行为中也需注重自身行为的公义性。《私刑者》以黑人民族自身三重反公义性行为的失败为警示，强调了公义天平维护的重要性。一方面，私刑计划试图剥夺白人警察的生命具有反社会公义性。从表面来看，私刑者们之所以选择把那位白人警察处死，是因为他是黑人妓女西西的情夫和皮条客，但究其实质只是因为他是白人，而且他是警察，正是这两个条件的满足才使那位白人警察成为他们的施暴目标，这就使得私刑者们在目标的选择上实际上具有随机性。如果他们的计划成功实施，那位白人警察只是一位无辜的牺牲者。

另一方面，私刑计划的第一步杀死黑人妓女西西嫁祸于白人警察同样违反了其公义性。虽然霍尔为他们自己找到了辩解的理由："西西的生活已经被偷走了……她不能再丧失她不再拥有的东西。……夺走她的生命只是一点轻微的破坏。"（TL 64）然而，事实上黑人妓女也是黑人同胞的一员，确切地说应该是生活比他们更为悲惨的底层黑人同胞甚至是亲友。在他们看来，西西该死首先是因为她是黑人女性，然后她是白人

---

① 谢国荣：《1960年代中后期的美国"黑人权力"运动及其影响》，《世界历史》2010年第1期，第46页。

警察的情妇，出卖了自己的性，这才使得她成为他们的首选的施暴对象。显然，以这样的理由计划夺走西西的生命有失社会公允，就如桑德斯所说，"杀死一个已经很可怜的受害者令人不愉快"（TL 154），他已经清楚地看到作为黑人妓女的可怜之处，已清楚地知道她已经是个受害者。桑德斯也认为霍尔并没有充分的理由，全知叙事者叙述了他关于这一问题的思考："难道所有顺从的受难者，那些允许自己被利用而不回击利用者的受难者，都有罪，都应该被屠杀吗？他那生病的母亲，若是现在还活着，应该是罪孽最深重的人之一，因为她忍受过去，甚至忍受到了崩溃的边缘。"（TL 154）事实上，桑德斯指出了该问题的实质，杀死妓女西西跟杀死自己的母亲没有本质区别。他知道黑人女性同胞在白人社会里所受的压迫，他知道西西在白人警察面前只是"木偶"，只是"玩偶"，可他却没有解救黑人女性同胞于水深火热之中，反而要当那个剪去绳子的人，使她的命运更悲惨，甚至剥夺她生的权利。此外，若是在私刑计划里，西西的死具有无辜性，那么丽萨和朱厄尔的死就更具无辜性，一个是天真无邪的孩子，一个是老太婆，他们完全谈不上"背叛"，恰恰是需要黑人男性保护的黑人同胞和弱势群体。然而，当桑德斯见到她们俩时依然萌生出杀死她们的想法，若是整个计划得到实施，这无疑是对社会公义赤裸裸的践踏。而社会公义是社会伦理秩序稳定的基本保障，也是和谐社会的最高要求。英国古典经济学家亚当·斯密指出："正义犹如支撑大厦的主要支柱，如果这根柱子松动的话，那么人类社会这个雄伟而巨大的建筑必然会在顷刻之间土崩瓦解。"①只有把社会公义与善的道德准则很好地结合起来，人类才能建立起井然、和谐、稳定的社会秩序。而且社会公义也是法制所追求的基本精神，纠其实质，他们所计划的行为不仅不符合伦理道德的要求，也是法制不可饶恕的暴力犯罪行为。怀德曼让这种反公义行为的私刑计划以失败而告终，

---

① 转引自梅萍、周凤琴：《制度正义、伦理秩序与社会和谐》，《云南社会科学》2008 年第 5 期，第 5-6 页。

恰恰是对社会公义的呼唤和企盼。

二、种族仇恨的消解

美国黑人民族长期生活在正义天平严重失衡的社会中，其民族历史无疑是一部民族创伤史。对于这段历史，非裔女作家艾丽斯·沃克强调了良好历史观形成的重要性："如果我们没有形成很好的历史观，我们就等于失去了我们所拥有的恒定力量，失去了联系我们和先辈们的纽带，就不会知道他们是如何处理问题和抗争现实的。"[1]著名非裔文学评论家基思·拜尔曼也指出："关键是要正确对待那段充满痛苦、屈辱和自我轻视的过去，只有承认那么一段过去，才有可能构建一个未来。"[2]跟他们的观点相似，怀德曼也认为黑人民族不能回避和遗忘那段历史，对于很多被埋没被扭曲的历史他感到万分惋惜和痛心，因此以小说的形式记录下一段又一段被人遗忘的历史，提醒黑人族裔珍惜祖辈们所经历过的那些历史真实。同时，他也深刻地意识到黑人民族不能背负历史的枷锁带着种族仇恨来面对现在及未来的生活，并不断地试图消解种族仇恨。

《私刑者》中的霍尔、威尔克森、桑德斯、赖斯四位黑人青年正是背负着历史的枷锁对白人实施私刑计划的典型代表，虽然他们实施私刑计划有对现实不满的因素存在，但历史的因素是他们自始至终所强调的。怀德曼在该小说中肯定了黑人青年们的英勇精神，但最终以私刑计划的彻底失败对他们的报复行为进行了否定。私刑计划的牺牲者本应该是白人警察，抑或是黑人妓女西西、朱厄尔、丽萨，但他让小说中私刑计划的牺牲者却是实施计划的成员，且几乎所有参与者都以悲剧收场。如霍尔在当地一所中学前发表即兴抗议演讲时遭毒打，最后被送至精神

---

[1] John Lowe, ed. *Conversations with Ernest Gaines*. Jackson: University Press of Mississippi, 1995: 284.

[2] Keith Byerman. *Remembering the Past in Contemporary African American Fiction*. Chapel Hill: The University of North Carolina Press, 2005: 41.

病医院；威尔克森在决定终止私刑计划的时候，虽未被赖斯知晓但最终还是被枪杀；赖斯枪杀后可能正在逃跑之中，也可能被警察逮捕；只有桑德斯在酒吧喝得烂醉等待威尔克森的出现。怀德曼正是用这样的结局给予黑人民众以警醒，带着历史的种族仇恨对白人实施报复计划不仅不利于自身问题的解决，反而会使自己的同胞失去生命，而且这种以暴力方式互相伤害、互相报复的方式会陷入死循环之中，完全不利于种族问题的解决，也不利用正常伦理关系的建立。

如果说《私刑者》主要告诫黑人民族不应该带着种族仇恨给予白人以报复，那么《鲁本》则是以具体实例来阐述以何种方式消解黑人民族心中的种族仇恨。鲁本在费城法学院的公寓里干活的期间利用白人学生的笔记和书自学法律，被白人学生发现后遭到了他们的毒打，后来他亲眼见到他们把他女朋友活活杀死，这对他来说无疑是身体和心灵的双重重创。这成为鲁本一辈子挥之不去的记忆，但他没有带着仇恨采取以暴制暴的方式对白人给予回击，而是带着踏踏实实的工作态度，利用自己所学的法律知识在霍姆武德社区为穷苦黑人提供法律上的咨询和帮助，而且其客户塔克、克旺莎遭遇的问题在他的帮助下得到解决。虽然他因律师资格问题被警察逮捕，但最终还是在好朋友沃利的帮助下得到解救。怀德曼写这部小说的用意在于：黑人民族只有把本民族的种族仇恨当作自己前进的动力，踏踏实实地工作，黑人民族才能在社会中得以生存并获得相应的权利。

种族仇恨消解的终极目标和终极意义是实现种族融合。怀德曼反对种族仇恨的宣扬和激进的种族对抗。在《私刑者》中，他通过"以暴制暴"计划的破产不仅规避了"黑人优越论"和"反向种族主义"，而且规避了更加深厚的种族仇恨和更加激烈的种族冲突。霍尔清楚地预料到了私刑计划可能给黑人社区带来的后果。"我们的行动可能有两种结果。他们要么袭击我们，要么退缩……对社区成员的一致屠杀是仅有的合适惩罚方式，这就意味着事实上他们是在宣战，是对我们社区独立的认可。"（TL 118）虽然他明确提出行动可能有两种结果，但很显然是第一种，他们的行动只会招致白人变本加厉的报复，由此导致黑人与白人更加激烈的流血冲突。此外，霍尔也知道计划实施本身也可能需要更多的流血牺牲，就如他在劝说威尔克森时说："你准备好随时为计划牺牲你自己的生命吗？这个计划值得你为它而死，若是必要，甚至值得上百人为它死。现在利害攸关的是流血，我们必须让他们清楚且精确地知道我们是认真的。"（TL 119）虽然霍尔具有大无畏的牺牲精神，但怀德曼并没有让他们所有人都牺牲，更没有让上百人牺牲。作者正是用"以暴制暴"计划的失败来规避更加深厚的种族仇恨和更加激烈的种族冲突，同时，他正是以此揭示，整个社会只有实现了种族融合，放弃种族仇恨和种族对立，才能避免更为严重的国家灾难和生命灾难。

怀德曼在主张种族融合主义的同时，意识到了黑人与白人融合的可能性。怀德曼在《霍姆武德之路》这一短篇小说中通过讲述自己的外祖母司博拉·欧文斯与白人丈夫查理·贝尔的美好爱情及美满婚姻揭示了这一点。外祖母欧文斯是南方奴隶主的私人财产，在她 18 岁时，奴隶主的儿子查理·贝尔爱上她。当他得知父亲会把她及她的两个儿子连同其他奴隶卖给投机商时，他毅然敲响欧文斯的门，带她及她的两个儿子连夜穿越重重荆棘和丛林，最终来到五百英里之外的北方，在霍姆武德定居下来，并由此建立了霍姆武德社区，从此繁衍子孙，代代生息。怀德曼通过此故事讲述了自己家族的起源，也揭示了并非所有的白人都是种族主义者，很多白人为黑人的自由平等作出了卓越贡献。同时，外祖母与外祖父的美满婚姻及在北方的艰苦奋斗经历暗示了无论白人还是黑人只要放弃种族偏见，就可以融洽相处，甚至拥有美满婚姻。虽然这只是生活个案，但作家认为只要这样的个案得到普及，黑人与白人的真正融合就充满希望。

在种族融合这一终极伦理理想的实现上，怀德曼鼓励黑人民族应该充满耐心和信心。他在《赞美沉默》中高度赞扬了黑人民族的沉默，认为沉默只是暂时等待，作为物质载体承载了整个民族对于伦理理想的追求。他对美国黑人的历史进行了精准的概况，即"等待的历史"：非裔民族从约旦河开始等，等到非洲的西岸，最后等到了美洲大陆。黑人民族选择沉默只是暂时的回避正面冲突并不是放弃，而黑人民族在沉默中真正蕴涵或者想要表达的是"等待奴隶制和种族歧视的终结，等待作为一等公民的正义和尊重，等待监狱的大门打开，等待城市医院的紧急病房和门诊的病人能够永生"①。这四个"等待"折射出美国非裔民族理想伦理的图景和期待，即自由平等、公平正义、种族融合及和平友爱。怀德曼非常清楚伦理理想实现的艰巨性，但他相信无论经历多少挫折和失望，但最后总归会实现，他铿锵有力地写道："梦想萌芽又破灭，然后又在沉默的子宫里萌芽。沉默虽然时时被失望和等待玷污着，但仍然也是希望的蓄水池。"②这一方面充分反映了非裔民族坚忍不拔的精神，颂扬了他们作为弱势族群在极端的逆境中仍保持乐观主义精神的超然生活态度，同时也鼓励黑人民族应该有足够的耐心用人性的力量化解种族仇恨，坚信伦理理想的实现。

---

① John Edgar Wideman. "In Praise of Silence." *Callaloo* 24. 1(2001) : 641.

② John Edgar Wideman. "In Praise of Silence." *Callaloo* 24. 1(2001) : 642.

余　　论

第一节　作为伦理表达的暴力书写

由于历史的创伤和现实的困境，当代城市黑人的暴力可谓层出不穷，不断影响和改变着美国民众的生活，成为美国迫切需要解决的种族问题和社会问题。由于黑人历史及生存经历的特殊性，他们暴力行为的产生不仅有着深刻的历史和社会根源，也受主观和客观双重因素的影响，同时，他们的暴力行为表现出不同寻常的本质内涵，这正是怀德曼在小说中不断思考和深化的课题。

约翰·怀德曼在思考这一课题时，深刻意识到这一主题在黑人民族中表现出普遍性、矛盾性和复杂性，因此在书写和探讨这一课题时表现出了历史学家的眼光、社会学家的智慧、心理学家的才智和小说家的敏锐，对美国黑人的暴力展开了多角度、多层次的论证。基于暴力在美国黑人中存在的普遍性，怀德曼将美国黑人的暴力分为美国黑人对白人的暴力、美国黑人内部的暴力和美国黑人青少年的暴力三个维度并进行书写，增加了对该课题思考的实际性和实践性，避免了空想性和抽象性。

怀德曼的小说首先致力于书写黑人对白人的暴力，并揭示其暴力产生的深层原因及表达的本质内涵。暴力在历史上一直是白人对黑人司空见惯的压制方式，而怀德曼的小说塑造了一批对白人实施暴力的黑人男性，其施暴主体和客体发生了根本性逆转，体现了黑人"以暴制暴"的

162

策略和观念。而且，怀德曼的小说分两个层次揭示了黑人实行"以暴制暴"的动因。第一，黑人民族的社会现实。种族隔离背景下的贫富反差、经济剥削导致的极度贫穷、司法保护的缺席及执法者的暴行迫使小说中的黑人使用暴力争取权益、维护基本的生存权。第二，黑人民族的民族心理。高涨的民族意识、扭曲的民族心理和内化的思维方式促使黑人用暴力实现民族解放、表达种族仇恨。同时，怀德曼的小说揭示了黑人对白人实施暴力的本质内涵，认为他们的暴力实质是一种政治表达，即黑人权力运动的反映、对国际政治运动与思潮的应答和对黑人民族新生的渴望。

同时，怀德曼的小说也致力于书写美国黑人内部的暴力，揭示其暴力产生的社会文化因素，及该维度的暴力蕴含的本质。怀德曼的小说分三个层次书写了黑人内部的暴力，即黑人男性之间的暴力、黑人两性之间的暴力和黑人父辈对孩子的暴力。小说揭示了黑人男性之间的暴力所表达的内涵，即个人英雄主义的族内彰显，并从底层黑人男性的生存环境和黑人知识分子与黑人大众的疏离两方面揭示黑人个人英雄主义行为出现的原因。同时，小说中黑人男性之间的暴力反映了他们生存窘境下的心理失衡。怀德曼的小说认为，黑人根深蒂固的男权思想、极端的利己主义思想和道德准则的丧失是黑人男性对女性实施暴力的主要因素，而黑人女性对黑人男性施加暴力是由于黑人女性意识觉醒，女性主体性深化。小说中黑人女性对孩子的暴力是由黑人女性的生存困境引起的，反映了黑人民族面对社会环境的恶化独特的爱的表达。

此外，黑人青少年的暴力也是怀德曼小说尤为关注的重点。怀德曼小说中的黑人青少年的暴力猖獗，呈现出极端恶性化趋势，它成为美国突出的社会问题。小说从黑人青少年的客观生存环境和主观认知角度揭示其暴力发生的背景及动因。从黑人青少年的客观生存环境来看，黑人家庭父性的缺失、政府霸权及司法扭曲、种族主义、美国的暴力环境使得黑人青少年缺少实现生存、健康成长的家庭环境和社会环境，迫使他们依靠暴力表达愤怒、掠夺资源、加入暴力组织。从黑人青少年的主观认知来看，黑人青少年对社会的运营模式和社会现实在认知上存在偏差，这导致他们靠暴力表达愤怒、获取钱权物，以期统治社会。事实上，小说中黑人青少年的暴力进一步凸显了黑人青少年一代的教育问题，即他们无法建立正确的人生观和价值观，强调了家庭教育、学校教育和社会教育的重要性。

对怀德曼小说中暴力的三个维度进行研究，不难发现，怀德曼在书写黑人暴力产生的动因时打破了二元对立的思维模式，把暴力产生的动因放在了历史、现实、家庭、社会、政治、经济、心理等多个方面来思考和统筹。在他的小说中，无论是哪个维度的暴力最终都可以上升到种族矛盾的范畴，因此，他把暴力产生的根源归因于存在于美国社会几百年、长期抹之不去的种族主义，并把批判的矛头指向了美国糟糕的社会体制，痛斥了美国社会体制浸染的种族主义。

同时，值得注意的是，虽然他把黑人暴力的根源归结于美国根深蒂固的种族主义，但他没有忽视种族矛盾内化和拓延作用下黑人内部问题的存在，如黑人男性的道德下滑、黑人男性的极端利己主义思想、黑人男性家庭责任感的缺失、黑人青少年人性的泯灭等。即便轰轰烈烈的黑人权力运动取得成功，抑或是种族主义得到根除，这些问题也不能随之消失。因此，他是从侧面对美国黑人男性提出了要求，即无论外部环境如何，黑人男性有必要提高个人修为，回到家庭中去，拥有家庭责任感，建立和谐的两性关系和两代关系，也对黑人族裔和美国社会提出了要求，即在竭力消除残留的种族主义的同时，营造有利于黑人青少年成长的文化环境和社会环境，高度重视他们的教育问题。

事实上，怀德曼的暴力书写过程正是他对美国黑人民族的生存困境进行关注的过程，也是对黑人民族的出路进行探寻的过程。在他看来，黑人民族正在面临历史、现实、未来三方面的困扰，找不到本民族的出路。在历史方面，黑人民族铭记着本民族在历史上遭受的屈辱和创伤，并使之成为根深蒂固的种族仇恨，形成一种民族心理；在现实方面，黑人民族目睹与白人日益加大的贫富差距，受到来自种族主义的现实教育，处处遭遇社会的不公；由于历史和现实处境的困扰，黑人民族自然看不到未来的曙光。因此，怀德曼正是意识到黑人民族既走不出历史，不能释怀种族仇恨，又不知除了使用暴力该如何面对现实，更看不到希望的曙光，才在小说中对黑人民族的出路进行探寻，为黑人族裔指明道路。

基于黑人民族对历史、现实、未来的困惑，怀德曼在暴力书写中为黑人民族指明方向，即他寄予的伦理理想。他认为黑人民族不应该带着种族仇恨看待历史，但同时也不应该遗忘和回避历史。此外，他在暴力书写中构建了他的社会理想，即种族的自由平等和种族融合，并彻底否定和批判了黑人种族优越论和反向种族主义及狭隘民族主义。总的来说，怀德曼把构建社会理想的方式投向了人性的力量，把社会力量的方向指向了"和"的方向。

在探究黑人民族出路的问题时，他主张用非暴力的手段争取权益，促进黑人民族的团结和发展。怀德曼在种族出路的探寻方面采取的是内外结合的方式，一方面鼓励黑人民族面对种族歧视和种族压迫从外部通过非暴力手段进行抗争，消除残留已久的种族主义；另一方面鼓励黑人同胞从内部着手，提高自己的修为和能力，建立和谐有序的家庭关系和伦理关系。

事实上，怀德曼对"和"的追求与他的个人、家族、族裔经历有着千丝万缕的联系。虽然法国理论家罗兰·巴特提出了"作者已死"的经典文学理论，认为文学批评应该完全脱离作家来研究和阐释文本，但对于怀德曼这种有着特殊个人及家庭经历的作家，这种方法显然是不合适的。美国评论家谷子欧曾指出，在学术界"怀德曼大多被描绘成在作品中反映他个人遭受悲剧的作家"[1]。事实上，他的暴力书写及背后的思想尤为如此。可以说，不了解他的个人、家族、族裔悲剧，就不能了解

---

① Tracie Church Guzzio. *All Stories are True: History, Myth, and Trauma in the Work of John Edgar Wideman*. Jackson: University Press of Mississippi, 2011: 4.

他的创作思想。怀德曼个人及家庭的悲剧在作品中得到真切的呈现，其中包括暴力带来的悲剧。早在 1976 年，弟弟罗比·怀德曼（Robby Wideman）曾因武装抢劫和谋杀被判终身监禁。无独有偶，时隔十年后的 1986 年，16 岁的次子雅各布·怀德曼（Jacob Wideman）在参加一次暑期夏令营时杀死了自己的室友，本是青少年的他被交由成人法庭处置，被判终身监禁。更为甚者，1993 年，他十几岁的侄子奥马尔（罗比的孩子）在一次酒吧的打架中被枪杀。这些暴力事件在他的作品中得到不同程度的反映，如他在短篇小说《托米》和长篇小说《躲藏之处》中对弟弟的抢劫事件进行了思考。虽然小说以托米（Tommy）为主人公，但显然小说是以弟弟罗比的抢劫事件为原型进行加工和创作的。塞缪尔在采访怀德曼时问及《躲藏之处》中的主人公托米是否基于弟弟的经历时，怀德曼坦率地承认：“是的，很大一部分是的。但托米同时又是一个小说化的人物。”①这一回答在承认小说虚构性的同时肯定其真实性。

　　基于以上几个暴力事件带来的家族悲剧，怀德曼对失去亲人的悲哀、痛苦和无奈有着最真切的感受。他在多部作品中描写了见不到儿子几近崩溃的状态，如《费城大火》中，儿子在监狱服刑，他表达了作为父亲无可奈何的心情：“话语在我们之间已经变得无用了，只是形式性的。它们不能装饰我们谈话所在的房间，但是电话响了，他在两千英里之外的地方，我们唯一能做的就是说话。我不能拥抱他，不能冲他微笑，看不见他长多大了。”（PF 99）可见，平常在我们看来很容易的行为如拥抱、微笑、见证成长，对于有着狱墙之隔的父与子来说，是一种奢侈，因此，他的字里行间充满了遗憾、懊恼和伤心。而且，他在《卡萨格蓝迪》表达了宁愿用自己的生命换取儿子生命的愿望。

　　同时，怀德曼也深切地体会到弟弟罗比的抢劫事件给母亲及亲人带

---

① Wilfred D. Samuels. "Going Home: A Conversation with John Edgar Wideman." *Conversations with John Edgar Wideman*. Jackson: University Press of Mississippi, 1998: 27.

来的伤害。他在多部作品的写作中把自己的家庭、家族纳入进来,《霍姆武德三部曲》甚至在学界被看成是记录和展现自己家族史的小说集。他在小说集的前言说明,《霍姆武德三部曲》是在 1973 年他回到霍姆武德参加外祖母的葬礼时家人和亲人所讲述的家族故事的基础上创作的(THB 10)。而且,他在小说正式开始之前以结构图的形式展现了1840—1960 年的家谱(Family Tree),这进一步增加了小说所具有的真实性。我们可以推断小说中关于母亲探监的情景正是他母亲真实生活的再现,虽然他多把母亲描绘成一个坚强刚毅、有担当、有责任感的母亲,但他多次描写了托米的监禁给母亲带来的悲痛,如在短篇小说《独居》中,他这样写道:

> 那是她要看望他必须要走的旅程,不是因为时间和公共汽车,而是要粗暴地拆卸自己。在回去的路上,她必须得再次把自己整合和组装起来,假装她刚刚去过的地方不存在,假装她所有周围的事物诸如沿着大街笨重地前行的公汽是熟悉而真实的,假装阿勒格尼河大街侧面积聚的购物中心、工厂和仓库起着有用且合理的作用,不只是出来嘲笑她,嘲笑她的无助。……他在另外一个世界,比上帝的仁慈更高的石墙后面的那个世界。(THB 143)

这是母亲去监狱探视托米的痛苦之旅,虽然母亲一向刚毅、坚强,但每一次探监都是拆卸自己的过程,只有把自己的身体和心理分离开来,才能去监狱探视,这反映了母亲悲痛之深。在返回的路上,才能把自己重新整合起来,然后自欺欺人地假装事情不存在,回到自己的现实生活中去,痛苦、伤心、绝望、无助的心情清晰可见。这是怀德曼母亲的痛苦之旅,又何尝不是怀德曼自己的痛苦之旅。

作为非裔作家,怀德曼对本民族的历史和现状有着深刻的了解,意识到暴力一直都是黑人民族生活的主旋律。小说中所揭示的白人对黑人的暴力如蓄奴时期中的私刑、“二战”中对黑人士兵的歧视和枪杀、北方城市黑人遭受白人的毒打、白人政府机构对黑人的轰炸都是对黑人民族生活的真实反映。尤其是怀德曼在电视上亲眼目睹了《费城大火》中政府对激进组织 MOVE 组织的轰炸事件的发生和报道，他通过妻子的反应讲述了这一事件："她尖叫了一声，没有说一个词：不要动遥控器。我一点也没动。我们都在床上。……屏幕里一个城市燃烧了，任何的一个大城市，美国的任何地方。CNN、美国有线新闻电视公司。成排的房子着火了，屋顶轮廓线在漆黑的天空中隐约可见。我们看着。"(PF 100)同时，怀德曼也见证了黑人民族的暴力行为。怀德曼生于1941年，且生活在北方城市，是在黑人民权运动和黑人权力运动中成长的一代，自然见证了黑人民众的极端暴力行为。他生活的20世纪八九十年代黑人内部的暴力和美国青少年的暴力极其普遍，正如非裔研究学者贝尔曼指出："'黑人对黑人'的犯罪和青少年的犯罪比例对于一般美国人来说特别突出，年轻人的暴力在少数族裔中是最突出的，年轻人的死亡数字每天都在上升。"①因此黑人年轻人成为危险人群和濒危人群，"对于25岁的黑人男性，80年代被谋杀的几率翻了倍，几乎是白人青少年的十倍"②。贝克曼认为"即使这个特殊的群体已经处于媒体的聚光灯下，相当少的人尝试着找到解决黑人年轻人问题的答案"③，而怀德曼作为黑人族裔的一份子，带着强烈的责任意识，试着通过小说告诉答案。

基于怀德曼本人、家庭成员及其族裔对暴力引起的悲剧和痛苦有着切肤的深刻体会和认识，他才在作品中大量描写惊心动魄、鲜血淋漓的暴力场面，揭示暴力的反伦理道德特性，指出暴力行为给家庭、社会、人类实际及可能带来的生命灾难和伦理灾难。怀德曼尤其注重对失去亲人的悲痛和无可奈何的心情进行描写，其目的是期望能让更多的读者体

---

①③　Felicia Beckmann. "The Portrayal of Africanna Males in Achebe, Marshall, Morrison, and Wideman." *Journal of Black Studies* 32. 4(2002)：405.

②　J. Leland and A. Samuels. "New Generation Gap." *Newsweek*, March 17, 1997：56.

会到这种感受，规避相似的悲剧，杜绝暴力行为的发生。怀德曼在作品中大量表现暴力、冲突及对抗，表面是在揭示社会的丑恶和肮脏，但其实质是对真善美和和谐社会的呼唤，正如邹建军在研究谭恩美小说的伦理思想时指出："'和'这样一种伦理思想，不仅体现在正面的和谐、和解、和睦等艺术现实上，也体现在相反的分离、对立、冲突等艺术现实上；同时，更重要的是体现在两者的有机统一上。'和'的反向艺术现实越突显，对'和'的呼唤就越强烈；'和'的正向艺术现实越弱小，对'和'的渴望就越深切。"①从这一意义来看，怀德曼小说中的暴力、冲突和对抗，显然是"和"的反向艺术现实，如此强烈地突显"和"的反面，反映了怀德曼对和平的期望，对正义和道理力量的渴望，对人间真情的希望，正如王家湘指出，他"在鼓励人们以行动把世界变成一个使人们能够更好地生活的地方"②。

　　基于以上的分析，我们不难看出，怀德曼正是因为本人曾深受暴力带来的悲剧之苦，见证了混乱的社会秩序，真切地感受到暴力带来的危害，深切地同情黑人族裔，才在小说中通过书写暴力给世人以警醒，规避相似的悲剧发生，同时主张通过人性的力量构建种族融合的社会理想，对和谐的家庭环境和社会环境充满期待和向往。究其本质而言，他的暴力书写是对社会现实的反映，是伦理表达的一种方式。

第二节　怀德曼的暴力书写与美国非裔文学传统

　　由于美国黑人民族生存经历的特殊性，暴力一直是黑人作家绕不开的话题，几乎每个黑人作家的作品中都会或多或少地涉及暴力。美国权威文学理论家哈罗德·布鲁姆在1973年出版的《影响的焦虑》中指出，

---

① 邹建军：《"和"的正向与反向——谭恩美长篇小说中的伦理思想研究》，华中师范大学博士学位论文，2008年，第196页。
② 王家湘：《20世纪美国黑人小说史》，南京：译林出版社，2006年，第545页。

文学后辈作家与文学前辈作家是"儿子"与"父亲"之间"俄狄浦斯"式的争斗关系，后辈作家不可避免地受到前辈作家的影响，同时，也焦虑地试图击败前辈作家，成为一个真正的创造者。怀德曼作为新生代作家对黑人文学史了解较为透彻，不可避免地受到了前辈作家的影响，其暴力书写有对前辈作家的继承。同时，他思想深邃、富有创造力，对前辈的思想有所"修正"，形成了自己的独特思想。与同时代作家的相比，他没有盲目地响应号召与人为伍，对文学原则的坚持体现了他的独特性。

一、对前辈黑人作家的继承与修订

怀德曼虽然深受白人教育的影响，曾经有意埋葬自己的过去和自己种族的历史文化，但 1968 年大学毕业后在宾夕法尼亚大学任教期间，应黑人学生的要求开设黑人文学课，成为他生活和思想的转折点，他开始认真阅读黑人作家的作品。自他的第三部作品开始，他小说的主题和主要人物变得与之前截然不同，转向关注黑人族裔问题和黑人历史文化传统。国内非裔文学研究学者王家湘把他的这一转变称之为"匆匆回归"①。他对黑人民族历史和黑人作家的了解奠定了他对黑人族裔关注的基础，这使得他的暴力书写具有兼收并蓄的特点。

约翰·奥布莱恩在 1972 年对他的访问中，直接问及除了受白人作家的影响是否受到了一些黑人作家的影响这一问题，怀德曼坦然承认："奴隶叙事、民间传说和理查德·赖特和拉尔夫·埃里森对我影响最为深远。这些东西在我的写作中正在开始得到表现。"②而且，他在接受威尔弗雷德·塞缪尔斯 1983 年的访问时再次指出了黑人前辈作家对他的影响：

---

① 王家湘:《20 世纪美国黑人小说史》，南京：译林出版社，2006 年，第524 页。

② John O'Brien. "John Wideman."*Conversations with John Edgar Wideman.* Jackson: University Press of Mississippi，1998：7-8.

　　我读过理查德·赖特和埃里森的一些作品。只要我对非裔美国文学的了解继续，我就是典型的传统学者。……当我研究这些作家（黑人作家）的时候，没有哪一个作家真的比其他作家更重要的。我接触了所有范畴的作品，我有着特别兼收并蓄的口味，可以说我是个特别兼收并蓄的读者。当我读理查德·赖特的作品或者关于赖特的作品时，我被带进他所做的事情里去了。没有几本书我愿意合上或是一点都不在乎，因为一本书是另外一种可以跟你谈话的思想，总是有些东西值得你学习。①

赖特和埃里森是影响怀德曼最为深远的作家，可以说，怀德曼正是在充分吸收黑人前辈作家作品精华的基础上进行书写的。虽然他没有直接指出他对黑人暴力主题的关注和书写是受黑人前辈作家的影响。怀德曼有对他们的作品进行过广泛阅读和细心研究，尤其是对赖特作品的格外青睐，不可避免地会在暴力的书写上继承他们的书写传统。

　　怀德曼小说的暴力书写对赖特、埃里森小说中暴力方面的继承主要表现在施暴主体上。跟两位前辈作家作品中的主人公一样，怀德曼小说中的主人公基本都是黑人青年男性，且施暴主体几乎都充满仇恨和愤怒，如《私刑者》的霍尔和赖斯、《躲藏之处》中的托米、《鲁本》中的瓦德尔和沃利等。怀德曼小说《躲藏之处》中的托米可以说是《土生子》中比格·托马斯的化身，他们都生活在生活底层，暴力成为他们唯一的生存手段。《鲁本》中的瓦德尔身上也有比格的影子，主要表现在内化的男权思想方面，为了自己的利益不惜残忍地对待自己的女朋友。《私刑者》中的霍尔更像是比格和《看不见的人》中主人公的结合体，一方面，霍尔更像是受过高等教育的比格，虽然受过高等教育，但依然挣扎在社会的底层，依靠暴力获得摆脱悲惨命运的机会；另一方面，霍尔是"看

---

① Wilfred D. Samuels. "Going Home: A Conversation with John Edgar Wideman." *Conversations with John Edgar Wideman.* Jackson: University Press of Mississippi, 1998: 18-19.

不见的人"的化身，他们都受过一定的高等教育，拥有很好的演讲才能，具有很高的政治热情并参加到政治活动中去。此外，《私刑者》中的赖斯是某公寓的楼房管理员，长期居住在地下室，长期不被别人关注，不能发出自己的声音，在某种程度上说是埃里森笔下"看不见的人"的翻版，只是他是没有受过教育且使用暴力的"看不见的人"。由此可见，怀德曼坦然承认他是个兼收并蓄的读者，事实上，他的兼收并蓄也表现在他的暴力写作方面。

与此同时，怀德曼的暴力书写及隐含的思想与两位前辈作家又不尽相同。赖特的作品充满暴力，他认为暴力是阶级革命的必要手段，而且他的作品具有很强的宣传性。赖特作为抗议作家的典型代表，需要的不是同情，而是对使黑人生活在暴力、凶残、冷酷之中的美国社会的控诉。怀德曼虽然深受赖特的影响，但在思想的表达上大相径庭，怀德曼虽然意识到暴力革命在改变殖民势力中的作用，但他没有对暴力进行宣传和推崇。怀德曼在控诉美国社会的同时，把小说角色放在自我反思的位置，正如基思·拜尔曼（Keith Byerman）在比较他跟赖特的异同时指出的，跟理查德·赖特一样，"暴力、贫穷、种族主义"是他小说的重要主题，不同的是他以自我反省的方式表现出来①。此外，不同于赖特，怀德曼认为黑人民族需要白人的同情，希望无论是黑人民族还是白人民族都能通过人性的力量化解种族仇恨，他承认了"人的美、恐惧和力量"②，而这一点正是赖特遭詹姆斯·鲍德温所批评的。

相对赖特来说，怀德曼与艾里森在思想上保持了更多一致性。埃里森在学界被公认为在作品中流露出反对使用暴力反抗种族压迫的作家，

---

① Bonnie TuSmith and Keith E. Byerman. *Critical Essays on John Edgar Wideman.* Knoxville: The University of Tennessee Press, 2006: 10.

② James Baldwin. "Everybody's Protest Novel." Eds. Henry Louis Gates Jr. and Nellie Y. McKay. *The Norton Anthology of African American Literature.* New York and London: W. W. Norton & Company, 1997: 1659.

这一点怀德曼与他保持了一致性。阿莎夫·拉什迪对怀德曼和艾莉森对暴力书写的相同点进行总结时指出："《私刑者》和《看不见的人》两位作家的共同点是在看清了暴力的诱惑力时，也看到了暴力的危险性；两位作家都以些许阴郁的基调结尾，要么是在等待，要么试着弄清楚对于那些不能接受自我中的他人观点的人，如何才是在复杂的世界中——选择要么是对他人的损害，要么是对自我的损害——实行社会责任。"①的确，两位作家以相似的结尾暗示了相同的暴力观，即暴力不能成为黑人解决民族问题的手段。此外，两位作家在否定暴力的时候都意识到黑人文化建设对于保持黑人民族活力、维护民族团结的重要性。怀德曼作为后辈作家与埃里森在暴力书写及思想上的相似之处绝非巧合，显然是对埃里森观点的吸收和借鉴。同时，怀德曼规避了埃里森书写的短处，如在很多黑人评论家看来，埃里森的小说没有对黑人所受歧视和迫害进行揭露和抗议，他逃避了黑人知识分子应尽的责任②，而怀德曼大胆地揭露了黑人从历史到现在所受的歧视和迫害，不仅自身通过写作践行着作为知识分子的责任，在学界被称为是"乐于践行作家责任"③的作家，而且在作品中通过暴力书写强调了黑人知识分子的中坚作用和应尽的责任。

鲍德温是继赖特和埃里森之后对于暴力有独特见解的人，但他对于暴力的态度分时期表现出不同。在早期，他相信人类之爱，对黑人的自由平等持有乐观的态度，坚决反对赖特的观点，并批判了赖特的抗议小说。在他看来，若是黑人与白人永无休止地互相攻击、互相反击，最后

---

①　Ashraf H. A. Rushdy. "'A Lynching in Blackface': John Edgar Wideman's Reflections on the Nation Question." *Critical Essays on John Edgar Wideman*. Eds. Bonnie TuSmith and Keith E. Byerman. Knoxville: The University of Tennessee Press, 2006: 124.

②　Henry Louis Gates Jr. and Nellie Y. McKay. *The Norton Anthology of African American Literature*. New York and London: W. W. Norton & Company, 1997: 1517.

③　James W. Coleman. "John Edgar Wideman." *African American Writers*. Ed. Valerie Smith. New York: Reed Business Information Inc, 1991: 703-809.

"只能一起掉进深渊"①。显然，怀德曼对于人类之爱的相信与鲍德温早期的观点是一致的。随着鲍德温对黑人族裔现状的不断深入了解，他的乐观变成了悲观和绝望，到了后期他相信美国黑人种族问题的解决将会有更多的暴力和流血，并使自己的小说具有抗议小说的特点。与鲍德温不同，怀德曼虽然到了后期尤其是自《费城大火》开始也对社会充满失望甚至是绝望，变得非常愤怒，但他仍然相信人类之爱，相信人性的力量，鼓励人们用行动使社会变得美好。

总的来看，怀德曼受赖特、埃里森和鲍德温等前辈作家的影响深远，其暴力书写具有兼收并蓄的特点。他书写暴力时充分吸收了前辈作家在暴力书写及思想方面的精华，同时，保持自己的独特性——对于人性的坚守和对"和"的追求，以此熔铸成新的思想盛宴。

二、对黑人艺术运动作家的驳斥

怀德曼的暴力书写及思想表达是对前辈思想精华的总结和升华，同时融入进自己的思想，可以说在某些方面超越了前辈。值得注意的是，与同时代作家相比，怀德曼在暴力书写及思想表达上坚守着他对文学和文学创作的原则，孤傲地自成一队，保持书写及思想上的独特性。

怀德曼的创作初期正值黑人权力运动高涨之际，一大批黑人作家为了响应黑人权力运动的号召并积极服务于该政治运动，在文艺界发起了被称为"黑人权力运动的重要喉舌"②的黑人文化艺术运动。黑人文化艺术运动要求作家能够创作出作为战斗武器的作品，用作品参与到黑人权力运动中去。在作品中，他们直接呼吁暴力，其中以黑人文化艺术运

---

① James Baldwin. "Everybody's Protest Novel." Eds. Henry Louis Gates Jr. and Nellie Y. McKay. *The Norton Anthology of African American Literature*. New York and London: W. W. Norton & Company, 1997: 1659.

② 王家湘：《20世纪美国黑人小说史》，南京：译林出版社，2006年，第219页。

动的发起者阿米里·巴拉卡为代表。他在《黑人艺术》这首诗歌中这样宣传他们的暴力主张："我们想要能杀戮的诗歌/暗杀者的诗歌，能开枪的诗歌/能将警察扭到小巷/缴获他们的武器、让他们死去/扯下他们的舌头、把他们送回爱尔兰的诗歌。"①这首诗歌很快成为黑人文化艺术运动的宣言，并影响了大批作家，创作了诸如"要不武装你，要不伤害你"这样的口号。此外，他在《革命的戏剧》的最后呼吁："我们需要的力量是 200 万幽灵疯狂地咆哮着，挥动着不可阻挡的武器，袭击美国。我们需要真真切切的爆炸和实实在在的残忍。"②此外，约翰·A·威廉姆斯也是黑人权力运动的积极参与者，他关注到了黑人的暴力反抗，在 1969 年写成的《黑暗之子，光明之子》正是他"以暴抗暴"主张的体现，正如王家湘在分析其小说名的寓意时所指出的："暴力是镇压反抗不公正社会的人民的'黑暗之子'，也是改变不公正社会的'光明之子'。"③除了以上提到的两位作家外，还有一大批这样的文艺战士积极响应黑人权力运动的主张，并为其呐喊助威。

与参与黑人文化艺术运动的黑人作家不同，怀德曼对黑人权力运动"以暴制暴"的主张持怀疑态度。正如本书第一章所述，怀德曼小说中黑人对白人实施暴力，是对黑人权力运动"以暴制暴"的反映。虽然怀德曼在作品和访谈中指出黑人对白人实施暴力是黑人在种族歧视语境下的无奈之举，但他仍然在作品中通过描写私刑和枪杀等暴力场面揭示了"以暴制暴"的反伦理道德性，认为即便施暴主体是处于社会底层的被压迫者也并不能改变"以暴制暴"反伦理道德的事实，同时，他通过塑

---

① Amiri Baraka. "Black Art." *The Norton Anthology of African American Literature.* Ed. Henry Louis Gates Jr. New York：Norton and Company Inc，1997：1883.

② Amiri Baraka. "The Revolutionary Theatre." *The Norton Anthology of African American Literature.* Ed. Henry Louis Gates Jr. New York：Norton and Company Inc，1997：1902.

③ 王家湘：《20 世纪美国黑人小说史》，南京：译林出版社，2006 年，第237 页。

造施暴对象的随意性揭示了他们"以暴制暴"的反社会公义性，此外，他还揭示了"以暴制暴"给黑人自身带来的危险性和悲剧后果。显然，怀德曼在作品中对"以暴制暴"的态度与黑人文化艺术运动的作家对其态度截然不同。

此外，怀德曼在访谈中直接指出他持怀疑态度的原因。他在接受采访时回答没有参加黑人文化艺术运动的原因时指出，因为当时自己正值在国外求学，但他又讲述了第二点原因，"可能是我一直都是个不合群的人，对群体、组织和运动都很怀疑，在那种处境下真的不是很自在。也许是因为太自负，或者也许是因为健康的怀疑态度或者其他"①，自己不合群的理由显然是作家的搪塞，"健康的怀疑态度"道出了问题的实质。鉴于怀德曼在作品中对暴力所表现出的态度，我们可以说，他对黑人艺术运动的怀疑态度首先指向的是"以暴制暴"的宗旨。他也曾在接受采访时立场鲜明地指出，20 世纪 60 年代时"某些东西错了"，其中"某些东西是指为了争取和平和独立的斗争变得越来越热"②，以至于他个人"感觉到了威胁，于是试着在《私刑者》中来谈论"③。他甚至认为"那个时候很少有人理解真正的行动在哪"④，其言下之意是"以暴制暴"的行为不是黑人民族的真正行动。总之，怀德曼对于暴力的态度与黑人文化艺术运动的作家背道而驰。

同时，怀德曼对暴力的书写方式也是对黑人文化艺术运动中作家的驳斥。对艺术形式的追求贯穿于怀德曼创作生涯的始终，他的暴力书写也不例外。他曾指出，"图默的《蔗》作为单个的作品由于它的实验性和

①② Charles H. Rowell. "An Interview with John Edgar Wideman." *Conversations with John Edgar Wideman.* Jackson：University Press of Mississippi，1998：89.

③ James W. Coleman. "Interview with John Edgar Wideman." *Conversations with John Edgar Wideman.* Ed. Bonnie TuSmith. Jackson：University Press of Mississippi，1998：70.

④ Charles H. Rowell. "An Interview with John Edgar Wideman."*Conversations with John Edgar Wideman.* Jackson：University Press of Mississippi，1998：90.

开放形式，及图默的视野，对我非常重要"①。在黑人作家使用现实主义手法之际，图默就在追求艺术形式的创新，如"将连贯叙述分成并列的片段、重心理现实胜于现实主义的叙述、重片段情节的象征主义胜于字面意义、以及将主导的隐喻提高到几乎神秘的地位"②。受图默艺术视野的影响，怀德曼在凸显暴力主题的同时，采用元历史、拼贴、反讽、想象、梦境等现代主义和后现代主义手法表现暴力，通过多叙述角度展开支离破碎的情节，想象、梦境的手法使得暴力叙事具有半实半虚的风格，体现了作家对艺术形式的追求。事实上，对文学艺术的追求贯穿于他的整个创作生涯。而黑人文化艺术运动的作家主要是在作品中宣传暴力，鼓动黑人大众，把作品作为战斗武器参与到黑人权力运动去，丢弃了文学作品的艺术性。怀德曼曾指出："60 年代，一些活动被承认和选定——也就是说，得到了宣传，得到了公众的注意——很多东西已经丢失了。就如此时此刻那些'举足轻重'的作家是因为很多原因变得很重要，而不是因为他们是最好的作家。"③可见，怀德曼不赞同他们把文学作品作为暴力宣传册子进行创作的行为，而是用实际行动证明文学创作应该将思想性与艺术性相结合。因此，不难看出，他正是看到了同时代作家在暴力书写上的不足，才用自己认同的方式和手法对暴力进行书写，并通过小说表达自己对暴力的看法。

因此，怀德曼的暴力书写及背后隐含的思想是对黑人艺术运动作家的不认同甚至驳斥，即他认识到了他们在文学创作及暴力主张和书写方面存在的问题，才以自己的方式在小说中凸显暴力，保持自己的独特性，坚持主题彰显与艺术追求的并重。

---

① John O'Brien. "John Wideman." *Conversations with John Edgar Wideman*. Jackson: University Press of Mississippi, 1998: 7-8.

② 王家湘：《20 世纪美国黑人小说史》，南京：译林出版社，2006 年，第 89 页。

③ Charles H. Rowell. "An Interview with John Edgar Wideman." *Conversations with John Edgar Wideman*. Jackson: University Press of Mississippi, 1998: 90.

　　值得注意的是，怀德曼虽然没有参与到黑人艺术运动中去，但他并不是不关心政治，而是恰恰对政治给予了格外关注，而且以自己的方式参加到政治活动中去。20世纪90年代，他以实际行动支持民族和个人解放斗争。当南非黑人反种族隔离活动家尼尔森·纳尔逊曼德拉（Nelson Mandela）出狱后第一次作关于反对种族隔离的演讲时，怀德曼跟他一起站上了讲台。可以说，他以自己独特的方式成为了活动家，参与到了反对种族主义的运动中去，为文学与政治的互动作出了贡献。

参 考 文 献

1. 英文文献

著作类

(1) Ache, Bertram D. *From within the Frame: Storytelling in African-American Fiction*. New York: Routledge, 2002.

(2) Anderson, Benedict. *Imagined Communities: Reflections on the Origin and Spread of Nationalism*. Wall Street: Verso, 1991.

(3) Auger, Philip. *Native Sons in No Man's Land: Rewriting Afro-American Manhood in the Novels of Baldwin, Walker, Wideman, and Gaines (Studies in African American History and Culture)*. Princeton: Garland Publishing Inc, 2000.

(4) Baker, Houston A. *Betrayal: How Black Intellectuals Have Abandoned the Ideals of the Civil Rights Era*. New York: Columbia University Press, 2008.

(5) Bell, Bernard W. *The Afro-American Novel and Its Tradition*. Amherst: University of Massachusetts Press, 1989.

(6) Bidingger, Elizabeth. *The Ethics of Working Class Autobiography: Representation of Family by four American Authors*. Jefferson: McFarland, 2006.

(7) Byerman, Keith Eldon. *John Edgar Wideman: A Study in Short Fiction*.

Madison, Wis.: Twayne, 1998.

(8) Byerman, Keith. *Remembering the Past in Contemporary African American Fiction.* Chapell Hill: The University of Carolina Press, 2005.

(9) Caponi, Gena Dagel. *Signifyin (g)*, *Sanctifyin' &Slam Dunking: A Reader in African American Expressive Culture.* Amherst: University of Massachusetts Press, 1999.

(10) Carson, Clayborne. *In Struggle: SNCC and the Black Awakening of the 1960s.* Cambridge Massachusetts and London: Harvard University Press, 1995.

(11) Challener, Daniel D. *Stories of Resilience in Childhood: The Narratives of Maya Angelou, Maxine Hong Kingston, Richard Rodriguez, John Edgar Wideman, and Tobias Wolff (Children of Poverty).* New York: Routledge, 1997.

(12) Clarke, John. *Malcolm X: The Man and His Times.* New York: Macmillan, 1969.

(13) Clontz, Ted L. *Wilderness City: the Post World War II American Urban Novel from Algren to Wideman.* New York: Routledge Taylor, 2005.

(14) Coleman, James W. *Black Male Fiction and the Legacy of Caliban.* Lexington: The University of Press Kentucky, 2001.

(15) Coleman, James W. *Blackness and Modernism: The Literary Career of John Edgar Wideman.* Jackson: University Press of Mississippi, 1989.

(16) Coleman, James W. *Writing Blackness: John Edgar Wideman's Art and Experimentation.* Baton Rouge: Louisiana State University Press, 2010.

(17) Davies, Carole Boyce. *Black women, Writing and Identity: Migrations of the Subjects.* London and New York: Rutledge, 1994.

(18) Folbre, Nancy. *The War on the Poor: A Defense Manual.* New York: New Press, 1996.

(19) Graham, Maryermma. *The Cambridge Companion to the African Ameri-*

can Novel. New York: The Cambridge University Press, 2004.

(20) Grant, Nathan. *Masculinist Impulses: Toomer, Hurston, Black Writing, and Modernity*. Columbia: University of Missouri Press, 2004.

(21) Guzzio, Tracie Church. *All Stories are True: History, Myth, and Trauma in the Work of John Edgar Wideman*. Jackson: University Press of Mississippi, 2011.

(22) Hurston, Zola Neale. *Their Eyes Were Watching God*. Chicago: University of Illinois Press, 1937.

(23) Lowe, John. *Conversations with Ernest Gaines*. Jackson: University Press of Mississippi, 1995.

(24) Mbalia, Doreatha Drummond. *John Edgar Wideman: Reclaiming the African Personality*. Selinsgrove, Penn: Susquehanna University Press, 1995.

(25) Mehnert, Klaus. *Twilight of the Young: The Radical Movements of the 1960s and Their Legacy*. New York: Holt, Rinehart and Winston, 1976.

(26) Moore, Leonard N. *Black Rage in New Orleans: Police Brutality and African American Activism from World War II to Hurricane Katrina*. Baton Rouge: Louisiana State University Press, 2010.

(27) Muse, Benjamin. *The American Negro Revolution: From Nonviolence to Black Power* 1963-1967. Bloomington and London: Indiana University Press, 1968.

(28) Ndibe, Okey. *History and Memory in the Fiction of Chinua Achebe, John Edgar Wideman, and Zakes Mda*. Amherst: University of Massachusetts Amherst Press, 2009.

(29) Ramsey, Priscillia. *Postmodernism, Culture and Class in John Edgar Wideman's Selected Fiction*. Parker: Outskirts Press, 2009.

(30) Russell, Heather. *Legba's Crossing: Narratology in the African Atlantic*.

Georgia: The University of Georgia Press, 2009.

(31) Satir, Virginia. *Conjoint Family Therapy*. Palo Alto: Science and Be-
havior Books, 1983.

(32) Sidel, Ruth. *Keeping Women and Children Last: America's War on the
Poor*. New York: Penguin Books, 1996.

(33) Simpson II, Tyrone R. *Ghetto Images in Twentieth-century American Lit-
erature: Writing Partheid*. New York: Palgrave Macmillan, 2012.

(34) Standley, Fred L. and Louis H. Pratt. *Conversations with James Bald-
win*. Jackson: University Press of Mississippi, 1989.

(35) Tucker, Linda G. *Lockstep and Dance: Images of Black Man in Popular
Culture*. Jackson: University Press of Mississippi, 2007.

(36) TuSmith, Bonnie and Keith E. Byerman. *Critical Essays on John Edgar
Wideman*. Knoxville: The University of Tennessee Press, 2006.

(37) TuSmith, Bonnie. *Conversations with John Edgar Wideman*. Jackson:
University Press of Mississippi, 1998.

(38) Walker, Alice. *The Color Purple*. Orlando, Austin, New York, San Di-
ego, London: A Harvest Book Harcourt, Inc, 1982.

(39) Wideman, John Edgar. *A Glance Away*. New York: Harcourt, 1967.

(40) Wideman, John Edgar. *Brothers and Keepers* (memoir). New York:
Henry Holt, 1984.

(41) Wideman, John Edgar. *Damballah*. New York: Avon, 1981.

(42) Wideman, John Edgar. *Fanon*. Boston: Houghton Mifflin, 2008.

(43) Wideman, John Edgar. *Fatheralong: A Meditation on Fathers and
Sons, Race and Society*. New York: Pantheon, 1994.

(44) Wideman, John Edgar. *Fever*. New York: Henry Holt, 1989.

(45) Wideman, John Edgar. *God's Gym*. Boston: Houghton Mifflin, 2005.

(46) Wideman, John Edgar. *Hiding Place*. New York: Avon, 1981.

(47) Wideman, John Edgar. *Hoop Roots: Basketball, Race, and Love*

（memoir）. Boston: Houghton Mifflin, 2001.

（48） Wideman, John Edgar. *Hoop Roots: Basketball, Race, and Love* (*memoir*). Boston: Houghton Mifflin, 2001.

（49） Wideman, John Edgar. *Hurry Home.* New York: Harcourt, 1970.

（50） Wideman, John Edgar. *Philadelphia Fire.* New York: Henry Holt, 1990.

（51） Wideman, John Edgar. *Reuben.* New York: Henry Holt, 1987.

（52） Wideman, John Edgar. *Sent for You Yesterday.* New York: Avon, 1983.

（53） Wideman, John Edgar. *The Cattle Killing.* Boston: Houghton Mifflin, 1996.

（54） Wideman, John Edgar. *The Homewood Books* (includes Damballah, Hiding Place and Sent for You Yesterday). Pittsburgh: University of Pittsburgh Press, 1992.

（55） Wideman, John Edgar. *The Island: Martinique.* National Geographic, 2003.

（56） Wideman, John Edgar. *The Lynchers.* New York: Harcourt, 1973.

（57） Wideman, John Edgar. *The Stories of John Edgar Wideman.* New York: Pantheon Books, 1992. Rpt. *All Stories Are True.* New York: Vintage Books, 1993.

（58） Wideman, John Edgar. *Two Cities.* Boston: Houghton Mifflin, 1998.

（59） Wideman, John Edgar. *Writing to Save a Life: The Louis Till File.* Washington D. C: Scribner, 2017.

论文

（1） Abu-Jamal, Mumia. "The Fictive Realism of John Edgar Wideman." *Black Scholar*28. 1(1998): 75-80.

（2） Baker, Lisa. "Storytelling and Democracy (in the Radical Sense): A Conversation with John Edgar Wideman." *African American Review* 34.

2(2000): 263-272.

(3) Baldwin, James. "Everybody's Protest Novel." Eds. Henry Louis Gates Jr. and Nellie Y. McKay. *The Norton Anthology of African American Literature*. New York and London: W. W. Norton and Company, 1997: 1654-1659.

(4) Baraka, Amiri. "Black Art." *The Norton Anthology of African American Literature*. Ed. Henry Louis Gates Jr. New York: Norton and Company Inc, 1997: 1883-1884.

(5) Baraka, Amiri. "The Revolutionary Theatre." *The Norton Anthology of African American Literature*. Ed. Henry Louis Gates Jr. New York: Norton and Company Inc, 1997: 1899-1902.

(6) Beckmann, Felicia. "The Portrayal of Africana Males in Achebe, Marshall, Morrison, and Wideman." *Journal of Black Studies* 32. 4 (2002): 405-421.

(7) Bennion, John. "The Shape of Memory in John Edgar Wideman's *Sent for You Yesterday*." *Black American Literature Forum* 20. 1/2 (1986): 143-150.

(8) Berben, Jacqueline. "Beyond Discourse: The Unspoken Versus Words in the Fiction of John Edgar Wideman." *Callaloo* 25(1985): 525-534.

(9) Berben-Masi, Jacqueline & John Edgar Wideman. "From 'Brothers and Keepers' to 'Two Cities': Social and Cultural Consciousness, Art and Imagination an Interview with John Edgar Wideman." *Callaloo* 22. 3 (1999): 568-584.

(10) Berben-Masi, Jacqueline. "Mother Goose and Brother Loon: The Fairy-Tale-in-the-Tale as Vehicle of Displacement." *Callaloo* 22. 3(1999): 594-602.

(11) Berben-Masi, Jacqueline. "Prodigal and Prodigy: Fathers and Sons in Wideman's Work." *Callaloo* 22. 3(1999): 676-684.

(12) Birat, Kathie. "'All Stories Are True': Prophecy, History and Story in 'The Cattle Killing.'" *Callaloo* 22. 3(1999): 629-643.

(13) Birkerts, Sven. "The Art of Memory." *New Republic*207. 3/4(1992): 42-49.

(14) Byerman, Keith. "Remembering History in Contemporary Black Literature and Criticism." *American Literary History* 3. 4(1991): 809-816.

(15) Carden, Mary Paniccia. "'If the City Is a Man': Founders and Fathers, Cities and Sons in John Edgar Wideman's 'Philadelphia Fire.'" *Contemporary Literature*44. 3(2003): 472-500.

(16) Claude Julien. "John Wideman's Memoirs, or the Ghosts on the Racial Mountain." *Transatlantica: Revue d'Études Américaines*1 (2009): 1765-2766.

(17) Clausen, Jan. "Native Fathers." *The Kenyon Review*14. 2(1992): 44-55.

(18) Coleman, James W. "John Edgar Wideman." *African American Writers*. Ed. Valerie Smith. New York: Reed Business Information Inc, 1991: 703-809.

(19) Coleman, James W. "John Edgar Wideman." *African American Writers* (Volume 2). Ed. Valerie Smith. New York: Scribner, 2001: 793-810.

(20) Dubey, Madhu. "Contemporary African American Fiction and the Politics of Postmodernism." *NOVEL: A Forum on Fiction*35. 2/3(2002): 151-168.

(21) Dubey, Madhu. "Literature and Urban Crisis: John Edgar Wideman's Philadelphia Fire." *African American Review*32. 4(1998): 579-595.

(22) Dyer, Ervin. "Wideman's Basketball Diary and Anthology of Hope." *New Crisis*108. 5(2001): 66-67.

(23) Fabre, Michel. "Opening of the Symposium in Tours." *Callaloo*22. 3

(1999): 586-593.

(24) Feith, Michel. "'The Benefit of the Doubt': Openness and Closure in 'Brothers and Keepers'." *Callaloo*22. 3(1999): 665-675.

(25) Gates, Henry Louis Jr. and Nellie Y. McKay. *The Norton Anthology of African American Literature*. New York and London: W. W. Norton & Company, 1997.

(26) Giles, James R. *Violence in the Contemporary American Novels: An End to Innocence*. Columbia: University of South Carolina Press, 2000.

(27) Grandjeat, Yves-Charles. "'These Strange Dizzy Pauses': Silence as Common Ground in J. E. Wideman's Texts." *Callaloo* 22. 3(1999): 685-694.

(28) Grandjeat, Yves-Charles. "Brother Figures: The Rift and Riff in John E. Wideman's Fiction." *Callaloo*22. 3(1999): 614-622.

(29) Gysin, Fritz. "John Edgar Wideman's 'Fever'." *Callaloo*22. 3 (1999): 715-726.

(30) Gysin, Fritz. "'Do Not Fall Asleep in Your Enemy's Dream': John Edgar Wideman and the Predicaments of Prophecy." *Callaloo*22. 3 (1999): 623-628.

(31) Gysin, Fritz. "From 'Liberating Voices' to 'Metathetic Ventriloquism': Boundaries in Recent African-American Jazz Fiction." *Callaloo*25. 1(2002): 274-287.

(32) Hoem, Sheri I. "Disabling Postmodernism: Wideman, Morrison and Prosthetic Critique." *Novel: A Forum on Fiction*35. 2/3(2002): 193-210.

(33) Hoem, Sheri I. "Recontextualizing Fathers: Wideman, Foucault and African American Genealogy." *Textual Practice*14. 2(2000): 235-251.

(34) Hogue, W. Lawrence. "Radical Democracy, African American (Male) Subjectivity, and John Edgar Wideman's 'Philadelphia

Fire.'"*MELUS*33. 3(2008): 45-69.

(35) Hume, Kathryn. "'Dimensions' and John Edgar Wideman's Mental Cosmology."*Contemporary Literature* 44. 4(2003): 697-726.

(36) Julien, Claude. "The Silent Man's Voice in 'The Statue of Liberty.'" *Callaloo*22. 3(1999): 740-749.

(37) Kutzinski, Vera M &Robert B. Stepto. "Introduction." *Callaloo*25 (1985): 507-509.

(38) Larner, John W. "News and Comments." *Pennsylvania History*58. 2 (1991): 146-151.

(39) Law, Violet. "John Edgar Wideman." *Progressive*72. 4(2008): 33-35.

(40) Lee, James Kyung-Jin. "Where the Talented Tenth Meets the Model Minority: The Price of Privilege in Wideman's 'Philadelphia Fire' and Lee's 'Native Speaker.'" *NOVEL: A Forum on Fiction*35. 2/3 (2002): 231-257.

(41) Leland, J. and A. Samuels. "New Generation Gap," *Newsweek*, March 17, 1997.

(42) Lustig, Jessica. "Home: An Interview with John Edgar Wideman." *African American Review*26. 3(1992): 453-457.

(43) Marcus, James. "The Pain of Being Two." *Nation* 243. 10(1986): 321-322.

(44) Millet, Kate. "Sexual Politics." *Feminism in Our Time*. Ed. Miriam Schneir. New York: Vintage Books, 1994.

(45) Moorer, Talise D. "Black Writers Connecting with Community and History." *New York Amsterdam News*94. 13(2003): 39.

(46) ndrade, Heather. "'Mosaic Memory': Auto/biographical Context(s) in John Edgar Wideman's 'Brothers and Keepers'." *The Massachusetts Review*40. 3(1999): 342-366.

(47) Okonkwo, Chris &John Edgar Wideman. "'It Was like Meeting an Old

Friend': An Interview with John Edgar Wideman." *Callaloo*29. 2
(2006): 346-360.

(48) Palleau-Papin, Françoise. "Of Balloons in John Wideman's Fiction."
*Callaloo*22. 3(1999): 644-655.

(49) Pearsall, Susan M. "'Narratives of Self' and the Abdication of Au-
thority in Wideman's 'Philadelphia Fire'". *MELUS*26. 2(2001): 15-
46.

(50) Price, Susan. "The Astonishing Life of John Edgar Wideman." *The
Journal of Blacks in Higher Education* 10(1995-1996): 113-115.

(51) Raynaud, Claudine. "'Mask to Mask. The 'Real' Joke': Surfiction/
Autofiction, or the Tale of the Purloined Watermelon." *Callaloo*22. 3
(1999): 695-712.

(52) Richard, Jean-Pierre. "From Slavers to Drunken Boats: A Thirty-Year
Palimpsest in John Edgar Wideman's Fiction." *Callaloo*22. 3(1999):
656-664.

(53) Richard, Jean-Pierre. "'Philadelphia Fire', or the Shape of a City."
Callaloo 22. 3(1999): 603-613.

(54) Richard, Jean-Pierre. "John Edgar Wideman: A Bibliography of Pri-
mary and Secondary Sources."*Callaloo*22. 3(1999): 750-758.

(55) Riley Fast, Robin. "Brothers and Keepers and the Tradition of the
Slave Narrative."*MELUS* 22. 4 (1997): 3-20.

(56) Robertson, Vida A. "The Great White Hope: Black Albinism and the
Deposing of the White Subject in John Edgar Wideman's Sent for You
Yesterday." *Studies in Literature & Language* 3. 1(2011): 1-10.

(57) Rushdy, Ashraf H. A. "Fraternal Blues: John Edgar Wideman's Home-
wood Trilogy." *Contemporary Literature*32. 3(1991): 312-345.

(58) Samuels, Wilfred D. "Going Home." *Callaloo* 17(1983): 40-59.

(59) Schaeper, Thomas J. &Kathleen Schaeper. "The Black Trailblazers in

the Rhodes Scholarship Program." *The Journal of Blacks in Higher Education*22(1998-1999): 114-115.

(60) Seymour, Gene. "Dream surgeon." *Nation*263. 13(1996): 58-60.

(61) Trussler, Michael. "Literary Artifacts: Ekphrasis in the Short Fiction of Donald Barthelme, Salman Rushdie, and John Edgar Wideman." *Contemporary Literature* 41. 2(2000): 252-290.

(62) Varsava, Jerry. "'Woven of Many Strands': Multiple Subjectivity in John EdgarWideman's 'Philadelphia Fire.'" *Critique* 41. 4(2000): 425-444.

(63) Weets, Tatiana. "The Negotiation of Remembrance in 'Across the Wide Missouri.'" *Callaloo*22. 3(1999): 727-739.

(64) Wellington, Darryl Lorenzo. "Behind the Masks." *Dissent*55. 3 (2008): 104-108.

(65) West, Thomas R. "White Power, White Fear." *Rhetoric Review*24. 4 (2005): 385-388.

(66) Windeman, J. E. "In Praise of Silence." *Callaloo*24. 1, 2001: 641-643.

(67) Windeman, J. E. "What Black Boys are Up Against," *Essence* 11 (2003): 186-188.

(68) Wideman, John Edgar &Sheri I. Hoem. "'Shifting Spirits': Ancestral Constructs in the Postmodern Writing of John Edgar Wideman." *African American Review*34. 2(2000): 249-262.

博士学位论文

(1) Auger, Philip George. "ReWrighting Afro-American Manhood: Negotiations of Discursive Space in the Fiction of James Baldwin, Alice Walker, John Edgar Wideman, and Ernest Gaines." University of Rhode Island, 1995.

（2）Bidinger, Elizabeth Ann. "A Long Way from Home: Class, Identity, and Ethics in Autobiography (John Edgar Wideman, Russell Baker, Agate Nesaule, Bobbie Ann Mason)." The University of Connecticut, 2004.

（3）Chandler, Aaron. "Pursuing Unhappiness: City, Space, and Sentimentalism in Post-cold War American Literature." The University of North Carolina at Greensboro, 2009.

（4）Crawford, Margo Natalie. "Transcendence versus the Embodiment of Racial Abstraction in Novels by William Faulkner, Toni Morrison, and John Edgar Wideman." Yale University, 1999.

（5）Henry, Kajsa K. & Dickson-Carr, Darryl. "A Literary Archaeology of Loss the Politics of Mourning in African American Literature." Florida State University, 2006.

（6）Kim, Min Hoe. "Present Pasts: The Politics of Memory and Strategic Representations of Identity in Ethnic American Writers' Works since the 1980s." The George Washington University, 2008.

（7）Launius, Christie Lynn. "Stories of School, Stories of Class: The working-class Encounter with the Academy in 20th Century United States Writing." The University of Wisconsin-Milwaukee, 2003.

（8）Mason, Lauren Camille. "Postcards from the Edge-city: Mass-media and Photographic Images in Contemporary Novels of the Black Diaspora." Michigan State University, 2011.

（9）Muyumba, Walton M. "Trouble No More: Blues Philosophy and Twentieth Century African-American Experience." Indiana University, 2001

（10）Severs, Jeffrey Frank. "Reinventing Totalitarianism in the Postwar American Novel." Harvard University, 2007.

（11）Simpson, Tyrone R. "Under Psychic Apartheid Literary Ghettoes and the Making of Race in the Twentieth-century American Metropolis (Anzia Yezierska, Michael Gold, Gloria Naylor, John Edgar Wideman）." Indiana University, 2004.

（12）Still, Erica Lynn. "Prophetic Remembrance：African American and Black South African Narratives of Trauma." The University of Iowa, 2007.

（13）Waltonen, Timothy Fredrick. "Towards a Prosaics of Contemporary American Short Fiction：Metonymies of 'City Life' in Donald Barthelme, Grace Paley, and John Edgar Wideman." The George Washington University, 2005.

2. 中文文献

著作类

（1）陈嘉放、邓鹏：《文明与暴力》，成都：四川人民出版社，2003 年。

（2）窦炎国：《伦理学原理》，北京：中国科学出版社，2010 年。

（3）冯特君：《当代世界政治经济与国际关系》，北京：中国人民大学出版社，1988 年。

（4）顾兴斌：《二战后美国黑人的社会地位研究》，南昌：江西人民出版社，2003 年。

（5）郭建新、杨文兵：《新伦理学教程》，北京：经济管理出版社，1999 年。

（6）华红琴：《社会心理学原理与应用》，上海：上海大学出版社，2009 年。

（7）姬虹：《当代美国社会》，北京：社会科学文献出版社，2012 年。

（8）嵇敏：《美国黑人女性主义视域下的女性书写》，北京：科学出版社，2011 年。

（9）金炳镐：《民族理论通论》，北京：中央民族大学出版社，1994 年。

（10）雷雨田：《上帝与美国人：基督教与美国社会》，上海：上海人民出版社，1994 年。

（11）李静：《民族心理学教程》，北京：民族出版社，2006 年。

（12）刘绪贻：《战后美国史：1945—1986》，北京：人民出版社，1989年。

（13）刘永涛：《当代美国社会》，北京：社会科学文献出版社，2001年。

（14）罗良功：《艺术与政治的互动：论兰斯顿·休斯的诗歌》，上海：上海外语教育出版社，2010 年。

（15）吕庆广：《60 年代美国学生运动》，南京：江苏人民出版社，2005年。

（16）聂珍钊：《文学伦理学批评及其它：聂珍钊自选集》，武汉：华中师范大学出版社，2012 年。

（17）隋红升：《危机与建构——欧内斯特·盖恩斯小说中的男性气概研究》，杭州：浙江大学出版社，2011 年。

（18）汪献平：《暴力电影：表达与意义》，北京：中国传媒大学出版社，2007 年。

（19）王恩铭：《美国黑人领袖及其政治思想研究》，上海：上海外语教育出版社，2006 年。

（20）王家湘：《20 世纪美国黑人小说史》，南京：译林出版社，2006年。

（21）王守仁、吴新云：《性别·种族·文化：托妮·莫里森与美国二十世纪黑人文学》，北京：北京大学出版社，1999 年。

（22）王晓英：《走向完整生存的追寻：艾丽丝·沃克妇女主义文学创作研究》，苏州：苏州大学出版社，2008 年。

（23）张京媛：《新历史主义与文学批评》，北京：北京大学出版社，1997 年。

（24）郑建青、罗良功：《全球语境下美国非裔文学国际研讨会论文集》，武汉：华中师范大学出版社，2011 年。

（25）中国人民解放军五二九七七部分理论组，南开大学历史系美国史研究室及七二届部分工农兵学员：《美国黑人解放运动简史》，北京：人民出版社，1977年。

（26）周振想：《青少年犯罪学》，北京：中国青年出版社，2004年。

（27）资中筠：《20世纪的美国》，北京：生活·读书·新知三联书店，2007年。

译作类

（1）［美］L. 达维逊、L. K. 果敦：《社会性别学》。程志民等译，重庆：重庆出版社，1989年。

（2）［印］阿马蒂亚·森：《身份与暴力：命运的幻想》，北京：中国人民大学出版社，2009年。

（3）［英］安德鲁·瑞格比：《暴力之后的正义与和解》，刘成译，南京：译林出版社，2003年。

（4）［美］查尔斯·蒂利：《集体暴力的政治》，谢岳译，上海：上海人民出版社，2006年。

（5）［美］大卫·雷·格里芬：《后现代主义精神》，王成兵译，北京：中央编译出版社，1997年。

（6）［美］弗朗兹·法农：《黑皮肤，白面具》，万冰译，南京：译林出版社，2005年。

（7）［美］弗朗兹·法农：《全世界受苦的人》，万冰译，刘东主编，南京：译林出版社，2005年。

（8）［美］盖勒特·斯图尔特：《小说暴力：维多利亚小说的形义叙事学解读》，陈曦、杨春译，上海：上海外语教育出版社，2013年。

（9）［法］亨利·列斐伏尔：《空间：社会产物与使用价值》，《现代性与空间的生产》，包亚明主编，上海：上海教育出版社，2003年。

（10）［美］劳伦斯·斯滕伯格：《青春期：青少年的心理发展和健康成长》（第七版），戴俊毅译，上海：上海科学院出版社，2009年。

（11）［美］理查德·赖特：《土生子》，施咸荣译，上海：上海译文出版社，1983 年。

（12）［法］卢梭：《社会契约论》，北京：商务印书馆，1980 年。

（13）［法］米歇尔·福柯：《规训与惩罚》，刘北成、杨远璎译，北京：
生活·读书·新知三联书店，1999 年。

（14）［法］乔治·索雷尔：《论暴力》，乐启良译，上海：上海人民出版
社，2005 年。

（15）［美］赛义德：《后殖民主义文化理论》，陈永国等译，北京：中国
社会科学出版社，1999 年。

（16）［斯洛文尼亚］斯拉沃热·齐泽克：《暴力：六个侧面的反思》，唐
健、张嘉荣译，北京：中国法制出版社，2012 年。

（17）［英］泰德·洪德里奇：《恐怖之后》，汪洪章、吴猛译，上海：上
海人民出版社，2005 年。

期刊类

（1）陈红：《后现代语境下的族裔关怀——论怀德曼〈费城大火〉的后现
代叙事策略》，《国外文学》，2011（2）：129-136。

（2）陈红：《内城区非裔生活的首席记录者——评美国作家约翰·埃德
加·怀德曼的创作》，《外国文学动态》，2013（6）：23-25。

（3）戴桂斌：《略谈民族心理》，《青海社会科学》，1988（1）：86-90。

（4）董乐山：《美国社会的暴力传统》，《美国研究》，1987（2）：36-50。

（5）封金珂：《艾丽斯·沃克笔下的性别暴力》，《福建论坛》，2010（6）：
54-56。

（6）高静文、赵璇：《民族心理与边疆社会稳定》，《中南民族大学学
报》，2010（1）：5-9。

（7）刘果：《霍姆武德三部曲中父亲的缺席之因》，《剑南文学》，2012
（6）：45。

（8）吕红艳：《20 世纪 60 年代以来美国女性单亲家庭变迁探析》，《世
界历史》，2011（3）：66-78。

（9）梅萍、周凤琴：《制度正义、伦理秩序与社会和谐》，《云南社会科学》，2008(5)：5-9。

（10）聂珍钊：《文学伦理学批评：基本理论与术语》，《外国文学研究》，2010(1)：12-22。

（11）聂珍钊：《文学伦理学批评：伦理选择与斯芬克斯因子》，《外国文学研究》，2011(6)：1-13。

（12）秦殿才：《改革开放与民族心理结构的调整》，《内蒙古社会科学》，1988(1)：39-41。

（13）谭占海：《托尼·莫尼森〈宠儿〉中的暴力与社区》，《科技信息》，2006(9)：120、112。

（14）王胤颖：《论述二十世纪九十年代美国的犯罪问题》，《犯罪研究》，2002(2)：42-48。

（15）吴海芳：《小说〈所罗门之歌〉中暴力主题探析》，《常州大学学报（社会科学版)》，2012(4)：89-92。

（16）谢国荣：《1960 年代中后期的美国〈黑人权力〉运动及其影响》，《世界历史》，2010(1)：40-51。

（17）谢国荣：《20 世纪 30 年代美国南部妇女阻止私刑协会的活动及其影响》，《世界历史》，2012(1)：66-78、160。

（18）许如江、赵长青：《少数民族思维方式的变革和现代化建设》，《云南民族学院学报》，1998(4)：9-13。

（19）薛璇子、庞好农：《后现代叙述空间的本真还原：评维德曼〈法侬〉》，《西安外国语大学学报》，2012(3)：96-99。

（20）易建红：《文学伦理学批评视域中的〈海狼〉》，《外国文学研究》，2012(4)：119-126。

（21）应伟伟：《莫里森早期小说中的身体政治意识与黑人女性主题建构》，《当代外国文学》，2009(2)：45-52.

（22）于文秀：《后殖民批评理论先驱法侬思想评析》，《文艺评论》，2004(5)：24-28。

（23）张立新：《美国文学和文化中的暴力传统》，《外国语言文学》，
2006（1）：46-52。

（24）张欣：《〈白娘子〉和〈美人鱼〉的斯芬克斯之谜与伦理选择》，《外
国文学研究》，2018（3）：110-119。

（25）张琼：《论约翰·怀德曼作品的沉默书写》，《浙江师范大学学
报》，2019（1）：92-98。

（26）张琼：《私刑计划的破产与黑人权力运动的反思——解读约翰·怀
德曼的〈私刑者〉》，《英美文学研究论丛》，2014（20）：278-290。

（27）朱静辉：当代中国家庭代际伦理危机与价值重建.《中州学刊》，
2013（12）：107-112。

（28）朱小琳：《托尼·莫尼森小说的暴力世界》，《外国文学评论》，
2009（2）：168-176。

硕博论文

（1）李慧源：《不忘过去：约翰·埃得迦·韦德曼的霍姆武德三部曲研
究》，硕士学位论文，湖南科技大学，2008年。

（2）马超男：《当代美国下层黑人女性婚姻困境极其原因分析》，硕士
学位论文，东北师范大学，2010年。

（3）倪建刚：《浅析20世纪70、80年代美国黑人高暴力犯罪率的主要
原因》，硕士学位论文，中国人民大学，2005年。

（4）潘畅：《毁灭之"爱"与弥合之情——浅析托尼·莫尼森黑人内部暴
力》，硕士学位论文，上海外国语大学，2010年。

（5）王陶：《马尔科姆·爱克斯黑人民族主义思想探析》，硕士学位论
文，山东大学，2009年。

（6）叶志伟：《1964—1968年美国城市种族暴力冲突极其原因》，硕士
学位论文，东北师范大学，2002年。

（7）张惠珺：《从废奴到民权：百年黑人民权运动思想演变历程探析》，
硕士学位论文，苏州大学，2010年。

（8）邹建军：《"和"的正向与反向——谭恩美长篇小说中的伦理思想研
    究》，博士学位论文，华中师范大学，2008 年。

其他

（1）潘晓娟、张辰农主编：《当代西方政治学新词典》，长春：吉林人民
    出版社，2001 年。

（2）钱俊：《姐妹情谊》，《文化研究关键词》，汪民安主编，南京：江
    苏人民出版社，2011 年。

（3）汝信主编：《社会科学新辞典》，重庆：重庆出版社，1988 年。

后　记

　　拙作主要以怀德曼小说的暴力书写为视角来管窥作家的伦理表达，对于一位主题丰富、思想深刻的后现代小说家而言，其视角无疑是不够全面的。除了暴力之外，历史、创伤、城市、种族关系、父子关系等都是怀德曼小说的突出视角和主题，且与其他作家相比都有自己的独特之处。然而，鄙人学识浅薄，拙作的深度可能有一定的局限性。值得欣慰的是我还能继续积淀学术养分，就怀德曼的小说进行深入思考，在我另一项国家社会科学青年项目里继续深入探讨。

　　拙作将成为我主持的教育部社会科学青年项目"黑人暴力书写与伦理思想表达：约翰·怀德曼小说研究"的最终成果。该项目是博士学位论文的拓展和深化研究，因此本书稿也是基于博士论文的再思考修改而成。完成书稿已是论文答辩后四年有余，当时邀请到武汉大学外国语学院任晓晋教授来主持我的论文答辩，他给予我的论文很多中肯的建议；华中师范大学文学院聂珍钊教授及苏晖教授、华中师范大学外国语学院张强教授担任答辩委员，他们犀利且善意的批评让我受益匪浅。以后的日子里，我谨遵导师及专家们的建议并进一步思考，分别于 2015 年和 2016 年以怀德曼的小说为研究对象获批教育部社会科学青年项目和国家社会科学青年项目，这对于我的学术研究是莫大的鼓励，同时我也坚定了学术研究的信心。

　　四年来，我的博士生导师罗良功教授对我论文的写作、项目的申报和本书的修改给予了很多珍贵的意见，本人衷心地表示感谢。现借江西

198

师范大学外国语学院学科建设之机让拙作得以出版，在这过程中，外国语学院李勇忠院长、易娟书记、李玉英教授十分关心本书的修改和出版进度，外国语学院的其他领导和同事尤其是文学研究中心团队对本书的出版给予了很多无私的帮助，本人在此一并表示感谢。

随着四年时间的帷幔慢慢落下，我也从一名单纯懵懂的毕业生转型为了一名大学教师，并开始为人妻为人母，成功实现了伦理身份的转变。我深知自己应负的伦理义务和伦理责任，在认真对待工作和生活的同时，不仅学术上有了进一步思考，生活上也有更多的感悟。修改本书时，正值一岁半的儿子真正学会独立走路，作为母亲甚感欣慰。他经常跳着他的小碎步跑进书房，"啪"地为我合上电脑，我顿感工作后科研之路的艰难，不管怎样都要感谢可爱的儿子为我枯燥的科研生活增添了太多乐趣，同时也感谢老公和公婆分担了不少家务，我才能抽出些许的时间完成拙作的修改。人生总是有所得就有所失，在我科研和生活都收获较多的同时，最爱我的母亲离开了，让年仅三十来岁的我就体会了失去至亲的泣血之苦和切肤之痛。母亲一生辛劳，女儿无以为报，现将人生中的第一部专著献给她，希望远在天堂的她不会经历病痛，在看到女儿的些许收获和微不足道的成就时能聊以慰藉。令我悲痛的是，当年推荐我考博士的李权文教授也因突发心脏病溘然长逝，学生只能以更丰富的著述和更多的科研成果回报他的推荐之恩。

事实上，今天所有的收获尤其是项目的获批和本书的付梓都得益于博士研究生期间三年全身心投入学术研究的沉淀和积累。正如我在博士论文的致谢中所言，三年的博士研究生生活是我人生最可贵的岁月，其中的收获将是我一生永远的财富，我时常追忆那段时光，虽然异常艰辛，但其中的幸福感和收获是人生的任何阶段都无可比拟的。然而，无论我如何追忆那段时光，那都只能成为永远的记忆。我决定重录当时博士论文的致谢作为对本书的成稿给予过支持和帮助的师长、朋友和亲人的再次感谢。全文摘抄如下：

　　三年的博士学习生涯随着这篇博士论文的致谢写作即将结束，意味着自己得真正地跟学生时代说"再见"了，顿时五味杂陈，感慨颇多。生活在网络异常发达的媒体时代，充满着比以往任何时代都更多的诱惑。看着以前的同学要么穿梭于国内外游山玩水，要么结婚生子各种恩爱幸福，而自己得坐在图书馆抑或是电脑前沉下心来阅读不计其数的外文文献，冥思苦想着论文的构架和论证，心里着实觉得孤独和寂寞，但在今天看来，这段日子又着实是人生最幸福的时光，因为这是人生经历的凝练，也是人生的自我完善。从对学术的懵懂到对学术的热爱，我知道我的身上被注入了新的血液，这种改变是千金难买的珍贵礼物。带着这份珍贵礼物，我有太多的感恩需要倾诉。

　　我要感谢我的母校华中师范大学。华师大让我真正感受到百年老校的魅力，让我感受到人文底蕴的奇妙，让我感受到真正"大家"的风范。正是在华师大人文底蕴的熏陶和"大家"风范的指引下，尤其是在外国语学院与文学院貌离神合、实为一家的亲缘关系的良好学习环境中，我既有机会接触华师积淀百年的文学传统，又能触及国际学术的新鲜养分，我如饥似渴地汲取着华师大的传统和养分。华师大让我有了脱胎换骨的变化，使我实现了新我的熔铸。

　　我要感谢我的博士导师罗良功教授。能够成为罗老师的学生是我学术之路和人生经历的最大幸事。罗老师知识广博、思想深刻、思路清晰，学生佩服不已，同时也终身受益。罗老师身兼数职，教学、科研、行政等事务使他做事情总是得争分夺秒，但他并没有因此放松对学生的要求，反而更加严苛。我的每篇小论文，导师反复提出修改意见达十次之多，让我明白写好一篇论文应该抱着怎样精益求精的学术态度，应该持有怎样严谨独立的学术品格。他对问题意识、学术素养和国际视野的强调让我在为学之道上开了窍，我会时刻铭记并努力践行这些学术准则。我的论文从选题到架构，从论证到成文，从修改到定稿都凝聚了罗老师的心血和智慧。从罗老师身上，我学到的不仅是为学之道，更多的是为师之道、为人之道。罗老师为人谦逊，让我明白无论身居何位，无论是成为何种"大家"，都应该带着怎样谦逊的态度去为师和为人。作为即将成为一名大学老师的我，将会带着同样的态度去传承我从老师身上所学到的一切。

我要感谢我导师的导师聂珍钊教授。在第一年罗老师出国访学的日子里，聂老师自愿为我们担任起罗老师的角色，让我们感动不已。他对文学伦理学批评方法的独到见解让我终身受益；他"为学先为人""与人为善"的教导成为我一辈子的座右铭；他一丝不苟的教学和学术态度成为我一生的楷模。感谢我的校外指导老师湖北民族学院外国语学院李权文教授，他在我求学的道路上给予了我很多帮助、建议和鼓励，不时关心我论文的进展和就业情况，成为我不断努力的力量之源。感谢湖北民族学院国际教育学院罗永健教授，他无私的帮助和关心也是我顺利毕业的动力之源。同时，也感谢外国语学院张强教授、朱卫红教授、方幸福教授、赖艳老师、刘芳老师，文学院胡亚敏教授、孙文宪教授、邹建军教授、苏晖教授，感谢他们能让我这个旁听生进入他们的课堂，感谢他们的课堂给我带来重要的启迪。回顾我的求学之路，感谢我的硕士导师刘国枝教授，她治学的严谨和敏锐的思想都是学生学习的榜样。

感谢大洋彼岸远在美国的两位非裔文学研究专家杰瑞·沃德(Jerry Ward)教授和史蒂文·特雷西(Steven Tracy)教授。他们从美国为我带来最新的文献资料，利用每年在华师为期两个月的讲学中不遗余力地传授他们的研究精华，为我们提供国际上最新的研究动态和视角，为我的研究提供了重要的建议。每每共享美食或共赏美景之时，我都能从他们身上学到学术之精华和为人之豁达。在他们不在华师的日子里，只能通过电子邮件向他们请教，他们都不厌其烦地为我一一解答，让我在国内能享受到他们带给我的思想盛宴，使我对美国非裔文学的认知有了质的飞跃。

同时，感谢博士学位论文开题之时的几位指导老师，即上海外国语大学的虞建华教授和武汉大学的任晓晋教授，同时感谢要再次献给华中师范大学的聂珍钊教授和张强教授，他们都为我博士学位论文的架构提供了宝贵的意见，为我的论文写作提供了捷径。

感谢同我一起走过读博岁月的师兄师姐师妹们。博士学习的珍贵之处在于，不仅可以向学识渊博的老师们学习，也可以从各位同门那儿获得珍贵的建议和精神财富。在此感谢如下同门师兄姐妹：李淑春、刘晓燕、史丽玲、张甜、段波、闵敏、张琴、肖巧玲、王晨辰、魏艳、彭红霞、陈虹波、甘士艳、马文等。正是有他们的存在，我才能在一个充满灵气和活力的学术氛围中快乐地学习和成长，在此，尤其要感谢史丽玲师姐从美国宾夕法尼亚大学图书馆带来我急需的资料，段波师兄作为长兄在我们同门中的示范作用，闵敏在我们彼此都不知所从的时候的相互安慰和鼓励。同时，也要感谢聂老师门下的众多弟子，他们都是我学习的榜样，尤其要感谢尚必武老师在得知我的研究方向时对约翰·怀德曼及其研究前景的充分肯定，由此使我有了与导师沟通的底气，也要特别感谢张连桥老师在我因怀德曼的作品太难阅读不下去想要换作家的时候给我温柔且善意的批评，由此使我有了坚持下来的决心。感谢我的室友陈富瑞和韩晶晶，正是有了她们的陪伴，东十701宿舍的三年博士生活才有了色彩。

最后，我要谢谢我的家人。感谢父母对我的关爱、理解和支持，同时，也对女儿在而立之年未能让他们尽享天伦之乐，反而让他们担忧深表歉意，感谢姐姐在我在深处压力和无助时的及时开导。同时，也感谢一直以来关心我的所有亲人和朋友。

随着博士论文的最后收笔，我人生中最可贵的岁月也将随之画上句号，但读博岁月中的人生体验、学术积累和知识习得将成为我一生永远的记忆和财富，其中收获的师生情和同学情也是我一生都值得珍视的瑰宝。最后，引用网上某位博士的感悟激励自己，"真正的富有，是让自己的心灵得到满足，不攀比，不张望，专注于自己，用心钻研，用心生活"。

2019 年 3 月 28 日